U0362407

中国现代文学与东亚文学

李新东◎著

南开大学出版社

天 津

图书在版编目(CIP)数据

中国现代文学与东亚文学 / 李新东著. —天津：
南开大学出版社，2023.12
ISBN 978-7-310-06494-6

Ⅰ.①中… Ⅱ.①李… Ⅲ.①中国文学－现代文学－
文学研究②文学研究－东亚 Ⅳ.①I206.6②I310.06

中国国家版本馆 CIP 数据核字(2023)第 225013 号

中国现代文学与东亚文学
ZHONGGUO XIANDAI WENXUE YU DONGYA WENXUE

南开大学出版社出版发行
出版人：刘文华
地址：天津市南开区卫津路 94 号　　邮政编码：300071
营销部电话：(022)23508339　营销部传真：(022)23508542
https://nkup.nankai.edu.cn

天津泰宇印务有限公司印刷　全国各地新华书店经销
2023 年 12 月第 1 版　　2023 年 12 月第 1 次印刷
240×170 毫米　16 开本　14 印张　2 插页　193 千字
定价：69.00 元

如遇图书印装质量问题,请与本社营销部联系调换,电话:(022)23508339

前 言
PREFACE

19世纪中期以后,在欧美产业革命、资本扩张浪潮的推动下,西方的精神与物质文明逐渐影响到全世界,而且其影响力不断呈现出向其他文明的深层渗透。对于后起国家来说,在很长的一段历史时期,所谓的现代化,就是其原生文化被"欧化"的过程。

特别需要指出的是,现代性是一个很宽泛的概念,包括政治、经济、文化和社会多个方面,至今也没有一个系统性的解释。法国作家波德莱尔最早使用"现代性"这个术语,它是具有时间性的一个概念。李欧梵在《晚清文化、文学与现代性》中阐释了西方的现代性,说明中西方的现代性并不一样,并且提出"中国现代性"这个说法。中国的现代性大概起源于封建社会末期到五四时期,并没有明确的时间界点。从学界对中国现代性的阐释来看,现代性主要体现在思想的解放和对"人性"的尊重,结合中国社会发展的现实状况,应该还包含了反封建礼教和妇女解放的内容。而文学作为灵敏反映社会的媒介,更能及时地把握住时代思想的变化,所以现代性在文学中的体现也是最丰富和最鲜明的。一般认为,"五四"文学是中国现代文学的开端时期,对于科学民主思想的崇尚、对于妇女解放的呼吁,都是"五四"时期的文学现代性的体现。随着白话文应用的普及化和对世界认知程度的加深,中国现代文学对现代性的体现越来越广泛和复杂,也可以说中国现代文学的发展史就是基于民族性的一种对现代性的探索过程。

近代以来中、日、韩三国新知识阶层的文人趋向于接受从欧美引进的现代价值观，质疑、反思乃至否定传统的价值观。他们的文学思想以及价值追求与前现代文学家之间相差很大。他们不仅站在思想家的立场，也同时站在革命家的立场，追随时代的脚步和历史发展潮流，并不限定自己的文学活动领域，而是随着社会进步的要求创造文学作品。这是在东亚三国共同出现的现象。

虽然东亚三国现代文学作品的质量和起始年代有所不同，但总的来讲，在20世纪头30年，其都陆续进入了现代文学时代，至30年代达到成熟期。作家的主体是受到第一代海外留学派的影响而成长起来的知识分子，他们通过西欧的新教育体系、新文体和语言学习到了西欧的思想。同时，他们文学活动的中心多为大都市，而在这种现代性的都市氛围中，现代文化和城市文明可以得到积极的传播。此外，到海外留学的大部分人主要去的是发达国家的大城市，又处在对接受新文化和新思想十分敏感和热衷的年龄，这使他们回国后成为现代文化的传播者。尤其在20世纪30年代后期，商业报刊代替了以前的政治杂志和媒体，文学载体的扩大使他们成为这一时期文学界的核心人物。

就现代文学的发展过程来看，在中、日、韩三国中，日本作为最早接受西欧现代文化以及文学的国家，某种程度上有着一定的领先作用。不过就今后现代文学发展的角度来看，不能仅从本国的文学现象来解释、评价、区分现代文学史，更重要的是首先了解东亚文化和文学史的情况。

本书主要内容是整理东亚文化背景下，中国现代文学的发生和发展与东亚文学的内在关联和相互作用，从东亚一体化角度重新审视现代文学在整体东亚文学中的地位及影响。通过对现代文学的萌芽与成熟过程的溯源，探析中国现代作家的外国文化接受背景和受日本文艺思潮影响的程度，包括以日本为媒介接受西方文艺思潮的事实。通过对这些内容的梳理，进一步展示现代文学的发展历史和成长背景，以期更准确地把握现代文学代表作家的创作背景及创作特征。同时尝试总结在东亚文学一体化背景下，中、日、韩三国文学的相互关联，通过东亚文学与现代文学的具体实例分析，探讨东亚文学一体化的可能性及可行性。

目 录
CONTENTS

第一章　中国现代文学概况

第一节　中国现代文学的定义

现代文学是在中国社会内部发生历史性变化的条件下，广泛接受外国文学影响而形成的新的文学。它不仅用现代语言表达对现代科学民主思想的探寻与追求，而且在艺术形式与表现手法上都对传统文学进行了革新，创立了话剧、新诗、现代小说、杂文、散文诗、报告文学等新的文学体裁，在叙述角度、抒情方式、描写手段及结构组成上，都有新的创造，具有现代化的特点，从而与世界文学潮流相一致，成为真正现代意义上的文学。关于中国现代文学的研究，常常离不开"中一西""传统与现代"的思维框架的束缚，但如何理解中国的"现代"，仍然是一个值得探讨的问题。

费正清认为："中华帝国是一种稳定的但并非一成不变的传统秩序，一直延续到19世纪，就在这时，它遇到了一种截然不同的而且更为强大的文明。西方的入侵产生了一种前所未有的动力，西方的冲击无可挽回地改变了中国的社会和政治，在中华帝国已经经历了两千年的王朝变迁中，西方注入了引起现代化并导致永久性变化的力量。"[①]他指出了中西方文化之间的差异，认为："晚清中国正是因为受到了来自西方的冲击，才逐渐由传统封建社会步入资本主义发展轨道。"[②]在经历了20世纪六七十年代的思想动荡和美国国内及国际局势变化之

---

① 埃文斯. 费正清看中国[M]. 陈同，罗苏文，袁燮铭，等，译. 上海：上海人民出版社，1995：124.

② 亢飞. 费正清与柯文中国史观比较[J]. 北京党史，2013（6）：40—42.

后，费正清开始对自己的中国史观进行反思，纠正了"文明冲突论"和"冲击—回应"模式的偏颇之处，更多关注到了中国历史自身的发展动力。费正清强调，决定中国对外部冲击产生何种反应的主要因素存在于中国社会的内部，而不是它的外部。

费正清的学生柯文提出并发展了"中国中心观"。在中国近代发展问题上，柯文认为西方文明给当时中国带来的政治、经济、文化等各方面的冲击，仅仅是在一定程度上推动了中国近代史的发展，而绝非打开中国发展大门的决定性因素。

鲁迅在《伪自由书》中的《现代史》篇中将中国"现代"的历史，比喻为"变戏法"的历史，"变戏法"不能完全算是欺骗，但至少是无关痛痒的"障眼法"，不会对社会和文明有实质性的触动。今天把握历史，都是从结果出发，由此回溯想象现代中国的历史，很容易想到"中西文化交融""中西文化碰撞"，这种想象用更宏大的历史叙述来概括，便是中国被纳入"全球化"的历史。然而在历史当中的鲁迅看来，所谓"全球化"并没有使中国摆脱本土的历史循环，这便是"变戏法"。"变戏法"的本质不是"欺骗"，而是"把戏"，是传统社会的生存方式和娱乐方式，也代表了传统中国对于外来文化的想象和接受方式。

"现代性"是一个内涵繁复、聚讼不已的西方概念。不过可以明确的一点是，"现代性"概念首先是一种时间意识，是一种直线向前、不可重复的历史时间意识，一种与轮回、循环或神话式的时间认识框架完全相反的历史观。

中国现代文学明显带有承前启后的性质，因而这一段的文学具有自己鲜明的特点。

一、新旧文学的冲突与传承

中国现代文学是在新文化及五四运动时期这一特定历史条件下产生的，它体现出全新的现代社会、现代人生的精神风貌和崭新的文学表述方式，体现出现代新文学、新文化与传统旧文学、旧文化的根本冲突和根本转折。

但同时，中国现代文学也是几千年中国传统文学发展演进的必然结果，与它几千年的文学母体有着难以分割的联系。若论谁能体现两者之间的相互关联，最明显、最有力的范例是现代文化的开创者们，如胡适、鲁迅、周作人、郭沫若等，他们不但是新文学的举旗人，而且是国学大师，他们的涌现极大地推进了国学在新时代的长足发展。

现代小说的发展也是一个例子。中国小说源远流长，明清以来更是出现了众多白话小说；然后以五四新文学为起点，中国现代小说以全新的思想内涵和前所未有的表现形式，掀开了中国小说发展史上崭新的一页，展示了现代的行为方式和思维方式。虽然它是全新的，但不意味着它是孤立的，恰恰相反，它得益于对中国传统小说从内容到形式的继承和吸取。中国传统小说的思想精华与多种艺术技法在现代小说中有一种无形而深刻的传承。

现代诗歌的发展亦然，中国现代新诗尽管是在对传统旧诗的反叛中出现的，但它根植于民族传统文化的土壤之中。传统诗歌的美学意境、古典诗人的审美修养，尤其是中国古典诗歌感时忧民、愤世嫉俗的传统精神，更是在深层次上对现代诗人的创作产生了无形的巨大影响。

对传统的反叛往往是创造与更新的重要手段，而对传统精神的批判性继承则是一种扬弃，在弃旧扬新中固守着文化之根，这是鲁迅代表的"五四"那代人的一个宝贵的文化品质。

二、中外文学的碰撞与交融

五四前后，外国文学在中国的译介和传播，对中国现代新文学的诞生和发展起到了重要作用。自晚清以来，翻译外国文学作品逐渐进入繁荣阶段，从1896年至1916年的20年间，译入的外国小说有800种左右，特别是林纾等人的翻译，大大提高了外国小说在中国知识界的地位。外国诗歌、散文、戏剧作品的翻译数量也很多。晚清翻译文学的繁荣不仅影响了当时的文学创作，而且也对五四新文学产生了深远的影响。一些新文学作家的作品甚至是在外国文学的直接启发下创作出来的。新文化运动开始以后，更有大量外国文学作品被介绍进来。鲁迅、刘半农、沈雁冰、郑振铎、瞿秋白、耿济之、田汉、周作人等都是当时活跃的外国文学翻译者与介绍者。几乎所有的进步报刊都登载翻译作品，其规模和影响远远超过了近代的其他时期。俄国以及其他欧洲国家、日本、印度的一些文学名著，从这时起被较有系统地陆续介绍给中国读者，帮助中国新文学进一步摆脱旧文学的束缚，促进了它的转型和发展。

五四新文学的这一特点是当时整个时代特征的一个具体体现，而这一点又使中国现代新文学表现出来与几千年传统旧文学的根本不同。当初一些批判现实主义和浪漫主义的外国作家作品被介绍到中国，那种自由开放的思想追求与艺术形态，正契合了五四新文学的历史期待，催生了中国现代新诗。现代新诗则不辱使命，以其与传统旧诗彻底决裂的鲜明特色一跃而崛起，以其荡涤传统而勇敢创新的精神，在具有几千年悠久历史的中国诗坛上决然地扔掉了旧的衣装，焕发出新的光彩。

当然，当时许多人都还分不清外国文学中的精华与糟粕、积极部分与消极部分，因此在译介大量优秀作品的时候也难免夹杂了不少庸俗的作品。而有些新文学拥护者也盲目鼓吹"全盘西化"，提倡所谓"欧化的白话文""欧化国语文学"，给新文学的发展带来过消极的影响。但是，总的来说，五四时期对外国文学的介绍仍然对中国文学的现代性起到了很大的推进作用。鲁迅、郭沫若等许多新文学作家的作品，都表明他们的创作曾经受过外国文学的极大影响。"新文化"作家代表的是五四那代人，最注重开放，又讲究立本，他们既读过经，又留过洋，是得天独厚、难以超越的一代知识精英。

三、伴随始终的使命感和责任感

时代变局赋予中国现代文学的特殊使命感，使当时的文坛出现了一大批标志性的大家与名作，并在整体上形成了自己特有的风格。中国现代文学虽然仅有短短30年的创作历史，但大师涌现、成就斐然，并产生了一批个性鲜明、风格独特的创作流派。在小说方面有现实主义与浪漫主义双峰并峙的鲁迅与郭沫若，其中包括在长篇小说领域卓有建树的茅盾、巴金、老舍等诸位大家，属于人生写实派的小说代表叶圣陶、许地山，乡土小说的代表沈从文、王鲁彦，等等；幽默讽刺小说的代表有沙汀、张天翼、钱锺书等；风采多姿的女作家有冰心、丁玲、萧红、张爱玲、苏青等。还有各具特点的诗人闻一多、徐志摩、戴望舒、穆旦等；知名剧作家曹禺、田汉、夏衍等。在短短30年的时间里出现了如此众多的在中国文学史上留下深深痕迹乃至蜚声世界文坛的作家、作品，这是时代对中国现代文学的特别赐予。中国现代文学在整体上形成了自己的根本特质：责任感、使命感以及对艺术境界的不懈追寻。这种特质使中国现代文学在思想和艺术上都达到了很高的水准。

第二节　中国现代文学的发端

自新文化运动以来，"新文学"一直在竭力挣脱"旧文学"的束缚和桎梏。中国现代文学在"政治性"和"文学性"的相互缠绕和博弈中发展、壮大。现代文学起点在何时——尽管教科书上对此有较为明确的说法，但在学界内部，作为事关现代文学学科建构的关键问题，这一问题至今未被"盖棺定论"。中国现代文学起点的界定蕴含着划定中国现代文学叙述的起始"界碑"，即明晰中国现代文学的主要文学特质（文学观念、文学品格、文学特性等）以及中国现代文学的"学科属性、审美属性、价值属性"[1]。现代文学起点的确立，直接影响现代文学的评价标准和文学史书写方式。

学界对"现代文学起点"的见解聚讼纷纭、莫衷一是。细致分析

---

[1] 周保欣."中国文学"观念自明与现代文学起点[J].文艺争鸣，2017（6）：176-182.

可知，学者们经由两个维度界定现代文学起点：一是以重大政治历史事件为界定点，另一个是以文学事件或文学现象为界定点。前者是以"政治性"为主导的划分方法，后者则以探求文学自身发展规律，重视发掘现代文学的"现代性"为目的。截至目前，学术界对现代文学起点的界定可归纳为四种，其中，"五四起点论"是以政治运动代表的历史进程划定现代文学界标，"民国文学起点论""晚清文学起点论""通俗文学起点论"是以文学自身发展的历程和标志树立分期"界碑"的。

一、五四起点论

"五四"是一个极具囊括力和包容性的概念，包含政治、文艺及文学三层语义范畴：其一指作为政治运动的五四运动，即以1919年5月4日的学生爱国运动为标志的一系列社会政治活动；其二指从1915年肇始的"新文化运动"或者"文化启蒙运动""文艺复兴运动（胡适语）"，它是以《新青年》和北京大学为阵地，以蔡元培、陈独秀、胡适等为代表进行的一次思想文化启蒙与革新运动；其三是指"五四文学革命"。"五四文学革命"作为新文化运动的一翼，包括"白话文运动"和"人的文学"。其中，白话文的提倡一直被视作"五四文学革命"的主要内容及表现，周作人提出的"人的文学"，则昭示五四新文学审美和文化特质的初步形成。

"五四起点论"是以五四运动爆发时间（1919年）前后为中国现代文学的起点，比如"1915年"说、"1917年"说、"1918年"说、"1919年"说等。"1915年"说认为陈独秀于1915年9月在上海创刊《青年杂志》（1916年9月更名为《新青年》）即拉开了新文化运动的序幕，其实质是以"五四新文化运动"为起点。"1917年"说则把当时影响很高的杂志——《新青年》于1917年刊发胡适的《文学改良刍议》和陈独秀的《文学革命论》作为新文化思潮起点，认为二人积极倡导并推行文学革命，在文学内容和文学形式上为"新文学"树立了典范。其实质也是以"文化启蒙运动"为起点。"1917年"说契合俄国以十月革命的爆发来划定"现代"肇始时间的做法，这也是一种政治意味浓烈的划界分期法。"1918年"说主张以1918年5月鲁迅在《新青年》第4卷第5期上发表《狂人日记》为标志。《狂人日记》作为"中国现代文学史上第一篇用现代体式创作的白话短篇小说"[①]，内容与形式的现代化特征，显示了中国现代小说的创作实绩。该说法的实质仍是以"五四文学革命"为起点。"1919年"说则是注重五四运动的影响力，从意识形态角度来划分，实质是以政治上的五四运动为起点，这也是传统意义上的"中国现代文学（1919—1949）"划界背后所体现的主流历史叙事和历史观念。1949年中华人民共和国成立，标示新民主主义革命的胜利。政权更迭和学术生产的体制化迅速催生了中国现代文学学科的诞生。1940年1月9日，毛泽东在陕甘宁边区发表《新民主主义论》，将"新民主主义的文化"即五四时期的"新文学"界定为"反帝反封建的文化"。[②]

　　1957年出版的《中国文学史教学大纲》中"现代文学"被定义为"新民主主义革命时代的文学"[③]，"'五四'新文学被改称为具有鲜明学科性质的'中国现代文学'。[④]"自此，五四新文学被置换为"现代文学"。而作为"新文学"起点的五四时期，自然而然地成了现代文学的起点，这就是"五四起点论"法定地位的系统生成过程。相关的代表性文学史论著有：王哲甫主编的《中国新文学运动史》、王瑶主编的《中国新文学史稿》、唐弢主编的《中国现代文学史》、丁易主编的《中国现代文学史略》等。此类文学史著作政治性有余而文学性不足。现代文学史曾经在很大程度上与现代革命史相结合，其意识形态功能曾经被过度强化，从而远离了其自身的审美属性，几乎等同于政治斗争史。随着学科发展和学术研究的细化，学界越来越认识到以往文学史

---

① 钱理群，温儒敏，吴福辉. 中国现代文学三十年（修订本）[M]. 北京：北京大学出版社，2011：21.

② 毛泽东. 新民主主义论[M]. 延安：中华文化，1940：43.

③ 中央人民政府高教部. 中国文学史教学大纲[M]. 北京：高等教育出版社，1957：238.

④ 李建军. "现代"的起点在哪？——中国文学现代转型问题研究的"史"与"思"[J]. 宜春学院学报，2019（1）：96-100.

书写方式的弊端，认识到文学史写作政治色彩过于浓重就会压抑和遮蔽文学的审美属性。20世纪80年代以后，文坛再度焕发生机与活力，随着当代域外新思潮的输入，知识分子开始反思与总结中国社会步入现代化路途的得失成败，即以"现代性"理论为视点审视以往驳杂纷繁的历史。在文学领域则表现为"20世纪中国文学""重写文学史"等思潮的涌现，促使"现代文学史观"开始取代"启蒙文学史观"和"革命文学史观"的主导地位，影响了当时的文学叙述。体现全新文学史观的论著陆续出现，作者均重视和强调尊重文学自身发展规律，主张把"现代性"作为文学史写作的基本坐标和主导思想，严家炎先生编著的《二十世纪中国文学史》是此类文学史著作的典型代表。这些新文学史著作的涌现，从不同视角重新审视了以五四文学革命作为现代文学起点的主流定义，学人开始反思，一直作为现代文学叙述起点的五四是否能承担起划分文学新时代的重担？其作为起点的合法性与弊端是什么？甚至有学者发出"界碑已颓：何不推倒重来？"①的呼吁。总而言之，将现代文学起点前移，在学界大体已成为共识，但移至何处，尚无定论。至此，现代文学的"界碑"开始长时期漂移。

二、晚清文学起点论

学科名称"中国现代文学"涉及两个语义模糊的词："现代"与"现代性"。在古代中国的语言体系中没有"现代"一词，与之含义最接近的词汇是"现在"，"现代"一词是近代借自日本的舶来品。中国现代文学的"现代"可有多层指涉，一方面是指与"古代""近代"相对应的历史时段"现代"；另一方面是指作品的意义范畴是"现代的"。

"现代性"是一个更为复杂的西方概念，包含"历时性"和"共时性"两个范畴，指涉面广，包括哲学、政治学、经济学、文学、社会学等诸多领域。

20世纪80年代中期以来，"现代性"在中国逐渐成为热门词汇。钱理群、陈平原、黄子平联袂提出"20世纪中国文学"的概念，主张

---

① 蓝爱国. 界碑漂移：现代文学的起点及其内涵[J]. 文艺争鸣，2008（9）：51–56.

将20世纪中国文学"整体化",打破近代文学、现代文学、当代文学彼此分割的研究格局,倡导20世纪中国文学不可分割的"整体性",拓宽原本狭窄的研究领域。其实质是给学界提供一种新的文学史写作方法,即"现代性"文学史叙述框架。此概念出世之时,学界一片哗然。它的出现突破了既有的文学叙事框架,使得早先被主流意识形态遮蔽的"新文学"历史浮出海面。

以李欧梵、王德威为代表的海外汉学家以"现代性"为视点观照20世纪中国文学的发展历程,取得了新成果。王德威在其论著《被压抑的现代性》中明确指出,中国文学的现代性"发端于晚清"。[①]他认为晚清"不只是一个'过渡'到现代的时期,而是一个被压抑了的现代时期,五四其实是晚清以来对中国现代性追求的收煞——极匆促而窄化的收煞,而非开端"。他立足于"现代性"观点,梳理和阐明晚清与"五四"存在的对话关系,从而建立关于"晚清现代性"的新见。他的新见显露才情与学识,蕴含学理。文中以审美现代性为叙述基点,重新阐释晚清文学,指出晚清时期已经孕育了多种"现代性"。王德威以"现代性"的最初显露时间为依据,认为现代文学的"现代性"特征是它区别于古典文学的最大利器,故将中国现代文学的起点划在了晚清时期。

严家炎先生在《二十世纪中国文学史》中写道:"现代文学的源头,似乎还应该从戊戌变法向前推进十年,即从19世纪80年代末90年代初算起。"[②]可见,他也认为现代文学的源头应在晚清时期,并分别从白话文取代文言文的文学主张、中国文学开始与"世界文学"交流、现代意义的文学作品的出现3个标志性成果,去阐明和论证他的见解。严家炎先生以晚清为源头开启现代文学史写作,用139页的"巨篇"来描摹晚清文学景观。窥一斑而知全豹,他看重晚清文学,着力拓展晚清文学在文学史上的影响力,不仅仅视其为古典文学的尾

---

① 王德威.被压抑的现代性——晚清小说新论[M].宋伟杰,译.北京:北京大学出版社,2005:123.

② 严家炎.二十世纪中国文学史(上)[M].北京:高等教育出版社,2010:7.

声、现代文学的序幕。

"晚清文学起点论"既相对于"五四"起点论提出了新见，又对晚清文学做了充分的肯定和张扬。它不但提供了从晚清文学寻找中国现代文学起点的思维路径，增添了现代文学研究活力，而且为学界提供了新的文学史写作范式，扩大了中国现代文学学科的叙述空间。

三、民国文学起点论

民国文学起点论以丁帆为代表，他发表在《江苏社会科学》上的《新旧文学的分水岭——寻找被中国现代文学史遗忘和遮蔽了的七年（1912—1917）》提出并论证了这一学术见解。他认为以"1912年"（民国元年）作为现代文学起点的原因有三：

其一，自古以来，中国文学史划界便以政权更迭为依据。既然文学是一脉活水从古流到今，那么，确立中国现代文学"界碑"，理所应当遵循约定俗成的规矩，"1912年"为现代文学起点符合历史分期规律。1911年辛亥革命爆发，推翻了清朝统治，封建君主专制时代宣告结束，作为新政权的中华民国开始登上历史舞台。1912年作为民国元年，以它为起点刚好契合文学史划界分期的历史规范。

其二，随着中华民国的成立，"自由、平等、博爱"以及"民主"与"科学"思想影响深远，成为五四新文化运动爆发的助力点。

其三，1912年资产阶级民主共和政体在中国诞生，几千年的封建制度被倾覆，我国历史上第一部具有民主意识的《临时约法》颁布。

中华民国存在时间虽短，但对后世影响巨大，所以民国文学起点论是最契合中国历史历来的分期惯例，同时也符合"中国文学史'现代性'演变的史学内涵"①。正如汪晖在《我们如何成为"现代的"？》一文中指出，现代性"首先是指一种时间观念，一种直线向前、不可重复的历史时间意识"②。"现代性"包孕的"时间意识"利

---

① 丁帆. 新旧文学的分水岭——寻找被中国现代文学史遗忘和遮蔽了的七年（1912—1919）[J]. 江苏社会科学，2011（1）：161-168.

② 汪晖. 我们如何成为"现代的"？[J]. 中国现代文学研究丛刊，1996（1）：1-7.

于现代文学和当代文学研究合流，民主理念将成为两者的黏合剂，这将成为新的学术生长点。没有民国，何来五四？民国文学起点论打破了现代文学三十年的僵化格局，重视和强调民国文学的学术价值，有利于深化和细化现代文学研究。

四、通俗文学起点论

20世纪通俗文学研究者范伯群先生从通俗文学视角观照中国现代文学起源问题，他认为《海上花列传》从题材内容、人物设置、语言运用、艺术技巧乃至发行渠道等方面都显示了它的原创性，作为中国文学转乘换轨的鲜明标志，应该当之无愧[①]。他一直反对以政治标准来给文学史划界分期，主张从文学本体出发，在文学中寻找现代文学的特质，而《海上花列传》蕴含了鲜明的"现代性"。

其弟子栾梅健先生同样以始载于1892年、出版于1894年的韩邦庆的长篇小说《海上花列传》为时代"界碑"，他认为，1892年是现代文学起点的主要原因在于《海上花列传》，它不仅记录了中国社会从农业社会向工商业社会转变的历史，也揭示了隐匿在现代工商业社会下新的价值体系，最重要的是显露在作品中的"现代性"。《海上花列传》虽是妓女题材类作品，但人物性格却发生了翻天覆地的变化。以往文学作品中描写的妓女被逼无奈流落风尘，总是渴望被男人搭救，对男人一直有依附的心理，所以被人搭救、找人赎身、嫁为人妇通常被视为是主人公最好的归宿、是作品最适宜的大团圆结局。但是韩邦庆这部作品所刻画的人物以及宣扬的主题并非如此，妓女们出卖身体求生存是自愿的，也不觉得比常人低贱，也不期望被男人搭救，她们的个性非常张扬，不再依附男人而活。妓女们的思想转变，其背后缘由是社会转型带来的妇女解放，这一点显示出了《海上花列传》的历史超越性。栾梅健先生认为《海上花列传》在主题、语言、小说结构上都体现了韩邦庆的现代性探索。

---

① 范伯群. 《海上花列传》：现代通俗小说开山之作[J]. 中国现代文学研究丛刊，2006（3）：1-16.

范伯群和栾梅健从通俗文学的"现代性"出发，寻找现代文学的叙述端点，其实质是期图奠定与五四新文学组成"两翼"的中国现代通俗文学的价值，明确宣示中国现代通俗文学是构成中国现代文学的因子。现代文学的界碑开始向近代文学漂移，这是大势所趋。现代文学新起点的涌现，撼动了以往的现代文学史书写版图。以往文学史叙述所忽视的、未涉及的文学领域被重新发现、重新研究，比如晚清文学、通俗文学、民国文学等。因为"晚清文学起点论""通俗文学起点论""民国文学起点论"都是以"现代性"的最初呈现为依据确立现代文学起点，其论述模式是着力发掘近代（晚清、通俗、民国）文学中已经出现的现代性因素。以往在"进化论文学史观"影响下被压抑和遮蔽的作家、作品被重新发掘和研究，还原了多音复义、多元共生的文学景观，拓宽了现代文学的研究领域，促进了学科发展。越来越多的史料被发掘，五四文学革命作为现代文学起点的学理性也在接受新的检验，这给现代文学研究带来了新的视野。虽然学界大都赞同要从文学自身的发展规律来研究中国现代文学的起点，但中国现代文学的创作与研究仍须以主流意识形态为导向，而这需要学者把握"文学性"与"政治性"之间的平衡点。而且，中国现代文学有两个指涉维度，其一是指作为一门学科的中国现代文学，其二是指作为学术研究对象或文学史的叙述对象的中国现代文学。在文学史的叙述中，可以追求现代文学起点的唯一性，即肯定"五四"起点论的正统地位。当现代文学作为一门学科时，可以追求认知和叙述多元化，这将有利于学术的发展和创新。然而什么样的文学事件或现象可以视为现代文学的界标之物？确立现代文学起点的原则和标准是什么？用开放包容的理念和学科融合的视角来分析清楚，才能真正确立现代文学起点研究的根本原则。

第二章 中国现代文学的内涵

第一节 中国现代文学的现代内涵

发轫于欧洲启蒙时代的现代性[1]，因其优越的现代化文化，对中国近代及以后的社会产生了深远的影响。"现代性从西方到东方，从近代到当代，它是一个'家族相似的'开放概念，它是现代进程中政治、经济、社会和文化诸层面的矛盾和冲突的焦点。"[2]中国文学也从那一时期，顺应时代发展变化的律动，开始了现代转型。但是，由于现代性自身内涵的模糊和不确定性，故而现代性在中国现代文学的发展中也呈现出了不同的范式。本节试以鲁迅的《祝福》和沈从文的《丈夫》为例进行比较，来探讨现代性在中国现代文学中的体现样式。

在中国文学的现代转型中，鲁迅无疑做出了非常杰出的贡献。从《狂人日记》的写作到创造和奠定了中国现代小说的四大模式，可以说正因有了鲁迅，中国文学最终完成了现代转型。不过，中国文学现代性的发展，却并未止步于鲁迅。马泰·卡琳内斯库就指出现代性有"五副面孔"，体现了"现代性（常常被视为理性）的双重冲突——一方面是同传统，一方面是同它自身（或一种对立的、反现代性）——所导致的那些悖论"。[3]或许我们不得不承认，鲁迅和沈从文可能恰好发展了现代性的这两个分支。

---

① 周岚琼. 浅析中国现代文学的现代性内涵[J]. 大观周刊，2011（21）：45-46.

② 马泰·卡琳内斯库. 现代性的五副面孔[M]. 顾爱彬，李瑞华，译. 北京：商务印书馆，2002：4.

③ 同上，第337页。

"中国现代文学精神的核心是启蒙，反对封建文化和儒教纲常，批判专制制度，维护和张扬人的个性以及世俗生活的快乐，呼唤人的解放，构成的是中国现代文学主导性启蒙潮流。"①鲁迅的文学创作呼应了这一历史要求，他开始了终其一生的关于中国国民性的思考和"改造国民性"的探索实践之路，从而也使国民性话语成为"一个现代性神话"。《祝福》正是这一思潮下的产物。

小说以年关之夜从外地匆匆回到故乡鲁镇的"我"为视角，展开了整个故事叙述。文中的"我"显然是一个具有一定现代意识的、拥有现代性精神资源和话语体系的"外来者"，尽管鲁镇是"我"的故乡，但"我"所接受的文化与所处社会环境与鲁镇势必迥然不同，所以才会对鲁镇的守旧和愚昧有更为直观的感受，才会对鲁镇的陈腐感到更深层的悲哀。

常年在外生活的"我"与遵循中国封建思想和传统礼教的鲁四老爷自然毫无共同话题，所以鲁四老爷一见到"我"，除了寒暄就是"大骂其新党"。鲁四老爷对新事物——或者说是非传统事物的敌对情绪，还有鲁四老爷书房中的陈抟老祖写的"寿"字、《近思录集》、《四书衬》等，让"我"看到了一个国民性的非现代存在——一个沉浸于传统文化而自得其"恶"的老者形象。

而在河边遇见祥林嫂，无疑给了"我"更大的刺激。当"我"看见祥林嫂从一个"比勤快的男人还勤快"、脸上曾有些白胖的女佣，变成如今头发全白、瘦削不堪的乞丐般的形象时，大为震惊。但是，这样的祥林嫂却把"我"视为一个"见识得多"的出门人，神神秘秘地来问"我""一个人死了之后，究竟有没有魂灵的"等问题，所以"我"才会有"诧异""悚然""疑惑""吃惊"等反应。形容枯槁的祥林嫂关注的并不是现实自身的温饱问题，而只是对阴间深怀恐惧，对地狱的存在与否提出疑问，封建宗法制度和传统礼教对她的迫害可见一斑。也因此，"我"才会从祥林嫂那"间或一轮"的"睁着的眼睛的视线"中，看到了一个巨大的悲哀；才会在得知祥林嫂在年关之夜死

① 赵恒瑾. 中国新文学的现代性追求[M]. 上海：学林出版社，2006：2.

后依然被四叔大骂为"谬种"时，发出"然而在现世，则无聊生者不生，即使厌见者不见，为人为己，也还都不错"的唱叹。

以有着现代文明价值体系背景的"我"为视角，来观看、反思鲁镇，无论是讲理学的四叔、饱受磨难的祥林嫂、伙同祥林嫂的婆婆逼祥林嫂改嫁的卫老婆子、主观帮人但客观是帮凶的柳妈，还是鲁镇上消遣祥林嫂的众人……在传统的家族伦理道德和精神文化浸淫下的中国国民的素质以及精神状态的非现代性皆暴露无遗，国人在长期的封建主义统治下所形成的"精神奴役的创伤"——种种"国民性"的病象和弱点也得以发掘和呈现。

如果说鲁迅是在"任个人而排众数""掊物质而张灵明"，以启蒙者的姿态对中国的传统文化进行批判，以西方现代性精神文化作为启发国民觉悟和改造国民性的良方；那么，沈从文则开出了另外一张改造国民性的药方，他以田园牧歌的形式走出了一条看似反现代性的"现代性"道路。

沈从文认为，"西方、现代和城市在腐蚀败坏着民族的'德性'，生成着病态的个体人格和整体的国民性格，致使民族失去活力，陷于萎靡不振，而民族固有的优美健康的品质与德性，存在于远离现代文明和城市的乡村边塞和乡民边民身上"[1]，所以才有了他笔下的那个未受现代文明浸染的、宛若世外桃源的湘西世界———那座供奉着"人性"的"希腊小庙"。在那里，即使"出现了有如'觉醒''抗争'之类的事情，打破了固有的宁静平和，也不是'阶级意识'或'阶级斗争'使然，而是人性阻遏引起的小小波澜"[2]。《丈夫》就是这样一曲人性的牧歌。

年轻的丈夫把自己的妻子送进城去卖身养家的风俗，这种在现代文明中被视为奇耻大辱的事情，在民风原始、生活艰辛的湘西似乎却只是一件非常普通的事情。在他们看来，这既"不与道德相冲突，也并不违反健康"。《丈夫》中的丈夫就是当时众多送妻进城干卖春营生

---

① 逄增玉. 现代性与中国现代文学[M]. 长春：东北师范大学出版社，2001：36.

② 同上，第137页。

的"年轻的丈夫"中的一员。小说通过讲述他进城见妻时的所见所闻，展现了其人性从蒙昧而麻木到愤然而觉醒的过程。

丈夫进城去看妻子，并未发现妻子有任何不快，相反，他不仅受到了大娘也就是老鸨的热心款待，还有幸与他眼中"督抚的派头、军人的身份"的"伟人"——水保聊天。尽管水保是他妻子的一位重量级的"嫖客"，但两人的关系，不若现代人眼中那么尴尬和对立，反而带了些许平静和谐的气氛。水保一来，丈夫就学着城里人说话，招待水保。丈夫为水保找烟、找自来火、拿板栗，水保也并未因丈夫的身份而嘲笑丈夫，反而与丈夫闲话了半天的家常。在这里，我们看不见阶级的仇恨和对立，有的只是生命个体的"平等"与"尊重"。

而最后丈夫一早带着妻子回转乡下去的结局，与其简单地把其归因于阶级冲突，不如把它视为风俗旧习在人性的感召下自然转化的结果。丈夫的表现流露的是心理上的某种觉醒过程：从妻子与别人交易时躲在后梢舱上低低的喘气，到因水保的嘱咐感到羞愤，再到看见老七同醉鬼睡觉时的沉默，再到大娘暗示巡官要来时用"两只大而粗的手掌捂着脸孔，像小孩子那样莫名其妙地哭了"，直至最终下决心带妻子回到乡下去，这一系列举动无疑是人性苏醒过程中的产物。因为同妻子温存片刻这样一个要求不算高的梦的破灭，让丈夫终于明白，在那艘船上，他们毫无尊严可言，不仅要遭受身体的侵犯和言语上的侮辱，还要遭受人格和权利的践踏。所以丈夫的男性尊严和自然人性也在最后得到了彻底的苏醒与释放。年轻的夫妻终于有了反抗习俗和命运的勇气，选择"离开码头"这一全新的道路。夫妇俩离开了使乡下妇女堕落异化的城市，一起"回转乡下去了"，在那里，他们或许能够重温恬静、和美、健康的乡下夫妻生活。

在《丈夫》中，不论是老七、大娘、水保还是丈夫，他们都活得自然、健康、不做作。尽管那个社会依然存在着不符合人道的习俗成规，但是人生的悲喜剧及风俗旧习都随着自然人性而得以转化。沈从文认为，这样远离现代文明的、"优美，健康，自然，而又不悖乎人性的人生形式"①是治愈老迈龙钟、颓废腐败的中华民族的一剂良药，而这个药方不会造成现代文明给城市人们带去的种种不幸的恶果。

早年于南京求学和留学日本的经历，曾经使青年时代的鲁迅接受和认同了西方价值体系，他"认为西方社会和文化是现代的、文明的、理性的，是值得模仿搬用的；中国传统社会和文化是落后的、愚昧的、野蛮的、非理性的，是需要被克服、被遗弃的"②，因此鲁迅以现代文明为镜观看和反思中国。鲁迅曾在《文化偏至论》中说道："诸凡事物，无不质化，灵明日以亏蚀，旨趣流于平庸，人惟客观之物质世界是趋，而主观之内面精神，乃舍置不之一省。重其外，放其内，取其质，遗其神，林林众生，物欲来蔽，社会憔悴，进步以停，于是一切诈伪罪恶，蔑弗乘之而萌，使性灵之光，愈益就于黯淡。"③所以鲁迅以发掘和批判中国传统文化以及中国国民性的弱点和弊端作为他反思传统的突破口。他对于传统的反思和批判，贯穿着他的"改造国民性"的理想和精神解放的历史欲求。

"中国的现代性起源于民族国家的救亡图存运动，中国人对社会现代化的渴望，大于对现代化境遇中人的存在本身的探寻，更缺乏对现代性本身的质疑和批判。"④鲁迅以在铁屋中呐喊的方式，唤醒沉睡的中国人，冀图实现人的现代化，从而使国家免于流落到沦丧的地步。而沈从文却偏离了当时大多数读者的期待视野，他"以超前性的眼光触摸到了历史的暗流，敏锐地洞悉了理性与文明对人的本真性、丰富性的蚀空。悲悯慨叹人存在本身的危机，痛惜人的内涵正日渐削减、稀薄"⑤。所以沈从文以构筑供奉"人性"的"希腊小庙"的形式来反思和质疑现代文明，他的作品无不体现着孜孜以求地诊断"国民毛病""修正现实"的文学理想，而我们也从中看到了沈从文对现代性的

① 沈从文. 沈从文文集（小说卷）[M]. 广州：花城出版社，2007：50.
② 李永东. 沈从文与20世纪中文学的现代性[J]. 中国文学研究. 2004，3：94.
③ 鲁迅. 鲁迅全集（第1卷）[M]. 北京：人民文学出版社，2005：54.
④ 国家玮. 现代性：对抗与共谋——沈从文与中国文学现代性研究[J]. 吉首大学学报（社会科学版）. 2008，29（5）：17.
⑤ 李永东. 沈从文与20世纪中文学的现代性[J]. 中国文学研究. 2004（3）：96.

独特而超前的反思以及对人性本体的执着关注。

鲁迅和沈从文，一个站在现代文明的立场上来批判传统，要求"改造国民性"和精神解放；一个站在现代化洪流中以传统来反观现代文明、反思现代性，希望以自然人性来实现民族精神重塑，尽管关注视角不同，但殊途同归，都为丰富中国现代文学的现代性内涵做出了巨大贡献，对后世产生了深远的影响。

第二节　中国现代文学的精神核心

"中国现代文学"是指因为"诗界革命""文界革命"的推动而发端于 19 世纪末，又因为"五四新文学革命"而正式诞生于 20 世纪初，以白话文为主导，以现代人本观念为价值坐标，并在此后的近一个世纪中居于文坛主流的文学形态。中国现代文学精神的核心是启蒙，反对封建文化和儒教纲常，批判专制制度，维护和张扬人的个性以及世俗生活的快乐，呼唤人的解放，构成了中国现代文学主导性启蒙潮流。但同时，这一核心的具体表现形态又是多样的。

一、以个体、人性、自由为内核的启蒙文学精神

什么是启蒙？如德国近代哲学的第一人康德所言，启蒙就是人类脱离自己所加之于自己的不成熟的状态。所谓不成熟状态，就是不经别人的引导，对运用自己的理智就无能为力。当其原因不在于缺乏理智，而在于不经过别人的引导就缺乏通过勇气和决心去加以运用时，那么这种不成熟就是自己所加之于自己的了。"要敢于认识！勇于运用你自己的理智！"[1]这就是启蒙运动的口号。启蒙的真正目的是获得个人运用自己的理智决定个人行为的自由和权利。细而言之，启蒙作为一种精神诉求在政治上要求的是民主，在法律上要求的是平等、在社

---

① 康德在《什么是启蒙运动》一文中指出，启蒙就是要有勇气运用自己的理性。

会上要求的是自由，在人性上要求的是个性。但是，启蒙在中国一直存在着两种思路。一种是客观人本主义思路，这个思路相信理性，坚持科学和理性在人类生活中的核心作用，相信人类可以整体地运用自己的理性来认识世界，把握自身，通过把握世界发展的客观规律来获得自由，主张人类通过总体革命获得解放，将人类的自由与对客观规律的发现和遵循联系起来；"五四"文学中的"现实主义派"（如鲁迅）以及20世纪80年代初期的启蒙思潮基本上坚持了这一思路。与此同时，还存在着另一种思路，我们可以称之为主观人本主义思潮，它反对客观人本主义者对个体价值和感性存在的忽略，反对将人的本质定义为理性，而对人的官能化、非理性化报以肯定态度，将思想基点从国家、民族、集团的解放转化到真正个体生命的解放上来，将人的本质归结为生命本体欲望和激情；在中国，五四时期的"浪漫主义派"（如郁达夫）以及20世纪80年代后期特别是新生代作家走上历史舞台以来的写作思潮，都可以归结为这一思路。新生代小说基本上放弃了关于"人的本质"以及总体解放的客观人本主义启蒙大叙事，而代之以一种主观人本主义的写私人生活经验、写小人物生存状态，重视身体性、当下性的写作潮流（这也被一部分论者称为新启蒙文学思潮）。当然，上述两种思路在文学上的分别并不是绝对的、泾渭分明的，因为绝大多数文学家都是凭借直觉来感受时代趋势，进而把握"人的解放"命题的，常常，他们对启蒙主题的把握是感性的、形象的、体验性的，因而上述两种思路常常混杂在一起，有的时候甚至是模糊不清的。

但是，"人的觉醒"却是中国现代启蒙文学的统一而一贯的主题。当然，在不同的时代、不同的作家那里，对于"人"的理解有不同的侧重。辛亥革命时期"人"的觉醒是以"国民意识"的获得作为开端的，但是"国民"并不属于自己而是属于"国"，因此辛亥革命的时期的"人"的觉醒所注重的不是作为国民的自由权利，而是责任。因此这一时期的启蒙文学作品特别重视社会问题。清末的"改造社会小说"特别流行①，如程善之的《机关枪》，写军队从日本人那里购买了伪劣枪支，又对吃回扣加以掩饰，事成之后和日本人花天酒地，共同庆祝，其目的是揭露军队的腐败和黑暗。这一脉的启蒙小说在五四文学大潮中发展为"社会问题"小说，如冰心的《一个忧郁的青年》《斯人独憔悴》《去国》《超人》等，都在当时引起了巨大反响。《去国》写的是主人公留美7年，作为名列前茅的高材生含笑归国，所见却是军阀混战、百业不兴、官场社会风气污浊，他报国无门，只得含恨离去。面对这样的"民国"，辛亥志士抛头颅、洒热血换来的只是"一个匾额"，因此，主人公最后喊出了："祖国啊！不是我英士抛弃了你，乃是你弃绝了我英士啊！"②到了五四时代，启蒙文学的思想内涵有了较大的变化。这时"人的觉醒"主题有了新的发展。李大钊在《我与世界》（1919年7月1日）中写道："我们现在所要求的，是个解放自由的我，和一个人人相爱的世界。介在我与世界中间的家园、阶级、族界都是进化的阻碍，生活的烦累，应该逐渐废除。"李大钊甚至说"我们应该承认爱人的运动远比爱国的运动更重"③。由此，钱理群先生总结五四"人的觉醒"命题时指出："毫无疑问，五四的时代最强音是：'我是我自己的，谁也没有干涉我的权利'（鲁迅小说《伤逝》主人公子君语）。这里所表现出来的，是一种完全自觉的个性意识与主题意识。"④五四启蒙的思想命题有一个特殊的词汇，这个词汇是由周作人发明的。周作人在《人的文学》中说："我所说的人道主义，并非世间所谓'悲天悯人'或'博施济众'的慈悲主义，乃是一种个人主义的人间本位主义。……个人爱人类，就只为人类中有了我，与我相关的缘故……所以我说的人道著述，是从个人做起。要讲人道，爱人类，便须先使自己

---

① 钱乃容. 20世纪中国短篇小说选集[M]. 上海：上海大学出版社，1999：33.

② 冰心. 志国//冰心全集（第一册）[M]. 福州：海峡文艺出版社，2012：45.

③ 李大钊. "少年中国"的"少年运动"[M]//李大钊全集. 北京：人民文学出版社，1999：234.

④ 钱理群. 论五四时期"人的觉醒"[J]. 文学评论，1989：（03）：6.

有人的资格，占得人的位置。"①在这里，人的价值已经不是在"天地君亲师"中界定的，也不是在"国民"的意义上界定的，而是在"个体"本身的独立、自由和幸福的意义上界定的，在人的本体意义上确定的，其核心是"灵肉一致"："我们要说人的文学，须得先将这个人字略加说明。我们所说的人……其中有两个要点：一从'动物'进化的，二从动物'进化'的。"②周作人尤其重视"肉"的方面："我们承认人的一种生物性。他的生活现象，与别的动物并无不同。所以我们相信人的一切生活本能，都是美的善的，应得完全满足。凡是违反人性不自然的习惯制度，都应排斥改正。"③所以，我们在郁达夫的小说（如《沉沦》）中看到主人公会喊出"知识我也不要，名誉我也不要，我只要一个安慰我体谅我的心。一副白热的心肠！从这一副心肠里生出来的同情！从同情生出来的爱情！我所要求的就是爱情"④；郭沫若的诗歌中才会有"我把天来吞了""我把地来吞了"这种强大的超越一切的抒情主人公"我"的出现；庐隐的小说才会有"我""情""愁"的中心。

但是五四时期的这种启蒙思想在此后的历史进程中并没有得到充分的发展，根本的原因在于当时的中国社会尚处于从自然经济向商品经济过渡的低级阶段，社会上并没有一个发达的自由经济制度来支撑它，因此它无从扎根。而直接的原因是帝国主义的入侵，民族矛盾成为当时最主要的矛盾，反抗民族压迫、争取民族解放成为时代主题，启蒙的命题自然也就顺应时势让位给救亡的命题。

中国现代最伟大的启蒙主义文学大师是鲁迅，其作品无论从思想深度还是艺术高度来讲，都是中国现代文学史上令人难以企及的范本。早在1908年鲁迅在《破恶声论》中就明确指出："聚今人之所张主……而皆灭人之自我，使之浑然不敢自别异，泯于大群"，进而大声

---

① 周作人. 人的文学//周作人论儿童文学[M]. 刘绪源. 辑笺. 北京：海豚出版社，2012：101.

② 同上，2012：112。

③ 同上，2012：113。

④ 郁达夫. 沉沦[M]. 北京：作家出版社，2000：8.

疾呼"人丧其自我矣，谁则呼之兴起?"这种思想比其他的同时代人要超前十来年，他的这一诉求直到五四时期才获得广泛的理解。及至五四，他因发表中国历史上第一篇白话现代小说而成为中国现代小说之父。直到现在，他在小说《狂人日记》中以"吃人"二字对中国历史的概括，在小说《阿Q正传》中以"阿Q"为典型对中国人国民性的概括等，其深刻性都是无人能比的。

二、以救亡、统一、强盛为内核的爱国主义文学精神

爱国主义是指对祖国的忠诚与热爱的思想，是千百年来积累起来的人们对祖国的山河、人民、文化、语言，以及民族历史和优秀传统的深厚感情。中国封建时代，人们的爱国感情主要表现为忠君以及反对异族入侵；在现代中国，人们的爱国感情主要表现为反对帝国主义对中国的瓜分和殖民统治，渴望我们的祖国获得主权独立、政治民主、走向经济现代化；对于当代中国来说，爱国主义主要表现为反对霸权主义，实现祖国统一和中华民族的伟大复兴。爱国主义一直是中国文学的优良传统，这个传统在中国现代文学中相应地得到了发扬和光大。近百年来，爱国主义一直是涌动在中国现代文学中的思想强音，也是中国现代文学最重要的特征之一。

中国现代文学的诞生就是爱国主义运动的产物。近代"小说界革命"的倡导者梁启超在他的《论小说与群治之关系》《译印政治小说序》等论文中认为，"欲新一国之民，不可不新一国之小说"，可见他对"小说界革命"的提倡与他追求国家强盛、人民觉醒的爱国诉求紧密相连。在此思想的主导下，梁启超创作了《新中国未来记》，它就是一部爱国主义的政治小说。当时的梁启超认为小说可以起到改造民心、凝聚民意、再造文明的作用，从现在的观念来看，这自然是夸大了文学的功能，而且近代文学革命先驱者们只是从文学的政治功能角度来认识文学的功用，使得中国现代文学从一开始就首先担负起政治使命，此后中国现代文学一直受到各种各样的政治功利主义的影响。五四时期，中国白话文学的前驱者也是如此。例如，在周作人起草的

文学研究会章程中，就认为文学不再是有闲阶级的消遣，而是对于人生和社会至关切要的工作。但不久之后，周作人就提出"文学无用论"来修正自己的这个观点，他认为有些组织试图将文学纳入自己的工作范围内，让文学成为他们的工具，从这个角度说，文学是无用的。他一方面认为文学不仅仅是民族的、阶级的，而且还是全人类的，文学的立场不应当受制于一个阶级、一个组织的狭隘利益和观念；另一方面，他认为文学只是表现性情、人情而已，并没有什么政治的功用。但是，五四时代，爱国主义依然是中国现代文学的重要主题。启蒙主义文学不管其外在价值形态如何，其骨子里几乎都有一个"爱国"感情在支撑着。例如在郁达夫的小说《沉沦》中，一方面是名誉、知识都不要，只要爱情的个人主义宣言；另一方面是"祖国啊！你为什么不强盛起来"的呼告。冰心的《斯人独憔悴》则正面描写了学生的爱国运动，批判父辈束缚青年人爱国义举的丑行。再如20世纪20年代末王统照的系列作品亦有同样表达。如《号声》中的主人公对中国土地上的日本军吹号集合，感到战争逼近的不安，透露出一种不可名状的忧虑；《海浴之后》中的主人公对于在海滩上趾高气扬的外国女郎，对于在中国土地上为非作歹的外国士兵，发出了强烈的诅咒。这个时候的诗人们也同样处于高涨的爱国热情之中。郭沫若在《创造十年》中说："'五四'以后的中国，在我的心目中就像一位很聪俊的有进取气象的姑娘，她简直就和我的爱人一样。……'眷恋祖国的情绪'的《炉中煤》便是我对于她的恋歌。《晨安》和《匪徒颂》都是对于她的颂词。"《炉中煤》中诗人自喻为正在炉中燃烧的煤，而把祖国比作"年轻的女郎"。诗人怀着炽热的心唱出了如下心声：

> 啊！我年轻的女郎！
> 我不辜负你的殷勤，
> 你也不要辜负了我的思量。
> 我为我心爱的人儿
> 燃到了这般模样！

郭沫若诗集《女神》中的不少作品，就是这样把对于祖国和民族前途的希望与个人为之献身的决心结合在一起，激发出乐观的爱国信念。面对满目疮痍的故土，闻一多曾迸着热泪喊道"这不是我的祖国"。正如五四是一场爱国运动一样，五四文学同样奏响了爱国主义的时代乐章。

日本侵华战争使中国人民饱受日本帝国主义的压迫和凌辱，然而对于一个生性刚强的民族，这也正是激发其民族凝聚力、战斗力，展示爱国主义情怀的时刻。从卢沟桥事变（1937年7月7日）到抗战结束，中国现代文学英勇地担负起了民族救亡的使命，无论国土沦陷的局面多糟糕，人们在"救亡"这个最重要的旗帜下的文学热情是一致的。在国难当头的时刻，五四以来中国现代文学比较关注的启蒙主题（"个性解放"主题），也暂时退出了中心位置，让"救亡图存"成为文坛焦点。"救亡"焕发了巨大的民族凝聚力，昔日因持有不同文学观点而彼此对立的各派作家，这时摒弃前嫌，在民族解放的旗帜下走到了一起。1938年3月，由郭沫若、茅盾等任理事，由周恩来、孙科、陈立夫为名誉理事，由老舍主持日常工作的"中华全国文艺界抗敌协会"（简称"文协"）成立，"文协"在全国设立了数十个分会，出版会刊《抗战文艺》。"文协"成立时提出了"文章下乡，文章入伍"的口号，鼓励作家深入战时生活，得到了作家们的拥护。作家们纷纷走出书斋，分散到各地，或投笔从戎，或参加各个战地的群众动员工作，创作了大量的文艺作品。当时广场诗歌、街头剧非常发达，多人合作形式也非常盛行，如《保卫芦沟桥》《台儿庄》《全民总动员》等都是当时出色的合作作品。抗战时期以"救亡"为中心的爱国文学作品，在艺术上也形成了自己的特色，如在大众化方面就有了长足发展。但同时，由于宣传任务的急迫，作家们无暇对艺术形式本身进行细致的打磨和锤炼，因而也出现了公式化和概念化的倾向，使得多数作品仅止于浅显的情感表达或政治宣传。虽然抗战文学总的艺术价值并不如其政治影响那么大。但是，其中也诞生了一些优秀的传世作品。《北方》是艾青抗战初期的重要诗歌作品集，诗人诉说了战争给中国人民带来的深重的痛苦和不幸，同时更以强烈的爱国情怀热烈地讴歌着这片土地，表达着对这片土地的一往情深。艾青吟哦道：

中国
我在没有灯光的晚上
所写的无力的诗句
能给你些许的温暖么？

有时诗人不免是悲怆的，他写道："为什么我的眼里常含泪水，因为我对这土地爱得深沉。"艾青诗歌避免了抗战救亡文学直白、简单化的毛病，在艺术上达到了相当的高度。

三、以休闲、感觉、性爱为内核的都市文学精神

传统中国社会以自然经济为主，主导社会的思想意识是农民化的，儒家思想基本上是一种农业社会思想。因此，我们会发现，早期的中国现代文学作品都是针对中国乡村生活有感而作的。鲁迅所着力批判的就是中国农村的愚昧和落后，祥林嫂、阿Q等都是农村人物的典型。在鲁迅的影响下，中国现代文坛还出现了以沈丛文、废名、王鲁彦、许杰等为代表的乡土文学流派，他们以启蒙的立场批判中国传统乡土社会的野蛮、迷信、蒙昧，同时又展现中国乡村社会的纯朴、宁静、温情，他们深刻地反映了传统中国乡村社会的崩溃以及近代化对他们的双重影响，在中国现代文学史上留下了独具特色的一页。但是随着中国社会的近代化，中国城市在社会生活中所起的作用越来越重要，主导社会的思想意识，逐渐地转化到都市精神上来。

从本质上说，现代文学是一种都市性质的文学。

中国现代文学的起步就是都市文学。都市文学的滥觞就是现代文学的开始。民国时期，上海等地城区迅速扩展，城市经济文化愈加发达，随着现代都市的形成、市民社会的快速发育，代表都市新兴资产

阶级和城市市民阶层的闲适主义的文学趣味、快节奏的文学阅读要求以及感伤主义感情取向的文学作品也应运而生。随着中国文学传播形式的现代化（现代杂志报纸的崛起使文学作品的主要传播途径从戏台改为纸面刊物），诞生了中国第一批依靠稿费生存的职业作家，他们的代表人物是包天笑、徐枕亚、周瘦鹃等，这派人物后来被人们统称为鸳鸯蝴蝶派。之所以他们被称为鸳鸯蝴蝶派，是因为他们的作品以反映都市恋爱生活及其情调为主，极尽小说写情之能事，有人曾经将他们的作品的中的"情"进行了分类，竟然有"怨情""哀情""苦情""痴情""绝情""艳情""奇情""恨情""幻情"等近10种。如陈蝶仙的《玉田恨史》，作者用了大量的篇幅表现主人公倾诉其对亡夫的种种哀思和悼念之情，以刻画其海枯石烂永不变心的痴情女形象。以现代人的眼光来看，这里似乎有着封建女性从一而终的思想。的确如此，鸳鸯蝴蝶派的都市言情作品，一方面形象地表现出男女情爱生活中的美好人性，表现了一些追求自由生活的现代理念，另一方面又常常夹杂着旧道德、旧思想的痕迹。如包天笑的《一缕麻》，既鞭笞了封建婚姻的残酷性，又写了从一而终，实在是非常矛盾的。从中我们可以看出，这类作品关心的大多只是都市人情感生活中爱情生活这一部分，而且在对都市人爱情生活的反映上又常常夹杂着纯粹消闲和娱乐的成分。在该流派的著名刊物《礼拜六》发刊词中就对刊物的宗旨做了如是说："一编在手，万虑都忘，劳瘁一周，安闲此日，不亦快哉！"这是一种典型的市民刊物，只有现代都市居民，特别是上班族，才有一周工作、周日休息的时间要求，第七天休息是都市人才会有的欲望，以看休闲小说的方式度过闲散的一天也是都市人才会有的阅读要求。此外，都市言情小说在价值观上也是矛盾的，写作上主要使用的是传统的线性时间叙事策略，大多延续了章回小说的格局，因此，彼时的都市文学在精神气质上和中国现代文学普遍的精神诉求尚不完全合拍，因而只能算是中国都市文学的滥觞。虽然它们对于中国现代都市文学乃至中国现代文学的诞生功不可没，但是终究不能说它们是中国现代都市文学的成熟形态。

随着上海都市消费文化环境的进一步形成，成熟形态的都市小说是由上海一拨采用全新的新文学文体且在审美趣味上向市民读者倾斜的作家来完成的。他们继承了鸳鸯蝴蝶派文学的商业性传统、消闲主义美学趣味、言情谈爱的题材域限，从这一点上说，他们是近代的鸳鸯蝴蝶派在中国现代的最好的传人。但是另一方面，他们已经深刻地意识到，上海老派读者的旧小说市场已经萎缩，新兴的、文化程度略高的雇员阶层正在形成，白话小说度过了它单纯的"先锋"时期，已经成为大众文学形式。在这种情形下，他们依托书店和刊物，有的甚至通过商业炒作来从事都市文学创作，"从中国旧文人的角度来理解享乐主义的、反对道德束缚的、提倡纯粹的艺术美的都会风格"[①]。但是，这不等于说他们没有自己的美学追求和独特的创作成就。以往的文学史因其市场化、商业化的写作而将其作品归于通俗文学范畴并无视作者的艺术成就，这是不公允的。他们在文学上首次提出了"都市男女"这一具有海派风格的都市文学常写常青的主题，性爱题材被他们进行了唯美的处理，形成了一种完全新式的对待欲望的思维，这是就他们小说的题材而言的；同时，他们在小说的形式方面也有较多的探索，特别是在借鉴西方象征主义、唯美主义小说方面，他们惯于改变叙事切入的角度，注重表现人物心理小说用语也灵活多变且象征意味深厚，开启了多元化的表达方式"。这派人物中，以张资平最有代表性。张资平在五四时期原是创造社的元老作家，早期的他在创作上嗜好性心理、性行为的描写，推崇自然主义的写实风格。后来，他将创造社小说中青年苦闷源于经济和肉体的双重压抑这个主题推向极端，并由此成长为都市文学家。比之于旧式都市言情小说，张资平的小说在性心理描写，特别是弗洛伊德式的性苦闷、性病态、性怪僻、性猜疑、性虐待，以及各种婚外恋心理的描写方面做了前所未有的探索，他有关天赋性爱权利、性爱的自然属性与社会道德的关系等方面的思想构成了现代都市人现代性爱意识的一部分。但是过分地强调肉欲，作品自我重复，太多的商业色彩，以及小说中常常出现的对于"处女

---

① 张炯，邓绍基．中华文学通史（第7卷）[M]．北京：华艺出版社，1997：67.

宝"的带有封建意识的描写、两性关系中的男子中心主义，使得张资平在某种程度上缺乏自我超越的文学追求和思想境界。沈从文曾经批评他："张资平的作品得到的'大众'，比鲁迅作品还多。然而……转入低级的趣味的培养，影响到读者与作者，也便是这一个人。"①但是，此派小说家的性爱描写也不全是"低级趣味"。中国传统婚姻观念在五四时期受到冲击，但在新的性爱婚恋观形成之际，古老的情爱观念并没有受到彻底的解构。直至后来张资平等敢于大胆地描写男女之事，敢于言必称性，其性爱小说突破了旧式内容，丰富了人们对性爱心理生理因素的认识，这在中国——一个礼教传统深厚的国度应当说是颇有意义的。

真正完成都市文学的版图，将都市文学推上现代文学之顶峰的是紧随其后、同样风行于上海的"新感觉派"。他们的成型和上海租界内的南京路、霞飞路林立的百货广场、酒吧、电影院、跳舞厅息息相关，没有活动其间的白领阶层，也就没有了新感觉派的表现对象和消费对象。1931年，施蛰存发表了他具有意识流风格和魔幻特色的小说《在巴黎大戏院》与《魔道》之后，左翼作家、评论家楼适夷发表评论："比较涉猎了些日本文学的我，在这儿很清晰地窥见了新感觉主义文学的面影。"②就此，虽然施蛰存本人并不承认，但是"新感觉派"这个命名却算正式见诸报刊了。楼适夷说施蛰存受到日本新感觉派的影响也许并不确切，施蛰存自己只是承认受到弗洛伊德的影响。但是，"新感觉派"的其他成员，如刘呐鸥、穆时英等受到日本新感觉派横光利一的影响却是不争的事实。刘呐鸥1930年出版了小说集《都市风景线》，其中的短篇小说采用新感觉体，将上海当时刚刚形成的现代生活和男女社交情爱场景尽情地摄入。他是一位敏感的都市人，锐利地解剖了由JAZZ（爵士乐）、摩天楼、飞机、电影、夜总会、汽车等构成的快节奏的现代都市生活，将根植于现代都市的西方现代派文学

① 沈从文. 论中国创作小说[M]//沈从文文集（第11卷）. 广州：花城出版社，1984：4.
② 楼适夷. 施蛰存的新感觉主义——读了《在巴黎大戏院》与《魔道》之后[J]. 文艺新闻，1931（33）：27.

手法移植到国内来，赋予了现代都市文学丰富的审美意蕴，并推出了使人耳目一新的意识跳跃、感觉流动的小说文体。如《残留》运用内心独白，全篇意识流化，表现了城市给人造成的极度压抑，而新寡的女人因精神压抑（而非出于放荡）才急于寻找"性"的对象以填补空虚。就他首次对现代都市生活的压抑面做了现代性的文学处理而言，刘呐鸥的小说是别具价值的。穆时英被人们称为"新感觉派"的"圣手""鬼才"等，是他创造了心理型小说的流行用语和特殊的修辞，用色彩的象征、动态的结构、时空的交错以及夹杂着速率和曲折度术语的表达方式，来表现上海的繁华，"表现上海由金钱、性所构成的众生喧哗"①。

"新感觉派"小说在现代文学史上第一次使都市成为独立的审美对象，他们所写的都市街景是过去的中国小说中所没有的："红的街，绿的街，蓝的街，紫的街……强烈的色调化妆着都市啊！霓虹灯跳跃着——五色的光潮，变化着的光潮，没有色的光潮——泛滥着光潮的天空，天空中有了酒，有了烟，有了高跟鞋。"（穆时英《夜总会里的五个人》）他们把色彩、声、光富于感性地结合在一起，显示出一种疯狂的都市之美。他们所写的都市人生、都市心态也是过去的小说中所缺乏的，他们给中国都市小说带来了新的审美元素：一种迷醉的、疯狂的、快速的、心理的语言和叙事风格。

综上，都市文学是为了调节现代都市人紧张的生活节奏而发展出来的一种消闲的感官化的文学形式。性、爱是它的常青主题，城市的压抑和绝望是它们的对立面同时又是盟友，现代生活的紧张和焦虑在这里成了审美的对象。也因此，在任何时代，它的主题取向都是先锋主义的，它们甚至会表现得相当另类——它们常常不能为中国正统道德、人伦以及社会观念所容。

四、以猎奇、有趣、娱乐为核心的通俗文学精神

我们已经知道中国现代文学和中国古代文学的核心区别之一是贵

---

① 钱理群，温敦敏，吴福辉. 中国现代文学三十年[M]. 北京：北京大学出版社，1998：252.

族与平民的区别。和中国古代文学的文、雅、智相比，中国现代文学在骨子里就是平民的、通俗的、朴素的，这不仅指它的白话体表达形式，还指它的民间化的价值追求。但是，文学作为一种艺术，它依然是体现专门技能和趣味的产物，现代文学在大多数时候，并不能在最广大的阅读者那里获得理解，因此真正的大众化的文学并非时时都存在。即使是一个大众化的作家，他的作品也并非每一篇都为大众所写，这也是为什么"大众化"是中国现代文学的口号之一。人们非常重视大众化，恰恰从反面说明中国现代文学在大众化方面仍存在短板。换而言之，中国现代文学要获得最一般的读者的青睐，还有赖于作者将之当作一种独立的目标来追求。

中国现代文学诞生之时，其价值就是平民化，"我手写我口"的现代文学革命口号，也是基于这一要求。但是，平民化并非如此简单，通俗化也并不是作家放下架子就可以立即做到的。过去，正统文学史学界、批评界都因为受传统纯文学观念的影响，对通俗化看不上眼。文学作者对通俗化的认知也各不相同。有的认为通俗化就是在形式上更传统一些，比如长篇小说采用章回体、诗歌采用民歌乃至打油诗的体例等。典型的例子有解放区的赵树理等追求的民间故事型叙述，金庸、梁羽生等的章回体武侠小说；有的认为通俗化就是在思想观念上和大众同一，向大众的价值观靠拢，比如放弃精英的启蒙立场，将知识分子高高在上的启蒙者身份降低下来，站在大众的角度认识事物，如毛泽东提出的知识分子向工农兵看齐，深入工农兵生活，接受思想改造的观念；有的认为通俗化就是追求感官刺激，或主打两性情爱题材，比如20世纪30年代海派作家叶灵凤的创作，又比如20世纪80年代以台湾作家琼瑶为代表的言情小说。

总的来讲，通俗文学受众面远大于严肃文学。比如很少有现代作家，他的读者面超越了金庸的，20世纪30年代鲁迅的读者也不如同期的通俗文学作家张资平。但是，文学的通俗化，有的时候是以损害中国文学的现代性（或现代性的某些方面）为代价的。比如，左翼文学的"大众化"是20世纪30年代中国民族矛盾与阶级矛盾共同激化的产物，九一八事变后，日本加紧侵华的危机情势与国民党实行的白色恐怖统治，使得左翼作家意识到建立无产阶级革命联合战线以挽救民族危机、改变社会现状的迫切重要性，于是相应地要求革命文学走向动员大众投身革命的"大众化"方向。左翼文学加强文学与大众联系的同时，也强化了文学的社会功用，使得文学具有了通俗化的品格，在一定程度上弱化了强调独立人格与启蒙意义的文学的现代性。再比如言情文学，现代中国通俗化的言情文学，从鸳鸯蝴蝶派，到20世纪30年代上海的海派言情文学，再到20世纪90年代以来的港台言情小说，常常是以浪漫爱的幻觉以及在爱的方面向旧道德退却为代价（从一而终、至死不渝、男权主义等）。也因此，通俗化是一个在中国现代文学史上一直为人们关心，但是还没有完全处理好的问题，从中国现代文学界围绕文艺大众化、文艺的民族形式所发生的争论就能窥见一斑。1942年，上海文坛发生过一场有关"通俗文学"的讨论，反映出这一时期的作家对于如何创作"灌输合乎时代思潮的进步的思想意识"、形式上具有"中国老百姓熟悉的中国气派和中国作风"的通俗文学存在观念上的分歧。

　　当然在通俗化方面，也有做得相当出色的，如张爱玲。张爱玲特别能处理"雅俗""传统与现代"的关系，在上海文学家中独树一帜。她是中国现代文学史上少有的能在大众和专家两个群体中同时获得欢迎的作家。这可能得益于三个方面，一是对俗人俗世的参悟与渗透，她自己曾经解释小说集取名《传奇》的目的在于"在传奇里面寻找普通人，在普通人里寻找传奇"；二是对传统小说如《红楼梦》《金瓶梅》《海上花列传》等写作技巧的借鉴，这使张爱玲获得了大量的读者；三是张爱玲自言对"通俗小说一直有一种难言的爱好"（张爱玲《不了情·前记》），因而她是中国现代严肃文学作家中难得的具有通俗意识的作家。从上述三个方面看，张爱玲的成功就相当容易理解了。张爱玲的小说常常一方面着力于人物品格精神的世俗性和行为的平淡性描写；另一方面又在言情中散发出强烈的人生意韵，张爱玲的

《金锁记》曾经被傅雷认为是上海文坛"最美的收获之一"[①]，其创作手法便如上所述。小说剖析了一个卑微女子曹七巧如何被遏制情欲，进而失落人性。小家碧玉曹七巧嫁入名门姜公馆，丈夫患骨痨久病在床。在这场门第和金钱的交易中曹七巧牺牲了自己正常的情欲，而只剩下一种焦灼的等待；用青春熬死丈夫，自己获得金钱才能改变一切。15年过去了，她的愿望终于实现，但却从此套上了金钱的枷锁。她因为害怕自己的财产受到觊觎，赶走了钟情于自己的姜家三少爷，又不断地拖延儿女的婚事，甚至出于一种变态的情欲而逼死儿子的妻子和姨太、拆散女儿的婚姻。张爱玲以一种特别冷静的笔调描写了曹七巧身上的金钱欲与情欲之间的纠葛，而这一切又都是在人情世故的框架中完成的。小说获得了巨大的成功，在当时的上海引起了轰动。即便是这样成功的小说，也存在着为通俗而通俗的现象。傅雷在褒扬作品的同时也指出了这一点。他在同一篇文章中说："除了男女之外，世界究竟还辽阔得很，人类的情欲也不仅仅限于一二种，假如作者的视线改换一下角度的话，也许会摆脱那种贫血的感伤情调。"当时的另一个评论者谭正璧在评论张爱玲的小说时也指出："选材尽管不同，气愤总是相似。她的主要人物的一切思想和行动，处处都为情所主宰，所以他或她的行动没有不是出于疯狂的变态心理，似乎他们的生存是为着情欲……，作者是个珍惜人性过于世情的人，所以她始终是个世情的叛逆者，然而在另一方面又是跳不出情欲的奴隶。"[②]有论者认为张爱玲继承了海派作家张资平、叶灵凤在描写性欲以及变态心理方面的成功经验，将它们作为流行小说的元素引进文学，这不是没有道理的。为出版《传奇》，张爱玲最先联系的是中央书店。1944年6月，她写信给中央书店老板平襟亚，说道：

> 我的书出版后的宣传，我曾计划过，总在不费钱而收到相当
> 的效果。如果有益于我的书的销路的话，我可以把曾朴的《孽海

① 傅雷. 论张爱玲的小说[M]//傅雷文集·文艺卷. 北京：当代世界出版社，2006：112.
② 刘川鄂. 张爱玲传[M]. 北京：北京十月文艺出版社，1999：123.

花》里有我的祖父与祖母的历史，告诉读者们，让读者和一般写小说的人去代我宣传——我的家庭是带有贵族气氛的……①

张爱玲能充分地捕捉一般人的"猎奇"心理，为了书的畅销，她不惜兜售自己的家史。她要以家庭的"传奇"推销自己的《传奇》，用非文学的方式推销自己的文学，才能在通俗文学上获得更好的成功。从中我们可以看出，在文学作品的随俗和推销方面，作者的确是要付出一定的代价的，即使如张爱玲这样的小说天才也不得不如此。通俗小说中"言情"一路有才子佳人模式（世纪初的鸳鸯蝴蝶派和世纪末的琼瑶采取的都是这个思路）、三角性爱模式（张资平）、变态性爱模式（叶灵凤、张爱玲等）……之所以言情需要模式，盖因它要顺应受众，满足市场，通俗文学需要更多地考虑一个时期大众的阅读趣味，一个时期大众流行什么趣味，通俗作家就必须去赶这个潮流。

从历史上看，中国现代文学在处理高雅与通俗这对矛盾方面一直是重高雅而轻通俗的。中国现代文学之诞生是以反对传统中国精英文学为开始的，但是中国现代文学反对作为"古董作品"的古代精英文学，却并没有反对作为认知载体的精英文学思维，因此，它在借鉴西方文学方面，主要借鉴的是西方的纯文学；也因此通俗文学在中国近百年来基本上没有获得先锋性的纯文学的注意，没有纯文学作家的参与，没有先锋文学家的进入，通俗文学的水准自然就难以提高。

随着时代的发展，大众文化程度普遍提高，文学阅读和欣赏能力逐渐加强，纯文学和通俗文学、精英文学和大众文学之间的差别会越来越小，两者逐渐地靠拢是必然趋势，虽然两者不会决然同一。由此，我们发现，纯文学作家进入通俗文学创作领域，这是一件非常好的事情，它将使通俗文学拥有更高的文学技术水准，也拥有更高的价值追求。随着我国书刊发行体制市场化的逐步加深，可以预见，将会有更多的当代纯文学作家涉足通俗文学创作，中国的通俗文学创作将会迎来一个新的高潮。

---

① 刘川鄂. 张爱玲传[M]. 北京：北京十月文艺出版社，1999：261.

第三章 中国现代文学与东亚文学的关联

第一节 东亚文学概况

一、东亚文学的定义

东亚指亚洲东部地区，具体指中国、日本、朝鲜半岛。中、日、韩三国同属于"儒教文化圈"或"汉文化圈"，在漫长的历史长河中相互之间进行了形式多样的文化交流。从"儒教文化圈"或"汉文化圈"等范畴界定就能够看出，言及东亚文化交流时，从传播学角度人们往往把中国视为"发信者"，而将韩国和日本视为"受信者"。

"东亚文学"指的是东亚地区的文学，由具体的国别文学、民族文学构成。东亚文学是东方乃至世界文学的一部分，也是世界主要文明和文化的一部分，更是一部以"儒释道"文化为精神支柱的东亚人精神文明史的记录。

事实上没有一种超越国家、民族的整个东亚地区通行的文学。因而名为"东亚文学"的研究，实际上大多是关于东亚地区各国家、各民族文学的研究。但东亚各国互为邻邦，历史上深受东亚大陆文化的影响而具有内在的整体性，形成一体的"文化东亚"。

学术界从"文化东亚"的视角，超越国别、民族文学的范围，从整体上对东亚各国、各民族文学之间的交流、关系进行研究，已经出现了一些成果。将东亚作为整体区域研究，日本在20世纪初已成规模。我国在20世纪30年代翻译出版了日本学者滨田耕作的《自考古学上观察东亚文化之黎明》①等一批相关著作。中国的"东亚文化"研究，兴起于20世纪70年代末，经历了三个阶段：1.初步探讨阶段（20世纪70年代末到20世纪80年代中期）；2.探讨发展阶段（20世纪80年代中期到20世纪90年代中期）；3.深入探讨阶段（20世纪90年代中期至今）。大批学者从政治、经济、国际关系、哲学、历史、文化等不同层面进入东亚研究领域，一些科研院所和高等院校成立"东亚文化研究中心"等相关研究机构，主办相关主题的国际国内学术研讨会，出版相关的研究丛刊和著作。据不完全统计，20世纪90年代以来，以"东亚"为题的著作和论文集有一百多种，各级期刊也发表了一大批以"东亚"为主题的论文。

二、东亚文学的特征

（一）"一元性"

所谓"一元性"就是东亚文化圈以汉文化为中心，汉字与汉文、儒释道思想、相同的文化与文学现象、共同的文学形式是东亚汉文化圈的基础。从语言到文学的思想内容，东亚文学或多或少地有着汉文化的因素。东亚汉文学受中国文学的影响最深。东亚母语文学也与中国文学有着密切的关系。日本、韩国的诗歌、小说、戏剧，从文学体裁的形式到具体的作家，大都与中国文学有高度关联。汉字的传入直接带来了日本和韩国汉文学的繁荣，汉文学采用了中国文学的各种体裁形式，如诗、词、赋、小说等，并且在内容上也惊人地相似，因而中国文学与汉文学之间界限模糊，这是东亚文学中普遍存在的现象。

（二）"多元性"

汉文学作品毕竟是日本作家或韩国作家依据自己的生活经历所创作的，具有一定的民族性，应该分别属于日本文学或韩国文学，而不

---

① 滨田耕作. 自考古学上观察东亚文明之黎明[J]. 张我军，译. 辅仁杂志，1931（2）：27.

能看作中国文学的附属品。"儒释道"作为东亚共同的意识形态，是东亚文学与文化的灵魂，是东亚文化形成、发展的决定性因素，在东亚文学的产生与发展过程中均发挥了不可替代的作用。它们渗透到了日本和韩国的文学血液当中，并且发生了变异，与其本土文化融为一体，形成一种新的变异体文学。对东亚文学进行整体研究，无法避开儒学、佛教、道教文化在日本与韩国的传播及其作用。

而产生东亚整体的文学意识是近现代的事情。随着留学、政治活动、文化交流的展开，东亚各国的整体文学意识出现了。一些学者在近现代的国别文学研究中逐步具备了"文化东亚"的整体视野，如华裔日籍学者藤田梨那的《中国现当代文学中的跨文化书写》，就是在20世纪中、日、韩社会文化语境中，从多元视角分析鲁迅、周作人、郭沫若、殷夫、司马桑敦、陶晶孙等作家的东亚书写，探讨中国作家在异域的生活体验及其所遭遇的异质文化冲突与融合的精神历练。他以开阔的视野，通过对东亚文化的整体把握，考察这些作家异域书写的思想内涵、文化意义和审美价值。

另一些学者着力于东亚文学研究视角、方法和未来走势的思考。如金柄珉、崔一的论文《东亚文学的互动与生成》，从"异国体验叙事""文本的传播""潜在的文化对话"几个方面入手，突出对东亚文学整体的"互动生成"研究，认为"研究东亚文学的互动与生成，不仅具有文学研究的价值，在广义上它也是谋求人类文化多元共存的有益实践。在当今所谓'全球化'时代，人类文化的多样性和多元价值面临着被资本这一'洪水猛兽'吞噬的危险，因此，研究东亚文学的互动和生成，有助于发现东亚的文化价值，确立东亚文化的新关系，促进世界文化发展的多元化"[①]。陈多友、顾也力在《"全球地域化"语境下东亚共同体如何"文学"?》中提出：在"全球地域化"大潮的语境下，东亚地域客观上必须思考在文学领域如何开展平等对话，建立共同的话语空间，在此基础之上，重新书写东亚文学史，建构开放

---

① 金柄珉，崔一. 东亚文学的互动与生成[J]. 东疆学刊，2012（4）：1.

的东亚文学理论体系，丰富东亚文学的形式与内涵①。

第二节　东亚各国文学的互动

对东亚文化圈内各国、各民族之间的文学传播交流及彼此影响渗透的关系进行梳理和考察，可以开辟东亚文学及整体研究的新空间，对突破国别和民族文学的藩篱，在两国或多国文学关系的把握中获得"文化共同体"的文学理解与认识有所助益。

首先，东亚作为区域性的"文化共同体"，其历史上形成的文化、文学的共通性，为突破民族、国家屏障提供了精神基础，也为立足于跨文化立场的比较文学研究提供了丰富的资源。

其次，东亚文学的长足发展得益于该地域各国文学特有的传统及其互动。这既是东亚文学发展的特殊规律，也是世界文学发展的普遍规律。

最后，东亚文学的互动包括直接对话和潜在对话两种方式。直接对话包括通过人际交往和文献交流所进行的实质性的对话，以及思想、价值观的相互影响等精神层面的对话。潜在对话源于地理（地域的相邻性、自然环境）、人文（生产关系、政治制度、思想和价值观）语境的相通性，潜在对话可以通过对相同题材和主题的比较等互文性的分析加以阐明。

研究东亚文学的互动，不仅具有文学研究的价值，在广义上它也是谋求人类文化多元共存的有益实践；它还有助于发现东亚的文化价值，确立东亚文化的新关系，促进世界文化发展的多元化。如黄俊杰曾提出，东亚文化交流史的研究经历了从"结果到过程""从中心到边

---

① 陈多友，顾也力. "全球地域化"语境下东亚共同体如何"文学"？[J]. 东南亚研究，2007（6）：93.

缘"这样的视角转换[①]。

根据上述观点，我们在思考东亚文学的有关问题时，首先要摆脱一味地关注结果的研究范式，转而细致地考察和解读东亚文学互动的过程。以汉字作为共同文字是东亚各国历史悠久的文化传统。因此，人们在对待东亚文学时就形成了一种先入为主的惯性思维——中国文学是东亚文学之"本"，其他文学都是"表"。其实，中国文学也是由多民族文化融合而形成的，也是在与周边诸国的文化交流过程中逐步发展起来的。因此，研究东亚文化的多元互动是必不可少的环节，而仅仅凭借对结果的研究显然无法探明新的规律和特性。例如，鲁迅、郭沫若的文学创作与日本，胡适、闻一多的文学创作与美国，这些都是"自我"与"他者"之间相互冲突和融合的产物。"自我"的觉醒和完善是在与"他者"的互动中实现的。"自我"的觉醒是认识"他者"的前提，而"自我"与"他者"的接触与交流又是引发"自我"觉醒的要因。总而言之，考察东亚各国文学间的互动关系时，相比单纯考察其结果，追踪和探明其过程更具有启示意义。

其次，考察东亚文学应实现从中心到边缘的转向。一般来说，从中心向边缘的辐射是文化交流的普遍现象。但是，文化交流在多数情况下又是双向的，纯粹单向性的文化交流少之又少。文化的输出难免要伴随着输入，同时，文化在传播过程中往往会引发"误读"现象，而"误读"本身既是一种变异，也是一种再创造。因此，我们可以通过逆向思维，从边缘发现中心的本源价值和潜在价值，例如儒家和佛教思想在日本的变异，尤其是它与日本固有的神道教的结合。《源氏物语》的主人公光源氏的形象就是此种结合的典型个案。再如"程朱理学"传入朝鲜之后，李滉（退溪）对其加以全新的阐释；朝鲜"北学派"文人洪大容来到中国，接触到西方传教士传入中国的天文知识，通过将之进一步阐发形成了一套独特的天文思想。从中心向边缘的视角转换，有利于更好地解读东亚文化的合力与张力，这种"去中心主

---

① 黄俊杰. 作为区域史的东亚文化交流史[M]//乐黛云，钱林森，等. 跨文化对话：第二十八辑. 北京：生活·读书·新知三联书店，2011：167-168.

义"的视角还有利于确立"和而不同"的价值观，进而阐明多元共存这一东亚文化的重要特征。

通过这种方法论的转换，我们可以重新解读东亚文学及文化，阐释其互动与生成的过程，以崭新的视角发现新规律。互动意味着对话与交流，互动也是一个流转的过程。环顾东亚发展的历史，正是因为有了互动，东亚文学与文化才得以相互辉映，才得以具有更加丰富的内涵，才得以实现更具普世性的文化价值。以下从异国体验叙事、文本的传播、潜在对话三个方面考察东亚文学的互动现象。

一、异国体验叙事

就本质而言，文学是人的体验的产物。无论它是劳动体验，还是宗教体验，都毋庸置疑是源于人的生活体验。因此，文学创作可概括为"生活体验（或者经验）→体验的升华→象征化"，体验的深度和广度直接决定文学创作的深度和广度。因此，异国体验在文学研究中备受瞩目。

异国体验是人通过空间的移动获得的有关他国文化的经验，同时又是通过"域外视角"反观自我的过程，即"互动认知（reciprocal cognition）"的过程。在民族文学的发展进程中，异国体验文学促进了不同民族文学之间的文化对话、融合、共存和创造。异国体验文学是一种通过域外视角对本土（local）的反观，因此，异国体验是通过主体与客体、自我与他者的相互转换形成有关自我与世界全新认识的过程。杰出的文学作品往往就诞生在这一过程中。

（一）韩国人的中国体验叙事

近代以前韩国人的中国体验，根据中国之行的目的，可分为留学体验、求道体验和使行体验。

留学体验是指以求学为目的的异国体验。代表人物有统一新罗时期的崔致远、崔彦伟、崔承佑，即所谓"三崔"。求道体验是指以宗教活动为目的异国体验。慧超、元晓、金乔觉等就是为求法而来到中国的新罗僧人。使行体验是指在出使中国的过程中获得的体验。出使明朝的朝鲜使臣所留下的"朝天录"作品以及出使清朝的朝鲜使臣所留下的"燕行录"作品就是使行体验的代表作。

近代以后，韩国人的异国体验主要有以谋生为主的移民、由日本帝国主义的殖民统治而主导的强制移民以及由知识分子对近代化的渴望而引发的求道体验。其中，求道体验的源头是由朝鲜朝末期"西势东渐"的趋势促发的"开化思想"，即韩国文人对"域外"文化的强烈渴求。随着日本殖民统治的开始，许多韩国人为寻求民族独立的道路和学问纷纷奔赴中国、日本、美国等国家，还有众多独立运动家们在中国开展了抗日独立斗争。这类异国体验极大地拓宽了韩国文学的文化地理学空间，创作出了大量宝贵的异国体验叙事作品。金泽荣、申桱、申采浩、姜敬爱、安寿吉、朱耀燮、李陆史、尹东柱等人的文学作品就是其中的代表作。

（二）日本人的中国体验叙事

在古代，日本人对中国的体验包括"遣唐使"的使行体验、宋代日本派往中国的贸易使节团的中国体验，以及为了学习传入中国的佛教而来到中国的"留学僧"们的求道体验等。通过这类体验，日本文学中出现了大量中国体验叙事作品，还促成了中国文学向日本的传播，从而对日本文学的发展产生了诸多影响。例如，"唐传奇"通过日本人的中国体验传入日本，从而形成了日本的"汉文传奇"。"汉文传奇"之后朝着"口语体"的方向演变，同时吸收"和歌"等日本"韵文文学"诸因素，成为日本古典小说形式——"物语"的重要基础。

（三）中国人和韩国人的日本体验叙事

19世纪末20世纪初，最早实现近代化的日本一跃登上东亚文化强国的地位。渴望实现近代化的中国人和韩国人将日本视为"黄种人的引路人"，于是，通过移民、流亡、留学等途径获得的日本体验成为韩国人和中国人接受近代西方文化的主要媒介。日本体验对韩国和中国近代文学的形成产生了巨大影响。

正如郭沫若所言："中国文坛多半是由日本留学生筑就的。"在中国近代文学的形成过程中，日本体验是最主要的源泉之一。王国维在中日甲午战争（1894—1895）之后，被称为"新学"的西方学问深深折服。于是，他一方面在上海参加工作，一方面还要到日本语学校进行学习，直至1901年东渡日本留学，修习英语和数学。虽然迫于疾病，他数月后最终结束学业回到祖国，但在留学期间读完了费尔班克斯、杰文斯、海甫定、康德等人的著作。新文学运动的旗手鲁迅1902年留学日本，他一边学习医学，一边还广泛阅读传入日本的西方文学与哲学著作，并最终弃医从文，逐渐具备犀利的批判意识。郭沫若在留学日本九州期间，创作了大量的浪漫主义诗歌并发表在中国的文学刊物上；以此为契机，他结识了在日本大阪留学的剧作家田汉以及担任《时事新报》文艺副刊编辑的美学家宗白华，他们三人联手出版了广泛探讨近代文明的《三叶集》。不久之后，郭沫若联合在日本的中国留学生组织起被誉为中国新文学运动火炬的文学团体——"创造社"。

近代初期，日本是韩国人接受近代文化的最重要的窗口。就韩国近代文学而言，多数作家曾经留学日本，通过日本接受了西方文学。虽然西方文学经过日本的吸收发生了一些变化，但是它对韩国近代文学理论、思潮、批评的建构仍发挥了至关重要的作用。崔南善的"新体诗"、李仁稙的"新小说"、李光洙的近代文学批评、金东仁的唯美主义文学、"普罗"文学等都受到日本体验的巨大影响。

总而言之，东亚各国文人在体验异国文化的过程中，不断加强文学的文化内涵，拓宽自己的文化视域。通过这一过程，东亚文学得以演练出"自我"与"他者"之间的比较视域，进而积累了在"自我"与"他者"、"自我"与"自我"、"他者"与"他者"之间复杂的交互关系中准确把握自我坐标的智慧。就这一点而言，我们能够通过东亚各国的异国体验发现东亚文学多元共存的本质。具体而言，这种互动造就了文化接受与创造、崭新的文化视域与文化自省、文明建构的参与意识等，它们是东亚文学多元共存的特性。归根结底，东亚文学通过文学的象征化展示了东亚文化的强大生命力。

二、文本的传播

文本与文本的传播是文化互动的主要媒介和途径，因此，有学者借用"丝绸之路"的概念，将中国、韩国、日本之间以书籍为途径的文化传播称为"书籍之路"。东亚是印刷文明成熟较早的地区，书籍的印刷和流通十分活跃。加之东亚各国之间的使节互访和贸易往来等极为活跃，书籍的传播较之其他地区更为有利。

文本因其有形性，在传播过程中较少受到空间和时间的制约。同时，文本的传播通常不是单向模式，而是双向乃至多向模式，因而在传播过程中往往出现变异和再创造。众所周知，瞿佑（1341—1427）的《剪灯新话》给予金时习的《金鳌新话》以巨大影响。不仅如此，浅井了意（1612—1691）的《伽婢子》也是在《剪灯新话》的影响下创作的。当然准确来讲，《金鳌新话》对《伽婢子》的影响比《剪灯新话》的影响更为直接。以此类推，上田秋成的《雨月物语》也应该是在《金鳌新话》的影响下创作完成的。金万重的《九云梦》的蓝本是《太平广记》。而《九云梦》传入中国后，又被掺入了《金瓶梅》和《红楼梦》的部分因素，翻著为白话小说《九云楼》。后来，《九云楼》重又传入朝鲜，以《九云记》为题得到传播。①

清代文人王士禛与朝鲜"北学派"文人之间的文本交流也是一个范例。王士禛的《带经堂集》传入朝鲜大约是在18世纪50年代，二十多年后，开始受到"北学派"文人的普遍关注。"北学派"文人洪大容燕行时结识了"古杭三才"——严诚、陆飞、潘庭筠，并从他们手中得到王士禛的诗话集《感旧录》，后者被带到朝鲜后，在"北学派"文人中广为传阅。"北学派"文人李德懋、柳得恭、朴齐家、李书九的诗集传入清朝后，通过不同途径得到刊行，并受到当时清代著名文人纪昀、翁方纲、李调元等人的高度评价，他们将这四位作者誉为"海东四家"。"北学派"文人的诗文能够在清代文坛引发如此巨大的反响，

---

① 丁奎福. 韩中文学交流之本然双向互动关系——《九云梦》与《九云记》之比较[J]. 延边大学学报（哲学社会科学版），1995（1）：42.

一个重要的原因是"北学派"文人对王士禛文学的创造性接受与阐释。此外，李白、杜甫、陶渊明、苏东坡等人的诗集以及《三国志》《红楼梦》《金瓶梅》等小说都先后从中国传入朝鲜，又经过朝鲜传入日本。

　　日本在东亚最早接受西方的近代文化，大量翻译和翻案的西方文学作品传入中国后，成为中国"新文学"作品以及朝鲜"新体诗"和"新小说"的模本。同时，日本作家的许多作品也对中、韩两国文人产生了诸多影响。例如，厨川白村（1880—1923）的文论著作《苦闷的象征》，是在作者去世后的1924年2月由作者的亲友付梓出版的。同年9月，鲁迅就着手翻译此书，并于同年12月推出中文版。其实，《苦闷的象征》在日本反响甚微，被鲁迅翻译成中文出版后，却在中国引起了巨大反响。《苦闷的象征》的思想源自柏格森和弗洛伊德的心理哲学，其主旨是"生命力受了压抑而生的苦闷懊恼乃是文艺的根柢，而其表现法乃是广义的象征主义"①。鲁迅为厨川白村强烈的批判精神所倾倒，相信这种强大的精神力量能够给中国人萎靡的精神带来有力的冲击。因此，鲁迅陆续创作出《野草》《故事新编》等作品，表现自己在当时中国社会生态下的苦闷与苦恼，以及对于黑暗社会的强烈批判。

　　总而言之，文本的传播能够引发作者对相同题材与主题的文学思考，使得处于不同时空的作家们在自身所处的语境中对文本做出不同的解读。在此过程中，有时还可能引发"误读"，从而使文本在传播过程中能够获得更多新的意义。

第三节　东亚文学的潜在对话

　　钱锺书先生曾经以一句"东海西海，心理攸同；南学北学，道术未裂?"②道破人类文化的普遍性和类似性。我们从不同民族和国家的

---

① 厨川白村. 苦闷的象征[M]. 鲁迅，译. 天津：百花文艺出版社，2000：17.

② 钱锺书. 《谈艺录》序[M]. 北京：中华书局，1984：1.

文学中不难找出相同或相近的主题或形象，这正是人类普遍价值的表现。这种处于两个或多个不同时空的文学作品探索同一主题的文化对话可称之为"潜在的文化对话"。

首先，安藤昌益（1703—1762）与朴趾源（1737—1805）之间的潜在对话值得关注。安藤昌益的《法世物语》与朴趾源的《虎叱》虽然创作于不同时期、不同国度，但两者间却存在相当程度的类似性。两者都假借动物的形象和口吻批判封建制度与文化，在艺术形式和文字等方面展示了伟大的变革精神。

在《法世物语》中，鸟、兽、虫、鱼这四种动物聚在一起讽刺和批判人类社会的弊病。在"鸟"一章中，鸟向秃鹫询问人与动物的区别，秃鹫回答道："人间'法世'比起动物界显得更加昏暗残暴。"[①]在"兽"一章中，狗批判道：所谓的"儒士"，"产生偏气，并写下许多'偏心'、'偏知'的荒唐文字来"。[②]在《虎叱》中，老虎痛斥所谓的君子北郭先生，借此揭露封建社会"人吃人"的本质："计虎之食人，不若人之相食之多也。"[③]老虎还讥讽封建儒士的虚伪和堕落："儒乎臭矣"，"儒者谀也"。[④]

《法世物语》和《虎叱》都采用了拟人和幻想的艺术手法，摆脱了"文以载道"的文学观，主张"以文为戏"，从而在语言和文字功能上实现了一大革新。

安藤昌益指出："文，文道器也，器疎而得器内味道，则器无用也，器假用也，文又然也。诵文字得意，则无用也，文假用也。"[⑤]他还认为，一切书写文章的技巧都是"混述"。朴趾源也反对"文以载道"，主张"以文为戏"。在《虎叱》中，朴趾源借用老虎之口指出，北郭先生校正万卷书籍皆为"校书"，而非"著书"。

---

① 赵东一. 安藤昌益与朴趾源比较研究序论[J]. 延边大学学报（哲学社会科学版），1999（4）：8-9.

② 同上。

③ 同上，第321页。

④ 朴趾源. 虎叱[M]//热河日记：关内程史篇. 平壤：朝鲜社会科学出版社，1995：61.

⑤ 安藤昌. 安藤昌全集，第19卷[M]：东京. 农山渔村文化协会，1987：35-36.

从语言风格上看，安藤昌益的文体更接近日本的汉文，与正统汉文语法有较大的出入。朴趾源也一直肯定朝鲜语，他虽然也使用汉文创作，却拥有自己独特的文体，被誉为"燕岩体"。朴趾源经常在文中使用朝鲜专有的官职名称和地名，还引用朝鲜语中特有的谚语和俗语等，从而强化了文学的通俗性。例如"医无自药，巫不己舞"（《秽德先生传》），就是直译朝鲜谚语"医生治不了自己的病，巫婆不能为自己跳大神"；再如"诵如冰瓢"（《两班传》），就是直译了表现话语流畅的朝鲜谚语"犹如冰面上推瓢"。朴趾源还破格使用了汉字的音和意，突出了文体表现的民族特色。文体和文字使用上的不拘一格，无疑是朴趾源积极摆脱旧有封建文化传统的结果。

安藤昌益与朴趾源生卒年仅仅相差30年左右，两者的文学创新堪称同时代人的潜在对话。百余年后，中国新文化运动的旗手鲁迅与朴趾源之间再度展开了跨时空的潜在对话。

鲁迅一贯批判封建礼教以及被旧价值观束缚的国民性，主张文体改革。通过比较鲁迅的《狂人日记》《阿Q正传》《祝福》与朴趾源的《虎叱》《广文传》《朴氏夫人传》，我们不难发掘出两位时代先行者之间潜在的文化对话。面对人类文化发展进程中新旧文化的剧烈冲突，两位时代先行者表现出相似的立场和态度：坚决拥护新文化，坚决抵制和志在颠覆旧文化。这也是人类文明进化过程中的普遍规律。两位作家虽然相隔百余年，但他们对封建专制制度和儒教文化弊病的激烈抨击却如出一辙。①

总之，探寻文学创作中的潜在对话，能够发现和确认各国、各民族文学间的互动关系。弗雷德里克·詹姆逊认为："一个特定的文本总是要想象地或象征地解决某一真正的矛盾；一个文本既是一种行为又是象征性的。"②鲁迅与朴趾源的小说也是如此。它们既是想象的或象征的文本，也是为探求解决社会矛盾之路而采取的"行为"。同时，两

---

① 朴趾源. 虎叱[M]//热河日记：关内程史篇. 平壤：朝鲜社会科学出版社，1995：231.

② 弗雷德里克·詹姆逊. 政治无意识[M]. 王逢振，陈永国，译//陈永国. 文化的政治阐释学. 北京：中国社会科学出版社，2000：205.

者之间存在一种相同（或相似）文化语境下话语的连贯性，即两位作者的近代志向及其精神史的延续性。而且，朴趾源小说的主题意识和人物形象又是鲁迅小说主题意识和人物形象的雏形，并在鲁迅的作品中得到进一步的发展和升华。塔尼亚·弗朗哥·卡瓦利亚尔指出："伟大作品的范本不必早于伟大作品，相反，最伟大作品创造了它的先行者。"①通过展现朴趾源与鲁迅之间的潜在对话，我们可以重新确认朴趾源小说文化精神的先驱性，进而确认鲁迅小说文化精神的集大成意义。另外，安藤昌益、朴趾源和鲁迅之间的潜在对话也是值得我们今后进一步研究的课题。

---

① 卡瓦利亚尔. 拉美的文化对话或文化误读[M]//乐黛云，张辉. 文化传播与文学形象. 北京：北京大学出版社，1999：187.

第四章　中国现代文学与日本

第一节　中国现代文学的产生与日本的影响

一、中国现代文学与日本关系的总体概况

中国现代文学的诞生和发展与外国文学有着紧密联系，可以说离开外国文学来谈中国现代文学是不准确的，在众多外国文学中，日本对中国现代文学的发展起到了重要作用。

鸦片战争失败后，越来越多的人意识到中国旧制度的局限性，主动向外国学习先进的知识与技术以挽救危局，文人学者则致力于翻译外国文学作品，开阔国人文化视野。作为中国一衣带水的邻邦，日本从1868年明治维新起开始进行政治改革、力促文明开化。最终通过兴办产业和教育迈向近代化，一举成为亚洲强国。由于中日两国同属于儒家文化圈，在文化上有相通之处，加之地理距离较近，故东渡求学的留日学生日渐增多，后来中国现代文学与日本近现代文学关系尤为密切自然也在情理之中。

研究中国现代文学与日本关系的总体概况，需要明确一定的时间范围。按照20世纪50年代学科正式确立时的划分，中国现代文学始于1917年五四文学革命，止于1949年第一次中华全国文学艺术工作者大会的召开。日本的近现代文学始于1868年明治维新，止于1945年第二次世界大战日本战败。在这个时间范围内，中国现代文学与日本的关系一共经历了三个发展阶段。第一阶段是1868—1927年，传递与影响阶段；第二阶段是1928—1936年，交流的高潮阶段，主要表现是无产

阶级文学的积极交流；第三阶段是1937—1949年，由于日本侵华战争阻断了文学交流，中国现代文学与日本的关系逐步呈现复杂化的局面。

（一）1868—1927年：传递与影响阶段

中国现代文学与日本关系的第一阶段，主要是后者在"西学东渐"中对前者的文化传递与影响。日本作为中西文学的桥梁，源源不断地将西方思想通过译介传递给中国。当然这些西方思想大多已经过日本学人过滤，留日知识分子学习后，利用它们进一步影响中国现代文学。这其中，留日知识分子发挥了重要的传递作用。据实藤惠秀所著的《中国人留学日本史》统计，1896年至辛亥革命前，留日清国学生达34327人，其中1905年至1907年每年七八千人，1912年至1937年共有61130人，累计约十万人，其中包括后来语丝社、创造社的不少作家。[1]黄遵宪、梁启超、鲁迅、周作人、郭沫若、郁达夫等在日本留学过的知识分子都成为中国现代文学史上举足轻重的重要人物。

日本与中国现代文学最初为传递、影响的关系。王向远认为，对于中国现代文学来说，日本文学具有双重作用，一是作为中西文学的桥梁，将信息传递给中国；二是作为异质文化的信息源直接影响中国[2]。日本明治维新后，在西方启蒙主义影响之下，日本也逐渐兴起启蒙主义思潮，先行者们通过翻译文学与政治小说来宣传资产阶级民主自由。1877年，随中国首任驻日公使何如璋一同出使日本的黄遵宪开始接触日本翻译过来的西方资产阶级民主自由学说。他看到日本在经过明治维新后巨大的国力变化，意识到中国亟须进行改革。经过潜心研究，黄遵宪遍查史料，深入了解日本国情，终于在1887年完成了著名的《日本国志》。《日本国志》为中国深入了解日本、向日本学习起到重要的奠基作用。黄遵宪在《日本国志》中最早提出用白话文写作，这为五四文学革命倡导的白话文运动提供了思想源泉。日本的"言文一致"文字改革方针也促使黄遵宪思考，中国同样需要"言文一

---

① 陈漱渝. 日本近代文化对中国现代文学的影响[J]. 中国文化研究，1995（2）：131.

② 王向远. 中日现代文学比较论[M]//王向远著作集（第5卷）. 银川：宁夏人民出版社，2007：3-28.

体"来改变中国言文不合的现状。该主张后来被梁启超等人逐步发展成为"言文合一",并在此基础上进一步提出引进"欧西文思",进行"文界革命",创造新时代的语言。

除了言文合一的白话文运动,翻译文学与政治小说也被留日知识分子引至中国。以梁启超为代表的维新派知识分子流亡日本,在日本翻译西方小说的热潮下,梁启超带头翻译了诸多日本政治小说,并引进了许多新词语与新概念,引发中国翻译小说的热潮。嗣后学人们倡导的"诗界革命"与"小说界革命"也都受到了日本翻译文学的影响。"诗界革命"提倡"新语句",以"日本译西书之语句入诗";"小说界革命"则引进了日本人翻译西方小说时创立的小说分类概念,如"政治小说、地理小说、侦探小说、科学小说"等都作为"新小说",成为中国近代小说理论的基本概念①。

西方的浪漫主义思潮,以及卢梭、拜伦、雪莱、尼采等西方浪漫主义诗人或思想家,无不是从日本文坛引进中国的。鲁迅的《摩罗诗力说》是中国最早系统地评价拜伦与雪莱等西方浪漫主义诗人的文章,经日本学者北冈正子考证,鲁迅的《摩罗诗力说》中的许多观点都受到日本文坛的影响②。郭沫若在日本也受到德国浪漫主义狂飙突进诗人歌德的影响,后来郭沫若将歌德的《少年维特之烦恼》翻译至中国,对中国浪漫主义文学的兴起起到了较大的推动作用。

在日本不断引进的西方人学社科作品的影响下,留日学生们吸收西方文化思潮,深入思考国家的命运。留学日本的经历使鲁迅接触到以尼采为代表的西欧近代思想,这使得鲁迅意识到中国人缺乏使人成为"真正的人"的根本的生命力③,为了医治中国旧思想造成的痼疾,鲁迅多次在五四新文化运动的阵地《新青年》杂志翻译发表有社会意义的日本小说,并发表《摩罗诗力说》《文化偏至论》等文章,主张将

---

① 王向远. 中日现代文学比较论[M]//王向远著作集(第5卷). 银川:宁夏人民出版社,2007:3.

② 同上,第28页。

③ 刘翌. 论日本文学对五四时期中国文学的影响[D]. 西安:西北大学,2002:23.

个人觉醒与国家独立的意识结合在一起，以期唤醒沉迷在封建思想中的国民。鲁迅还从有岛武郎那里吸取了进化论、幼者本位主义、社会弱者论作为其人道主义的重要组成部分。例如，鲁迅的《伤逝》就显现出人的进化，主人公之一涓生展现了一个追求人性不断发展的重要过程。在有岛武郎的幼者本位主义影响下，鲁迅发出"救救孩子"的呼吁。社会弱者观也使鲁迅格外关注群体中的弱者，提出要看到他们的痛苦与无知处境。日本式尼采的哲学思想和有岛武郎的人道主义思想与鲁迅本身的思想交融汇合，形成了鲁迅富有战斗精神的人道主义观与个人主义思想。在文艺理论方面，鲁迅还翻译了厨川白村的《苦闷的象征》等文艺理论著作与评论，希求为中国新文学的发展提供理论借鉴，鲁迅的散文诗集《野草》就是在《苦闷的象征》影响下完成的杰作。

不过，中国现代文学与日本文坛的关系并非前者全盘接受后者，而是有选择地接受适合中国的文学思潮。在20世纪初被引入日本的自然主义思潮，在日本文坛的影响最大、活动时间最长，甚至被称为日本文学近代化的标志。中国文坛也受到自然主义思潮影响，但这一影响只维持了两三年。只有沈雁冰等少数作家以《小说月报》为阵地倡导自然主义，此后便被中国文学研究者放置一边。归其原因，主要是由于中国的自然主义思潮没能和现实主义区分开来，对日本自然主义一味描写黑暗与悲哀难以接受，从而引起了中国文坛对日本自然主义的误读与排斥。

中国现代文学作家对日本文学思潮也有所延展、创造。郭沫若与郁达夫赴日本留学时，日本自然主义思潮已处于微弱时期，日本私小说已逐渐融合了自然主义思潮、浪漫主义思潮及其他各种流派的主张，成为超越流派的一种小说文体。郭沫若与郁达夫接受的就是在这样的环境下成长起来的私小说。不过日本的私小说注重表达孤立于社会甚至逃离社会的自我，而中国作家的私小说则受国弱民贫的现实影响，有着极强的爱国主义情怀；中国现代文学作家借私小说的文学创作形式，把表达自我与国家命运、时代抉择紧密地联系起来，具有强烈的社会批判意识。

在文学社团与戏剧活动方面，创造社是由留日学生在日本创立的文学社团，其思想与创作方法都直接受到日本的浪漫主义思潮、自然主义思潮与私小说的影响。中国早期的话剧也大多通过日本引入，中国第一个话剧团体"春柳社"就是由李叔同、欧阳予倩等留日学生发起创立的。日本不仅为中国海外学子提供了许多优秀的国外剧作资源，还是中国早期戏剧工作者从事戏剧活动的重要舞台。

（二）1928—1936 年：文学交流的高潮

1928 年到 1936 年是中国现代文学与日本互动的高潮阶段，两国作家就左翼文学思潮展开了密切的交流。左翼文学思潮发源于 20 世纪 20 年代初的苏联，后来逐渐蔓延成为世界无产阶级文学思潮。1927 年大革命失败后中苏断交，思想交流与文学交流都受到严重阻碍，而日本此时翻译了大批苏联左翼文学作品，最先倡导革命文学的创造社等成员借此将左翼文学思想传递至中国。1928 年创造社与太阳社提出"普罗文学"口号的时候，就是中国无产阶级革命文学的初生。中国的左翼文学思潮极大地受到了日本的影响，夏衍曾回忆说："筹备工作的难点是起草'左联'纲领。因为筹备会的成员，多半只懂日文而不懂其他外文，参考的主要是日本'纳普'①的纲领。"②在大量译介活动的推进下，日本文坛成为中国无产阶级文学接受苏俄文学的窗口。

倡导中国左翼文学的早期创造社成员与日本左翼文学工作者保持着密切交流的关系，日本左翼文学思潮的方针变化直接影响着中国左翼文学思潮的发展，这使得中国左翼文学思潮时刻带有日本影响的印迹。1925 年，以福本和夫的理论为先导的日本无产阶级政治团体提出"方向转换"口号，在日本无产阶级发起的政治与文学运动的影响下，1926 年 7 月间，东京创造社派郑伯奇回到上海，传达他们希望创造社

---

① 1928 年 3 月 25 日，由支持共产党的日本文学艺术家成立的"全日本无产者艺术联盟"，简称"纳普"。该组织曾是日本无产阶级文学运动的领导者，1934 年被迫解散。

② 中国社会科学院文学研究所左联回忆录编辑组. 左联回忆录[M]. 北京：知识产权出版社，2010：32.

也"转换方向、改变立场"的意见，萌发了倡导无产阶级文学运动的计划。可以说，日本左翼文学思潮的方针变化直接影响了中国左翼文学运动的发展。①不过由于早期过于强调理论，忽略了创作方法，导致左翼文学创作滞后于理论，日本左翼文学的宗派之见与极左思想等也对中国左翼文学思潮造成不良影响。夏衍在《"左联"成立前后》中说，"日本的'纳普'，是受日共负责人福本和夫的极左路线影响的，从日本回来的一些人，包括我在内，受福本主义'左'倾思想的影响是很难免的。也许可以说，接受这种影响倒很自然，很容易"②。

在中国留日学者与日本文学文化界的频繁交流互动下，日本方面关注到了中国左翼文学的发展，从1928年中国革命文学发轫到1930年左翼作家联盟成立，日本开始进入对中国新型文学介绍的高潮。在日本开始大量翻译中国左翼文学作品的同时，中国对日本无产阶级文学也开始大量引进，尤其是对日本无产阶级文学理论广泛输入。20世纪30年代，两国的左翼文学交流达到高峰。先有井东宪在日本《读卖新闻》等重要报刊上发表多篇文章，介绍中国文艺运动现状。1930年8月，山田清三郎和川口浩编写的《无产阶级文艺辞典》，收录了"左翼作家联盟""郭沫若""蒋光慈"等条目，这反映了日本对于中国左翼文学运动发展的关注。1930年，濑沼三郎的《支那的现代文艺》从最初倡导"文学革命"的《新青年》说起，一直讲到1930年"中国左翼作家联盟"成立，详尽地叙述了中国新文学的发展过程，使日本人对中国新文学获得了比较全面的了解。③在翻译中国新文学作品方面，鲁迅、郭沫若、郁达夫等人的作品都在日本得到翻译发表，特别是鲁迅的《阿Q正传》在日本掀起了翻译的热潮。1928年后，鲁迅开始陆续翻译小林多喜二等日本无产阶级文学理论家的著作，还通过日文译本，间接翻译了许多俄苏的马克思主义文艺理论著作。这些译著对马

---

① 张福贵，靳丛林. 中日近现代文学关系比较研究[M]. 长春：吉林大学出版社，1999：238.

② 中国社会科学院文学研究所左联回忆录编辑组. 左联回忆录[M]. 北京：知识产权出版社，2010：30.

③ 刘伟. 中国现代文学的日本传播[J]. 社会科学家，2011（2）：19.

克思主义文艺理论在中国的传播起了极大的推动作用，并为中国左翼文学运动向马克思主义靠拢架起了桥梁①。

（三）1937—1949 年：战争导致复杂的关系格局

1937 年日本发动七七事变，全面侵略中国，战争使得中日文学交流被阻断，文学被政治化、工具化，中国现代文学与日本的关系呈现出复杂的交流格局。主要呈现出三种不同的对日关系：一是谴责批判、关系恶化；二是保持缓和关系，相互交流与翻译文学作品；三是保持"友好"关系和"积极"交流。

1. 谴责批判，关系恶化

战争的爆发后，一些曾与中国友好交流的日本作家急速改变立场，成为日本军国主义的马前卒，将文学政治化，为战争服务。日本侵华战争与日本作家的转向使得中国文坛对日本作家展开了强烈的谴责与批判，中国爱国作家与日本的关系恶化至冰点。佐藤春夫的《亚洲之子》与郁达夫为反驳他而创作的《日本的娼妇与文士》被视作两国文学决裂的代表。1939 年郁达夫发表《日本的侵略战争与作家》《抗战两周年敌我的文化演变》等文章，强烈地讽刺了日本为战争与政治服务的作家②。全面抗战时期，郭沫若也是凭借其在文化界的声望和政治上的特殊身份，积极投身于文化抗战运动。他连续发表《我们为什么抗战》《抗战与觉悟》《理性与兽性之战》等政论文章，展开对日本军国主义的批判。还有一些作家通过作品，描写日军的残暴与兽性，作品中的日本人形象也大都极端丑恶。

2. 缓和交流、互相翻译文学作品

战争并未完全阻断中日革命作家的思想交流，并非所有日本作家都为军国主义服务，还有一批支持中国进行反法西斯斗争的日本反战作家不断发表反战文学作品、热心介绍中国现代文学，中国革命作家与日本反战作家在战争期间持续着缓和交流的关系。日本作家仓石武

---

① 张福贵，靳丛林. 中日近现代文学关系比较研究[M]. 长春：吉林大学出版社，1999：229.

② 同上，第292页。

四郎组织了一批人分头翻译50卷本的《中国新文学大系》，虽然因战争未能出版，但足以表明仍有部分日本作家关注并支持中国现代文学的发展。1938年冈崎俊夫翻译丁玲的《母亲》，由改造社出版，他对丁玲及其作品做了非常中肯的评价。战争期间，竹内好主编的中国文学研究会会刊《中国文学月报》刊载了多篇关于鲁迅的文章。中国方面也有一系列日本反战作品出版，例如：1938年，现代社出版了《日本反战作家鹿地亘》，内含鹿地亘的《现实的正义日本文化在狱中》《从广州寄至武汉》等作品；1938年，夏衍翻译了石川达三的《未死的兵》；1940年，陈辛人翻译了中村义夫的《一个日本士兵的阵中日记》；1943年，重庆五十年代出版社出版了沈起予翻译的《寄自火线上的信》《我们七个人》等日本反战文学作品。这些作品都描写了日本军国主义战争下人民的苦难。

3. 保持"友好关系"、"积极"交流

1937年七七事变以后，日本军队连续攻城掠地，北京、上海、武汉等城市成为沦陷区。日本为巩固占领区，提出了"强化治安""建立新秩序"等口号，同时也为沦陷区大量翻译日本文学作品提供了便利。1940年前后，沦陷区陆续翻译出版了许多日本近代作家如芥川龙之介、菊池宽、横光利一等人的文学作品。沦陷区虽然也有抗日的文学，但更多的是殖民地的文学、汉奸的文学。这一时期中国沦陷区与日本本土展开了广泛的文学交流，这种关系看似亲密，却充满着压制，这体现在1943年日本作家发起的"大东亚文学者大会"中。日本作家片冈铁兵与中国作家周作人展开了激烈的争论，周作人在鼓吹"中日提携"等口号后还强调"中国思想问题"，暗示中国文化可以同化入侵者文化。这一观点受到日本"转向"作家片冈铁兵的强烈不满，当面指责周作人宣扬中国本位意识①。可以看出，中国作家的地位随着政治地位的变化而逐渐降低，中国作家与日本保持的只是脆弱的"友好"关系。

---

① 张福贵，靳丛林. 中日近现代文学关系比较研究[M]. 长春：吉林大学出版社，1999：294.

　　总的来说，与其他国家的文学相比，中国现代文学与日本文学的关系是最为直接与密切的。在中国现代文学几十年的发展中，日本作为中西文学的桥梁，一直发挥着传递与影响的作用，这使得中日现代文学的发展进程也极为相似。中日现代文学都经历了启蒙主义、浪漫主义、"左翼"等文学思潮，这些思潮大多是在日本文坛的影响下形成的。到了左翼文学思潮时期，中国现代文学作家与日本展开了热切的交流，进入关系的高潮阶段。不过日本对于中国现代文学的影响只是直接的、外在的，并没有深入本质，这与两国的不同历史背景有着很大的关系。与日本明治维新成功的历史背景不同，中国现代文学深植于水深火热的民族危亡时刻，背负着时代的使命。它向别国的学习是迫切的、跌跌撞撞的，但始终都以建设更好的中国为出发点。在政治现实的压力下，中国现代文学与日本的关系也经历了一波三折。尽管前期与日本建立了良好的关系，但在国家危亡时刻，郁达夫、郭沫若等留日知识分子纷纷支援大后方和敌后抗日根据地，痛斥日本的帝国主义行为。仅有少部分潜心于文学研究的中日学者默默耕耘，翻译著作。沦陷区的文学则在政治的威势下不得不与日本保持着"良好"关系。中国现代文学与日本的关系自此逐渐走向复杂，直到1945年日本战败，这种复杂的关系才得以结束。

二、日本对中国现代文学的影响

　　每一个新时代文学的产生都与社会背景息息相关。伴随着战争的炮火与革新的阵痛，20世纪的中国经历了从封建社会向现代社会的重大转变，中国现代文学在这样的社会环境下诞生。鸦片战争、甲午中日战争等一系列战争的失败使中国逐渐沦为半殖民地半封建社会，同时也催生了中国人觉醒的意识，巨大的民族危机感促使越来越多的人"睁眼看世界"，向外国学习先进知识，以求救亡图存。1898年，康有为、梁启超等人发起戊戌变法运动，主张学习西方，大力翻译外国作品，传播新式思想，改革政治与教育制度。在日本、美国等多地担任外交官并写下《日本国志》的黄遵宪也回国参与了戊戌变法，为中国学习世界先进政治制度做出重要贡献。戊戌变法虽然很快失败，却在中国历史上发挥了重要的思想启蒙作用，激发了中国人意识深处的觉醒。

在动荡不安的社会环境下，文学变革的呼声逐渐兴起。戊戌变法失败后，梁启超被迫逃亡日本，在日本的见闻让梁启超逐渐意识到变革文学的重要性。流亡途中，梁启超读了一本日本政治小说《佳人之奇遇》，其中的主张为正在流亡的梁启超带来巨大希望。借用文学这一方式来宣扬政治主张、改造国民思想，成为梁启超赴日后的重要收获。日本的政治小说起源于日本明治维新的自由民权运动，一方面，民权运动催生了政治小说的发展；另一方面，政治小说的不断发表也在推动日本自由民权运动的不断深入，改变与更新了人们对小说的原有观念。在政治、民意等多重压力下，日本政府颁布了近代国家宪法，在此过程中文学发挥了重要作用。看到了日本"政治小说"对国家变革的重要作用后，梁启超将"政治小说"概念引进中国，大力介绍并翻译日本政治小说，希望提高小说的地位，开辟中国新文学乃至新社会的道路。梁启超在日本创办报纸《新民丛报》《清议报》、杂志《新小说》，带动更多的人翻译日本政治小说，推进文学改良。虽然政治小说在日本已流行十年，在其本土已成为强弩之末，但以梁启超为代表的中国学者对日本政治小说的介绍与主张，却为中国"小说界革命"的出现起到奠基作用。

（一）小说界革命、诗界革命与早期白话文运动中的日本影响

中国早期的文学改良运动，包括"小说界革命""诗界革命"与早期白话文运动等的发生都曾受到日本影响。1902年，梁启超在《新小说》杂志的创刊号上发表《论小说与群治之关系》一文，提出"今日欲改良群治，必自小说界革命始，欲新民，必自新小说始"的口号，成为"小说界革命"的开始。梁启超强调小说对社会改革与进步的积极作用，并对小说做出新的分类，其中吸纳了日本翻译西洋小说时所

创立的分类概念。"小说界革命"口号提出后，在中国引起知识分子的
热烈反响，促使许多知识分子用新小说表达爱国热情。与此同时，小
说界革命的提出掀起了翻译外国小说的热潮，在梁启超的带动下，许
多日本的政治小说被翻译过来。以梁启超为代表的中国文学界对日本
政治小说的介绍而引发的小说革新的运动，在中国产生了深远的影
响。不过由于过于强调小说的政治功用性，中国作家模仿日本政治小
说创作出的作品大多是阐发作者的政治见解，缺乏审美与情感输出，
以致小说界革命只维持了很短的一段时间。即便如此，但"小说界革
命"提高了小说地位，使批判传统小说的论断进一步深入人心，对后
期五四文学革命产生了一定的影响。

　　日本的异域体验使中国学者注意到小说的巨大功用，并由此认识
到变革中国诗歌与语言形式的重要性。诗歌是人的情感最直接的抒发
形式，而当黄遵宪出使扶桑，看到明治维新后一个全新的日本，心理
上受到了巨大的冲击，古老的诗歌形式已经难以满足他抒怀寄情的需
要。1868年，黄遵宪在他的《杂感其二》中，首次提出了被胡适称为
"诗界革命的一种宣言"[1]的设想，"我手写我口，古岂能拘牵？"黄遵
宪以新题诗的形式写下《日本杂事诗》，记录在日本的生活体验。可以
说，黄遵宪是吸取日本经验，向中国诗歌近代化迈出第一步的诗人。
黄遵宪在日本写新题诗之际，梁启超、谭嗣同等人正在北京倡导"新
学诗"，即将佛、孔、耶三教中的生僻词语与西方名词组合在一起，形
成所谓的新学诗。[2]虽然梁启超等人有意识地改变中国新诗，但这种摆
脱古典文言，强硬添加外来词语所创造的"新诗"更加古奥难懂，难
以被推广开来。戊戌变法失败后，梁启超流亡日本，对外部世界有了
更深的体验，遂对"新诗"有了新的见解。梁启超在《诗话》中自
言："余向不能为诗，自戊戌东徂而来，始强学耳。"[3]到达日本后，梁
启超创办《清议报》《新民丛报》与《新小说》等，为鼓励新诗创作，

① 胡适. 胡适文集（第四卷）[M]. 北京：人民文学出版社，1998：353.

② 李怡. 日本体验与中国现代文学的发生[D]. 北京：北京师范大学，2003：41.

③ 梁启超. 饮冰室诗话[M]. 北京：人民文学出版社，1998：52.

开辟了"诗文辞随录""诗界潮音集""杂歌谣"等栏目。在梁启超的带动下,日本成为传播与探索中国"新派诗"的中心阵地。1899年,梁启超在《夏威夷游记》中正式提出"诗界革命"的主张,提倡作家反映新时代与新思想,认为"欲为诗界之哥伦布、玛赛郎,不可不备三长:第一要新意境,第二要新语句,而又须以古人之风格入之,然后成其为诗"。不过,梁启超的"诗界革命"主张仍然强调"以旧风格含新意境",这就使得它只是旧瓶装新酒,未能从根本上破除传统诗歌的束缚。不过梁启超提出的"诗界革命"主张,对诗歌形式的变革还是起到一定的破旧立新作用。

变革新文学,当从语言形式变起。中国早期的白话文运动在一定程度上受到日本"言文一致"运动影响,后逐渐发展壮大。黄遵宪作为最早接触日本言文一致运动的人,将日本推行言文一致的背景与过程记录在《日本国志》里,并详细地分析了中国所存在的言文不合的情况,并进而提倡语言通俗化,言文一致。黄遵宪的主张对梁启超及戊戌维新中的白话文运动产生了重要影响。梁启超引用黄遵宪在《日本国志》中的言文复合观点,在《沈氏音书序》里探讨了中国文字脱离于语言变化所导致的严重问题。后来全国范围内的白话报刊相继创办,为后来五四文学革命的白话文运动起到良好的奠基作用。

(二)引入新语句与日本影响

中国现代文学的产生与新词语的引入有着重要关系,而中国引入的新词语大多来自日本。明治维新后,日本开始大量翻译西方著作,引入新式名词,日本思想文化逐渐走向近代化。然而此时的中国正遭遇一连串战争与变革的失败,无数致力于变革的维新人士被迫流亡海外。在日流亡期间,梁启超并没有气馁,他遍翻日本译入的西学作品,汲取大量新的西式词语与概念,并将其翻译至中国,希望点燃中国人的觉醒意识。王国维对引入新词语表示赞同,他认为,新的言语即意味着新的思想,输入新的言语也即意味着输入了新的思想。输入新词语对中国思想文化变迁有着重要的意义。

不过需要注意的是，引进新词语的根本原因还在于梁启超心中有变革的强烈意识。梁启超引入的这些新式词语并非盲目从日本转借而来，也非以新式词语标榜自己，而是因为当时的社会背景与现状让梁启超有了这种"变革"的强烈愿望，这些日本的陌生词汇正好切中了他心中的感受，精炼地表达出梁启超对中华民族崛起的信心与呼唤。换而言之，只有一个人内心自发产生革新的需求与意识，才能注意到这些先进的概念与词语，受到其影响。梁启超认为中国需要强烈凝聚的民族意识，在这样的心理下，他将"民族"与"民族主义"等词通过日本这个中介转引入中国。1899年，梁启超在他的《东籍月旦》中介绍日文著作《支那文明史》时，直接援引日文"民族"一词，这是汉语"民族"一词的最早来源。不过，直到1903年梁启超将瑞士-德国政治理论家、法学家布伦奇利的"民族"概念介绍到中国之后，"民族"一词才得以普遍使用。"民族"与"民族主义"词语的流入在中国引发了一番热潮，《浙江潮》发表《民族主义论》一文，高呼"凡利于竞争世界之民族而欲自存者当以建民族国家为独一无二义"[1]。"民族"与"民族主义"概念在中国引发热烈讨论，揭示了中国民族主义情绪进入高涨时期。在一次又一次惨痛的军事和外交失败中，曾经傲视天下的华夏帝国在人们心中倾覆了，国家主权被一步步侵犯，腐朽的专制统治根本难以改变中华民族的现状，民族救亡成为国民心头最迫切的事情。

如何实行民族自救？爱国的知识分子们将视线转向"革命"，希求通过革命挽救中华民族的危亡。"革命"是中国自古就有的词语，但"革命"一词却在中国与日本之间经历了不同意义的转换，这一意义的转换也与倡导者本人的主张有着极大关系。"革命"最早出现在中国的《易经》，"汤武革命，顺乎天而应乎人"，意指以武力革暴君之命。日本在翻译西方著作时，将"revolution"一词用汉文的"革命"一词来翻译，表达明治维新中的"尊王改革"之意。这一转用就将这一汉字词原有的武力和流血之意隐蔽了，取而代之的是文明变革之意。梁启

---

[1] 余一. 民族主义论[J]. 浙江潮，1903.

超转引的"革命"即受到日本的影响，从梁启超提出的"小说界革命""诗界革命"，就可以看出他口中的"革命"与日本的"革命"在语义上的相似之处。但到了孙中山这里，"革命"之意又发生了嬗变，回到了"革命"在其中国源头的本义。兴中会起义失败后，孙中山等人东渡日本，日本报纸随即报道"支那革命党首领孙逸仙抵日"。冯自由在《革命逸史》中写道："总理语少白曰，革命二字出自《易经》'汤武革命顺乎天而应乎人'一语，日人称吾党为革命党，意义甚佳，吾党以后即称革命党可也。"①孙中山对于"革命"的理解回到了该词在中国古代语境中"革其王命"的本义。

从梁启超与孙中山对"革命"理解的不同，可以窥见两者改革中国主张的不同。梁启超倡导开明专制，鼓吹改良，孙中山则主张直接进行武力革命，这也预示了后期两者的分道扬镳。不过，梁启超将日本式的"革命"一词重新引回中国，对中国民族主义思潮还是起到了一定的驱动作用。清廷的腐朽专制与丧权辱国的《辛丑条约》的签订彻底激发了中国人反帝反清的革命狂潮，宣扬反抗列强侵略、用革命实现民族独立的杂志刊物大量涌现。中国文人在杂志报纸中书写对革命的向往，描画建立"现代民族国家"的设想，而这正体现出中国文学的"现代性"。更多的人则投身到革命的洪流中，为建立现代民族国家而努力。"革命"此时的内涵虽与梁启超最初旨在良性改革的设想不同，却在中国获得了它本应有的意义，根本原因在于中国内忧外患，以武力结束专制统治、实现民族独立的内在需求已经箭在弦上、势不可挡。

强烈的内在需求和忧患意识激发着梁启超从日本的新式思想中引进一批批新的词语，"世界""进化""新民""心力"等象征着新思想、新理论的词语不断回传至中国，引起中国知识分子的共鸣。炮火击碎了中国知识分子华夏中心的幻想，"世界"一词被黄遵宪引至《日本国志》中，用以表达在看到更广阔天地后的感受。20世纪初，留日知识分子掀起了翻译日本书籍的高潮，其中，地理方面的书籍占了相

---

① 冯自由. 革命逸史初集[M]. 上海：商务印书馆，1939：7.

当一大部分，这从侧面反映了中国知识分子开始把本国放在世界的地理格局和经济体比较中加以认知。梁启超在《亚洲地理大势论》中感叹"亚细亚洲面积十分之五有奇，人口十分之四有奇，既已落欧人掌握中矣"。①华夏中心的既有认知彻底破灭，取而代之的是无限广阔的世界，以及自身的空间不断地被欧人占有、挤压。但中国的知识分子并没有失落气馁，他们相信通过自己的奋发图强可以改变社会现实。1898年，严复的《天演论》问世，书中阐述的"物竞天择，适者生存"的社会达尔文主义思想使中国知识分子警醒，让中华民族自立于世界民族之林，摆脱被淘汰的命运成为中国知识分子改造社会的新动力。《天演论》后来被译作《进化论》并不是偶然。《进化论》早在约二十年之前就已传入日本，中国人后来将"evolution"译作"进化"而不是严复的"天演"，正是受了日本的影响。

要奋起竞争，要在世界之林中站起来，就需要明白自身到底迷失在何处。1902年，已流亡了四年的梁启超在横滨创办《新民丛报》，发表《新民说》，直言"余为新民说，欲以探求我国民腐败堕落之根原，而以他国所以发达进步者比较之，使国民知受病所在，以自警厉自策进"②。寻找中国失败的原因也正是寻找民族沉沦萎靡的根源。1902年，日本民族主义情绪高涨，思想文化界掀起讨论国民性的热潮。正在日本的梁启超也跟随热潮，在《论中国国民之品格》中反省中国的国民性。同样是1902年，鲁迅赴日本求学，两年后深感学医救不了中国人，终于弃医从文，走上文学救人醒世之路受日本讨论国民性的热潮影响，鲁迅将日本的国民性与中国的国民性相比较，反思中国日渐衰败的原因。鲁迅将中国国民的劣根性内化在作品里，麻木的看客、愚昧的臣民、奴性的受压迫者被鲁迅刻画得生动而真实。1908年，鲁迅在《文化偏至论》中就如何改造中国的国民性进行了深刻的探讨，"人立而后凡事举；若其道术，乃必尊个性而张精神"。即只有尊重和发扬人的个性，才能够使"国民"真正走向觉醒，鲁迅将国民性的出

---

① 梁启超. 亚洲地理大势论；饮冰室合集（第4册）[M]. 北京：中华书局，2015：931.

② 梁启超. 新民议；饮冰室合集（第3册）[M]. 北京：中华书局，2015：681.

路指向了个体人格的现代化，即"个人"的自觉、自主与自决。鲁迅想要解决的，是一个古老民族的现代生存方式和精神基础问题。鲁迅如此强调人的个性、"个人主义"，与他在日本受到的影响有关。日本明治维新的成功不仅在于学习西方，实行思想改革，更为关键的是重视各方面的教育，特别是人的精神文明的启蒙教育，唯此才能提高全民族的素质。正如明治时期思想改革家所说"与其学习近代科学之果，不如学习孕育出现代的人的主体精神"。日本改革成功的经验使鲁迅明白，要想改变中国当下的现状，关键在于"立人"，必须改造国民性，重视人的主体精神。与此同时，鲁迅对国民性的强调也与他崇尚尼采的"个人主义"有着极大的关系。这也折射出20世纪初中国文坛受到尼采深刻影响的历史背景。

最先将尼采介绍给中国读者的是梁启超，1902年，梁启超在《新民丛报》上发表《进化论革命者颉德之学说》介绍尼采的思想，并概括其思想为"个人主义"，文章里谈到"今之德国有最占势力之两大思想，一曰麦喀士（即马克思——编者）之社会主义，一曰尼至埃（即尼采——编者）之个人主义"。这是中国知识界首次提到尼采。个人主义的强调与引入意味着中国开始注意到个人权利与自由的问题，只有意识到个人的权利与自由，才能关注到全体的权利与自由。梁启超强调"今日欲言独立，当先言个人之独立，乃能言全体之独立"，"盖西国政治之基础在于民权，而民权之巩固，由于国民竞争权利，寸步不肯稍让，即以人人不拔一毫之心以自利者利天下。观于此，然后知中国人号称利己心重者，实则非真利己也。苟其真利己，何以他人剥夺己之权利，握制己之生命，而恬然安之，恬然让之，曾不以为意也"[①]。鲁迅在日本留学期间深受尼采影响，在多篇文章中称赞尼采为"个人主义之至雄杰者"。尼采对个人主义的强调影响着中国知识分子，他们相信身为雄杰的个人可以挽救中华民族的危亡。尼采后期的"重新估定一切"思想则彻底粉碎了偶像与传统，激励中国人站起来向

---

① 梁启超. 十种德性相反相成义；饮冰室合集（第2册）[M]. 北京：中华书局，2015：428-433.

封建传统挑战，可以说，从日本"转道而来"的尼采思想为后期新文化运动的兴起与五四文学革命爆发提供了强大的思想武器。

（三）日本：流亡地与新思想的产生地

1911 年辛亥革命爆发，成功推翻了统治中国几千年的专制制度，建立起共和政体。但参加辛亥革命的大多是军人、旧式官僚与乡绅，少有平民阶层参与到革命中去。由于缺乏坚实的民主基础，革命成果被以帝国主义列强为后台的军阀窃取。之后袁世凯等人恢复帝制推行君主立宪、签订二十一条的行为引发了民众的强烈不满，革命团体发起一次次倒袁运动。梁启超等人由于主张君主立宪，回国帮助袁世凯推行工作，但还是因为社会大势对封建专制的排斥而未能成功。1913年，陈独秀与章士钊等新一代知识分子由于参加讨伐袁世凯的"二次革命"不幸被捕，出狱后两人为避祸逃亡日本，与十几年前梁启超等戊戌政变后东渡流亡的知识分子相同。日本又一次成为流亡中国知识分子的聚集地。

异国他乡的流亡未能挫败陈独秀与章士钊的志气，他们在日本不断学习新思想，创办杂志，开展文学活动，讨论国家走向。自此，新一代留日知识分子的文学活动为中国现代文学的产生注入了新的活力。1914 年，章士钊在日本东京创办《甲寅》杂志，以"条陈时弊、朴实说理为主旨"，在题材上主要讨论民主政治情况，既有个人的政治立论，也有对国家政治形式的评价，以及对西方政治制度与理论的介绍。当时留日的许多知识分子如陈独秀、高一涵等人都加入到《甲寅》的作者团队中，讨论个人与国家的关系、民族的发展走向。《甲寅》关注民权，倡导个人权利与自由。对于同盟会最初倡导的民权，章士钊认为它所指的民权是人民的公权即参政权，但人民的私权却并未纳入其中。在个人权利的讨论上，陈独秀的见解更为突出。他在《甲寅》上发表《爱国心与自觉心》一文，倡导个人权利的自由。陈独秀认为"国家者，保障人民之权利，谋益人民之幸福者也，不此之务，其国也存之无所荣，亡之无所惜"。陈独秀旨在说明，一个国家若是连国民的权利都无法保障和发展，就不能称之为一个国家，灭亡也就不足为惜。陈独秀将个人的权利与国家存亡紧紧地联系在一起，在中国学界引起了激烈的争论，有人大加赞成，也有许多人反对。陈独秀的思想对五四新文化运动影响深远，而以流亡地日本作为文化据点来宣传新学，是陈独秀与章士钊等人能够不断传播先进思想的重要因素。

1915年袁世凯公开称帝，护法运动兴起，章士钊与陈独秀回到中国。《甲寅》杂志停刊后，陈独秀在上海创办《青年杂志》，又将《甲寅》之前的作者重新聚集起来。由于陈独秀被邀请至北京大学任职，一批优秀的北大作者也被引入到《青年杂志》的作者阵营中来。值得一提的是，《青年杂志》的作者除了之前为《甲寅》供稿的留日知识分子之外，还有李大钊等有过留日背景的北大教员。《青年杂志》从第二卷起改名为《新青年》，先驱者们后来以它为阵地发起新文化运动，在五四运动期间发挥了重要作用。可以说，《新青年》背后这群有过留日背景的知识分子促成了中国新文学的产生。在"师法日本"的实践中，团结在《新青年》旗下的知识分子带着内心深处的意识觉醒，将个人在异国的经历转化为落后的中国在世界近代化过程中的经历，展开对旧时代文学、政治等方面的批判，让中国现代文学亮相于早期20世纪的舞台。

第二节　中国现代作家创作与日本的关系

一、东邻：精神启蒙的集散场

在被有的学者称为"以留学生文化为基础"的20世纪中国[1]，如果说留学英美的中国知识分子主要是为我们带回了一系列自成体系的西

---

[1] 王富仁. 影响21世纪中国文化的几个现实因素[J]. 战略与管理，1997（2）：87.

方文化资源，那么留学日本的中国知识分子却常常陷入一种难以言表的文化纠缠与生存纠缠当中：日本是他们的受业之乡，但却不时令他们饱尝屈辱，日本的文化并不能休憩他们躁动的灵魂；中国是他们灵魂的故里，但在一些人的眼里，他们却又是一群可怕的叛逆；以留日学者梁启超的《敬告留学生诸君》和留日学生李书城的《学生之竞争》①为代表，在留日学界的刊物以及留日学生在国内刊物发表的文章中，随处可见关于"留学生文化"的激情阐发。几乎所有的留日青年知识分子都以"中国将来之主人翁""一国最高最重之天职"作为自我期许，然而，他们又分明无法如留学英美的学生那样潜心学业，笃信"非求学问之程度倍徙于欧美日本人，不足以为用于中国"②。相反，集会、罢课、退学、肆业回国以至从事革命、暗杀之类活动倒似乎成了他们留学生涯中层出不穷的大事。梁启超提醒留学生注意培养"学校外之学问"，留学生也表示"勿为学问之奴隶"；刘师培专门为"留学生为叛逆"正过名，但他的"正名"却公开标举了"排满"革命的正义性。留日中国学者与学生的骚动不安与那些似乎"温良恭俭"的英美"海归"派学者的确形成了鲜明的对照，他们的生存姿态很容易让我们想到鲁迅所论及的"摩罗诗力"。

在20世纪中国文化与中国文学的发展史中，就曾活跃着一批又一批这样的"摩罗"们的身影。作为当年留日学生中的一员，贾植芳先生以"历史见证人"的心态生动地描述过留日学生与中国现代文学的关系。他将从清末以来至抗战的中国留日学生分作五代，以鲁迅、周作人、陈独秀、钱玄同、苏曼殊、欧阳予倩等为第一代，以创造社诸君为第二代，以五四以后赴日的穆木天、夏衍、丰子恺、谢六逸、彭康、朱镜我等为第三代，以大革命失败后前往日本的任钧、胡风、周扬等为第四代，以20世纪30年代中期前后留日的覃子豪、林林等为第五代。贾植芳先生认为与留学英美的中国学生相比，这几代留日学生

① 李书城. 学生之竞争[J]. 湖北学生界，1903（2）.

② 梁启超. 敬告留学生诸君[M]//饮冰室合集（第4册），北京：中华书局，2015：995-996.

（作家）的显著特点就在于他们所表现出来的政治态度上的"激进"：
"在五四初期，留日学生激进地主张批孔、批三纲五常，反对封建传统，向往朦胧的社会主义（包括无政府主义理想）；在20世纪20年代以后，留日学生激进地提倡马克思主义，提倡'普罗文学'，反对国内国民党的独裁专制和白色恐怖，推动了左翼文学运动，其中包括创造社的前后期主要人物，30年代左联以鲁迅先生为首的主要领导干部周扬、夏衍、田汉、胡风等人。他们在文学创作上，敢于大胆地暴露个性的真实，敢于发表惊世骇俗的言论，批评现状无所顾忌……"①这样的"激进"，也就是我们所谓的"摩罗"精神。"摩罗"精神贯穿了现代中国留日作家的好几代人，可以说已经构成了中国现代文学的重要"精神传统"。

今天，学界虽然存在文学史观念的若干差异，但在论及留学生与中国现代文学的紧密关系这一方面，却有着广泛的共识。借助于几种基本的中国现代文学著作，有学者曾经对中国现代作家的"出身"构成做过统计。在陆耀东、孙党伯、唐达晖主编的《中国现代文学大辞典》收录的693位作家中，没有留学经历的本土作家有488位，留学生作家为205位。在唐弢的《中国现代文学史》中，列入专章的作家有6位，其中有过留学经历的占5位（曹禺盛名之后游历海外当不计入）；列入专节的作家有18位，有过留学经历的占6位。在钱理群、温儒敏、吴福辉等人的《中国现代文学三十年》修订版中，列入专章的作家有9位，留学生出身或创作早期有过游学经历的有6位，列入专节的作家有17位，有过留学经历的竟占15位。在司马长风《中国新文学史》列入章节小标题的91位作家中，本土作家有34位，留学生则达57位。统计表明，留学生出身的作家在中国现代文学发展历程中，占据了至关重要的地位。当我们以"入史"的价值标准来衡定时，这一情况尤为突出。的确，在中国文学从古典形态向着自己的现代形态转变的过程中，外来文化观念与文学观念的"引发"作用就是这样的显

---

① 贾植芳. 中国留日学生与中国现代文学[J]. 山西师大学报（社会科学版），1991（4）：40.

著。这些外来观念先是让近现代中国留学生接受了新思想的洗礼，而后通过留学生对整个中国文学产生了重大的影响，为中国现代文学的"成型"提供了诸多的启发。

首先进入我们视野的便是留日中国知识分子的"日本体验"。

日本是首先赋予中国近现代留学生丰富的异域体验的国家。众所周知，中国近代的第一批留学生是1846年冬美国传教士布朗从澳门回国时带走的3名孩童——容闳、黄胜与黄宽。第一次官方意义的留学运动则开始于1872年夏天，包括詹天佑在内的30名幼童被清政府送往美国留学。接着，又有1877年开始的公费留欧。但是，中国人大规模地赴外留学还是在甲午中日战争之后，而首选的目的地就是我们的近邻日本。在一种"耻不如日本"的民族忧患中，康有为"请广译日本书，大派游学，以通世界之识，养有用之才"。张之洞发表了著名的有"留学日本宣言书"之称的《劝学篇》，文中有如下极具鼓动性的判断："出洋一年，胜于读西书五年。""至游学之国，西洋不如东洋：一、路近省费，可多遣。一、去华近，易考察。一、东文近于中文，易通晓。一、西书甚繁，凡西学不切要者，东人已删节而酌改之。""大率商贾市井，英文之用多；至各种西学书之要者，日本皆已译之。我取径于东洋，力省效速，则东文之用多；学西文者，效迟而用博，为少年未仕者计也。译西书者，功近而效速，为中年已仕者计也。若学东洋文，译东洋书，则速而又速者也。是故从洋师不如通洋文，译西书不如译东书。"自此，中国留日学生渐成规模，人数逐年递增，进入20世纪初叶以后，最多时竟达万人（1905—1907年间）。从1901年到1911年，每年留日学生的人数都高于留学其他各国人数的总和。留学日本成了当时中国有志留洋者的首选。以后，随着美国等退还庚子赔款用于留学资助，特别是清华学堂作为留美预备学校的出现，留日活动长期雄踞留学主潮的格局才得以改变。

据前文所述的几种基本的中国现代文学史著作所述，最早的留学生作家群体出现在日本，留学作家人数最多的地方也是日本。难怪郭沫若曾经自豪而不无夸张地宣布："中国文坛大半是日本留学生建筑成的。"①

日本，汇聚了近代以后急于改变中国文化命运的最大数量的知识分子。日本，也汇集了这些知识分子中最复杂的政治参与形式——政治的、思想的与文学的，保皇的与革命的，保守的与激进的，集会请愿式的与流亡刺客式的。日本又是欧美现代科学文化知识与思想潮流的集散地，在西学东渐的历史进程中不仅发挥了中介的作用，而且还发明和传播了丰富的包含了近代文化信息的"汉文词汇"。这样的一种文化生态，都是传统意义的中国本土作家所未尝经历的，它们足以构成中国近现代作家丰富而复杂的人生与艺术的体验成分，为新文学的出现创造极为有利的条件。

以上对"日本体验"的分析，当能够对中国现代文学的产生做出更切实的说明，至少从中可以探知，一种新的人生体验与文化体验如何开拓、刷新了现代中国作家的视野。

从社会学角度看来，日本体验的"生存"基础至少包含这样三层意义：

首先，这是一种全新的异域社会的生存。郁达夫说过："人生的变化，往往是从不可测的地方开展开来的。"②当留日中国学人脱离了中国固有的家庭、社会与国家的组织结构，在一处陌生又充满新奇的土地上开始生活，耳闻目睹的新生事物和文化身份给他们以往的落差认知带来巨大冲击，这样的"体验"可以说是极易发生。外族人向他们投来的异样甚至是侮蔑的目光击碎了中国人自我中心的优越感，改变了他们对于自我与世界的固有定位。郁达夫便将日本人（对中国人）有意无意的轻视行为看作"了解国家观念的高等教师"，他的深切体会是："只在小安逸里醉生梦死，小圈子里夺利争权的黄帝之子孙，若要教他领悟一下国家的观念的，最好是叫他到中国领土以外的无论哪一国去住上两三年。""是在日本，我开始看清了我们中国在世界竞争场

---

① 郭沫若. 桌子的跳舞[M]//郭沫若全集：文学编16卷. 北京：人民文学出版，1989：53.

② 郁达夫. 大风圈外——自传之七[M]//林文光. 郁达夫文选. 成都：四川文艺出版社，2010：190.

里所处的地位。"①

再以两性关系为例，日本崇尚自然的古老民俗与后来开放西化的社会风尚都导致了它在男女交往上相对宽松与自由。这一点，不仅令"存天理，灭人欲"的理学统治下的中国人感到惊讶，而且连美国学者也颇多感慨："日本人并不谴责自我满足。他们不是清教徒。他们认为肉体上的享乐是好事和值得培养的。他们追求和珍视享乐。"②"在性享乐方面我们是有很多禁忌的，而日本则没有，在这个领域他们没有道德说教而我们却有。"③正处于青春期的许多留日中国学子，当然难以避免这一生存事实的冲击和影响。

周作人刚到东京就惊羡于日本少女的"天足"，郁达夫"独自一个在东京住定以后"，便陷入了"男女两性间的种种牵引"中，他感到所有的民族屈辱都集中在了两性关系的痛苦上。留日学生向恺然的小说《留东外史》极力渲染留日学生寻花问柳的放浪生活，在民国初年风行一时。其中当然流露了中国士子文人的风流心态，也充满了对日本性文化的误读，但是，平心而论，它所营造的"自由性爱"的场景的确在一定程度上反映了刚刚脱离礼教社会束缚的中国青年的内心骚动。性爱（乃至其他人生形式）的自由虽不能说"就是"留日中国学人的生活实际，但却很可能是他们各自"想象"的事实，而心理的想象也是异域体验的重要内容。笔者注意到，提及《留东外史》，但凡有过留日经历的中国作家都表达了较多的理解。留日期间，当张资平知道郭沫若的夫人是日本人之后竟当即表示："你把材料提供给我罢，老郭，我好写一部《留东外史》的续篇。"④有趣的是，当郭沫若有一天走进张资平的房间，也在他的书桌上发现了"当时以淫书驰名的《留东外

---

① 郁达夫. 雪夜——自传之一章[M]//林文光. 郁达夫文选. 成都：四川文艺出版社，2010：201-202.

② 鲁思·本尼迪克特. 菊花与刀[M]. 晏榕，译. 北京：光明日报出版社，2005：121.

③ 同上，第124页。

④ 郭沫若. 创造十年：郭沫若全集（文学编12卷）[M]. 北京：人民文学出版社，1992：42.

史》"①。可见《留东外史》所描述的生活模式与人生想象确实有它一定的存在基础。到了 20 世纪 90 年代，在留日生活过去 55 年之后，作家贾植芳先生满怀兴致地重温了向恺然对留日学生的分类，仍颇能理解书中那些文学青年的心理与处境："在国内时多半出身旧式家庭，精神受着传统礼教的压抑，个性处于委顿状态；他们一到日本，除了每月的开销多少要家里补贴一些外，其他方面都摆脱了日常的束缚，不再需要低眉顺眼，装出一副老实样子去讨长辈的喜欢，也不需要整天跟自己并不相爱的旧式妻子厮守在一起，甚至也没有中国社会环境对年轻人的种种有形无形的压迫。他们在新的生活环境里自由地接受着来自全世界的各种新思想，慢慢地个性从沉睡中醒来，有了追求自身幸福的欲望。对年轻人来说，最现实的幸福莫过于恋爱自由，这在国内是被视为大逆不道的。"②两性关系仅仅是一个窗口，通过它，留日中国学人因社会生活的改变而获得的"异域体验"可见一斑。

　　获得了"日本体验"的中国作家并不是以书写日本见闻为自己天职的，对于本土人生的重新发现才是他们作为"中国"作家的目的。日本或其他任何一种西方文学的"现代性"本身并不是衡量中国文学现代成就的标准，中国作家在本土所表现出来的创造能力才是文学的财富。换言之，通过异域又返回本土，并使自己的灵感为之"复活"，这对作家来说比什么都重要。在这一方面，鲁迅可能是最自觉的一位。从他早年介绍西方自然科学知识开始，就总是将异域的见识"拉回"到"中国"的现实，体验"日本"与体验和反思"中国"几乎是同步的，日本对国民性问题的讨论启迪了鲁迅对中国国民性问题的剖析。鲁迅后来甚至很少整篇"畅谈"日本的事物，但这并不表示他缺乏对日本的体验，恰恰相反，他是将在日本体验中获得的人生感悟投放回了中国社会，或者由眼前的日本现象不断联想到中国，或者是在

---

① 郑伯奇. 中国新文学大系·小说三集（导言）[M]. 福州：福建人民出版社，1983：733.

② 贾植芳. 中国留日学生与中国现代文学[J]. 山西师大学报（社会科学版），1991，18（4）：42.

体验中国事物的过程中不时插入与日本的比较。1918年，在介绍日本作家武者小路实笃的人道主义思想时，鲁迅道出的却是他对中国人的忧虑："全剧的宗旨，自序已经表明，是在反对战争，不必译者再说了。但我虑到几位读者，或以为日本是好战的国度，那国民才该熟读这书，中国又何须有此呢？我的私见，却很不然。"①"我想如果中国有战前的德意志一半强，不知国民性是怎么一种颜色。"②1934年，给海婴照相的一个经历使他又联想起了中日两国在教育孩子方面的差别。"温文尔雅，不大言笑，不大动弹的，是中国孩子；健壮活泼，不怕生人，大叫大跳的，是日本孩子。"③"驯良之类并不是恶德。但发展开去，对一切事无不驯良，却决不是美德。"④在《鲁迅全集》中，到处"散落"着这样的日本体验，到处都是鲁迅从日本"返观"中国的精辟之论。"欲扬宗邦之真大，首在审己，亦必知人，比较既周，爰生自觉。"⑤今天，学者常常引述鲁迅《文化偏至论》中的这段话来说明文化与文学的"比较意识"，或者证明中国人在开放中"走向世界"的必要性，但文化"比较"与文化"交流"的根本目的却可能被忽略：作为一位中国作家，我们最重要的应当是感悟自己的人生与自身的文化属性，而非在"比较文学"的时代"变"得与西方一样。简言之，首先必须"直面"和解决中国自己的问题，这才叫"首在审己"。鲁迅的最大意义就在于他的"审己"，在于他比照先前的日本体验，为我们重新描绘了中国人生的"惨淡"与"鲜血"，这些人生的"惨淡"与"鲜血"往往是那些囿于传统视野的作家所未曾发现的。

日本文化具有多重性特征已经成了学术界的普遍共识。在有些学者看来，无论是原始日本人兼有的多重身份（农民与牧民、山民与征服者），还是古老的宗教的宽容性，都奠定了日本文化基因的两面

① 鲁迅.《一个青年的梦》译者序二[M].鲁迅全集10卷.北京：人民文学出版社，1981：195.

② 同上，第192页.

③ 鲁迅. 从孩子的照相说起[M].鲁迅全集6卷.北京：人民文学出版社，1981：81.

④ 同上.

⑤ 鲁迅. 文化偏至论[M].鲁迅全集3卷.北京：人民文学出版社，1981：121.

性——所谓的菊花与刀杂陈的基础。"日本在接受佛教、道教、儒教、兰学、基督教、现代科学、技术、政治制度等各种不同的外来宗教、意识形态和社会制度时，都怀着贪婪的好奇心，但并没有因此抛弃传统的东西，而是把新吸收的东西融合进来，让它重叠在过去的传统之中。"①即使是在对待中国留学生的态度方面，日本人也似乎充满着这样的多重性。日本学者实藤惠秀分析说："千多年来，日本在思想、文化、制度，以及衣、食、住等日常生活上，都深受中国影响。日本人因而对中国敬仰有加，直到德川时代（1600—1867）末年，崇尚中华文物的风尚依然热烈。"②"踏入明治时代（1868—1912），日本急剧地吸取西洋文化，对中国文化的关心渐趋淡漠，但对中国尚未采取轻视态度。不过，从明治初年起，日本步西洋列强后尘，开始在亚洲大陆蠢蠢欲动。在中日甲午战争（1894—1895）中，日本赌以国运，诚惶诚恐地悉力以赴，结果大获全胜。从此，日本人对中国的态度为之一变。"③这个时候，虽然也有一些民众对中国人示好，以"酬往昔师导之恩义"④，但从总体上讲，"不论在政治上、经济上或文化上都轻视中国，并侮辱中国人为'清国奴'，从甲午战争到1945年日本战败投降的五十年，是中日关系最恶劣的时代"⑤。在"清国奴"的民族歧视中，留日中国学生对日本文化的整体反感与抗拒也变得越来越强烈。

然而，即使是这样，日本文化在广大的中国留学生眼里，也依然不断显示出其"多重性"结构中的其他一些魅力，特别是它在译介和引入西方文化方面的果敢与气魄。对于长期在近代化道路上步履蹒跚的中国而言，日本的文化姿态本身就是一种鞭策、一种激励，同时更是一次自我发展的机遇：已经畅通无阻地进入日本的西方文化又正好

---

① 魏常海. 日本文化概论[M]. 北京：世界知识出版社，1996：274.

② 实藤惠秀. 中国人留学日本史·原序[M]. 北京：生活·读书·新知三联书店，1983：11.

③ 同上。

④ 同上，第12页。

⑤ 实藤惠秀. 中国人留学日本史·原序[M]. 北京：生活·读书·新知三联书店，1983：12.

可供留日求学的中国人就便取材，及时选择。在这个意义上，惯于多重文化并存的日本无疑就成了中国知识分子拥抱现代化以革新自我和社会的桥梁与"触媒"。换句话说，不仅是日本这个"容器"所盛载的西方思想文化成了中国知识分子取法的资源，而且日本当时对待这些西方思想文化的姿态本身，也会对留日中国知识分子探求真理的选择方式产生重要的影响。

例如，在引进西方学术著作方面，从张之洞到梁启超都一再论及翻译日文书籍的好处，这从根本上影响了留日中国学界的译述活动，并最终决定了20世纪初中外文化的交流格局——据统计，20世纪初叶，中国译自日文的书籍已经占到当时全部译著的60%以上。

再如，日本在近现代化的过程中与德国文化结下了不解之缘，这对德国文化影响留日中国学界具有决定性的意义。众所周知，在日本的近现代历程中，先是以荷兰所传播的"兰学"为基础接受西方文化，接着又在19世纪80年代通过著名的"岩仓使节团"对欧洲的实地考察，认定德国由弱小而迅速崛起的经验更值得借鉴。从此，对德国政治制度和思想文化的重视成了日本发展现代化的主流导向。日本教育对德语的重视和日本文化界对德国思想与文学的相应关注都直接影响了鲁迅、周作人对尼采思想、对欧洲弱小民族文学的兴趣。对此，更年轻一代的郭沫若与郁达夫也是深有体会的。郭沫若将这一过程描述得很清楚：

> "准备学医的人，第一外国语是德语。日本人教语学的先生又多是一些文学士，用的书大多是外国的文学名著。例如我们在高等学校第三年级上所读的德文便是歌德的自叙传《创作与真实》（*Dichtungund Wahrheit*），梅里克（Morike）的小说《向卜拉格旅行途上的穆查特》（*Mozartauf Reisenach Prague*）。这些语学功课的副作用又把我用力克服的文学倾向助长了起来。我和德国文学，特别是歌德和海涅的诗歌接近了，便是在这个时期。"①

---

① 郭沫若. 创造十年：郭沫若全集第12卷[M]. 北京：人民文学出版社，1992：66.

在留日中国学生中盛行一时的俄苏文艺思潮也与日本知识界的介绍密切相关。胡秋原说得好："中国近年汹涌澎湃的革命文学潮流，那源流并不是从北方俄罗斯来的，而是从同文的日本来的。……在中国忽然勃兴的革命文艺，那模特儿完全是日本，所以实际说起来，可以看作日本无产阶级文学的一个支流。这固然是因为中国的革命文学大将全是日本留学生（这恰和日本士官学校创造了中国革命的军事领袖是一样的），就是从普罗利特利亚意德沃罗基的口号和理论，以及创作的形式和内容上，也可以看出来的。"①

中国文学的近现代嬗变与日本有着密不可分的关联，后者极大地影响了中国文学走出数千年的循环、转向现代性的发展历程。如果说，作家的生存体验的改变是中国文学近现代嬗变的起点，那么，日本则首先改变了一大批中国作家生存体验的空间环境。在笔者看来，正是19世纪中叶以后中国知识分子在日本生存的"初识"，从根本上启发、推动着中国文学迈向了现代性的"新路"。

二、日本对中国现代诗歌的影响

从史实来看，中国近现代作家因为在日本的"体验"而改变中国文学的发展道路，并非受哺于日本文学的结果，而是这些中国作家自身生存实感发生了重要变化所致。黄遵宪就是从日本迈出中国诗歌近现代变革第一步的诗人，从他那里，我们可以清清楚楚地看到这样的情形。

在滞留日本的过程中，黄遵宪并不是一位向邻邦讨教文学的"学生"，在当时崇信汉学的日本知识分子心目中，黄遵宪倒是有着泰山北斗般的地位。论及"文学"的修养，他显然比那些前来登门拜望的日本汉学家更自信。日本给予这位中国诗人的主要是一种生存环境的体认。

1877年（光绪三年），30岁的黄遵宪受命担任驻日使馆参赞。到

---

① 胡秋原. 革命文学问题——对于革命文学的一点商榷. 文学艺术论集[M]. 台北：学术出版社，1979：9.

1882年（光绪八年）赴美就任驻旧金山领事为止，他在日本待了整整五年。其间，他步履匆匆，游历日本各处："走上州，过北海，抵箱馆，他日归途，更由陆达西京，经南海诸国，访熊本城，问鹿儿岛而后还。""旅复仆被独行，镰仓之江岛，豆州之热海，皆勾留半月而后归。归席未暖，又于富冈观制丝场，于甲斐观造酒所，于王子村观抄纸部。"真是"见所未见，颇觉胸中尘阏为之尽洗"。此时此刻的日本，不仅以"中华以外天"的异域风情让人倍感新奇，而且作为明治维新的成果，其蓬勃发展的动人景象更有一种催人奋发的力量。除了"采书至二百余种"、历经近十年编撰而成的中国第一部日本史著作——《日本国志》外，记录黄遵宪这些新鲜感受的便是他著名的《日本杂事诗》。

三、日本对中国现代小说的影响

以梁启超为代表的维新派知识分子流亡日本，扩大了近代中国小说汲取日本文学经验的可能。与日本近代小说的发展相类似，中国在19世纪和20世纪之交进入了从翻译到创作的近代小说的发展历史，并且"政治小说"概念的引入也成了这一嬗变的主要标志。中国最早的文学翻译，是鸦片战争以后由传教士在他们创办的报纸上所翻译的圣经故事及短小的寓言等，后来也只有王韬、董恂等零星的译作。中国大规模的翻译潮出现在20世纪初的几年中，较日本晚了二十多年。梁启超在东渡日本的船上，读到了日本柴四郎的政治小说《佳人之奇遇》，便尝试着翻译，由此开始了一个介绍日本小说的时代。在日本，他又撰写了《译印日本小说序》，阐述翻译小说的重要性。"彼英、美、德、法、奥、意、日本各国政治之日进，则政治小说为功最高焉。"在中国文学史上，是梁启超第一次提出了"政治小说"的概念，第一次专论政治小说的重要作用。在日本的留日知识分子中，先后出现了一批重要的翻译家，除梁启超本人外，尚有罗普、戢翼翚、马君武、苏曼殊以及后来的周氏弟兄等。留日知识界的译介活动直接带动了中国国内的知识分子，据阿英统计，中国晚清的翻译小说占到当时全部小说的三分之二。在这些翻译作品中，既有从日译本转译的西方小说，也有日本的政治小说。日本政治小说中最有名的作品如矢野龙溪的《经国美谈》、柴四郎的《佳人之奇遇》、末广铁肠的《雪中梅》等都被翻译成了中文。总之，这一日本文学分支的特殊意义获得了比较充分的发掘。作为这一发掘活动的中心人物，梁启超在对日本近代小说从翻译到创作的嬗变过程中，起到了旗手和掌舵人的作用。

四、日本对中国现代戏剧的影响

中国留日学生通过当时日本新派剧积极探索，体验到了近代戏剧的形态与魅力，同时也寻找着建设中国近代戏剧的范本。当然，更重要的是他们"深入"到了由当下社会生存与心理需要所构成的"日本戏剧资源"当中。20世纪初是日本新派剧的全盛时期，这个时候，也正是中国留日学生人数最多的时候。日本新派剧是明治维新以后吸取西方近代戏剧模式而出现的一种艺术形式，其本身经过了明治前期的壮士剧、书生剧到明治中后期的欧美"翻案剧"（即改编剧）的发展过程。日本新派剧对传统的歌舞伎演剧形式做了相当大的改造，如取消了三味线的伴奏和舞蹈，由过去一律使用男性演员而改为男女并用，剧本多用当时的流行小说改编，或充满时代政治色彩或更接近实际的生活，削弱或摒弃了传统歌舞伎表演中的程式化、虚拟化手法。后来成为中国近代戏剧主要骨干的曾孝谷、李叔同、黄二难、欧阳予倩、李涛痕、吴我尊、谢杭白、陆镜若、马绛士（以上属于春柳社）、王钟声（属于春阳社）、任天知（属于进化团）、郑正秋（属于新民社）、苏寄生、史海啸（属于开明社）等都曾受到日本新派剧的浸润。

戏剧艺术的实践性还使得留日中国戏剧家较多地融入了日本的戏剧演艺界。日本近代戏剧业已成熟的演艺哺育了第一代中国演员，直接指导和训练他们走上了舞台。众所周知，日本著名新派剧演员、戏剧教育家藤泽浅二郎与曾孝谷、李叔同、欧阳予倩、陆镜若等都关系密切，其中陆镜若更是在他的帮助下求学于"东京俳优养成所"，甚至还获得了参与日本戏剧演出的机会。春柳社1907年春节前后推出首场中国近代戏剧《茶花女》，同年初排演《黑奴吁天录》，1909年演出《热泪》。这几场在中国戏剧史上具有划时代意义的演出从排演到剧务联系，都得到了藤泽浅二郎的大力支持，剧作家、戏剧评论家松居松叶亲自观看了《茶花女》并撰文对该剧的表演尤其是李叔同的演技予以高度评价。此外，通过表演艺术来考察，可以发现无论是陆镜若之于伊井蓉峰、曾孝谷之于木村操、李涛痕之于藤井六辅、欧阳予倩之于河合武雄、马绛士之于木下吉之助和喜多村绿郎，还是吴我尊之于佐藤岁三，其演技上的学习、师承关系都十分明显。戏剧也是一门需要观众参与与呼应的艺术。从这一角度看，以春柳社为代表的中国近代戏剧的最初实践是在日本进行，或许正是一种幸运，因为他们得天独厚地获得了当时日本良好的戏剧氛围与观众的热情支持。据历史资料记载，春柳社的《黑奴吁天录》演出之时，偌大的东京本乡座大剧场座无虚席，中外观众济济一堂，反响热烈。演出结束以后，日本许多报刊都发表文章，对中国留学生的演出予以高度评价。这一空前的盛况传回中国本土，直接鼓舞了也有过日本新派剧体验的王钟声，并催生了春阳社1907年10月首次在上海也是首次在中国公演《黑奴吁天录》这一同样具有历史意义的戏剧事件。

五、中国现代作家与日本

在中国现代文学逐渐壮大的队伍中，许多作家都曾有过留学日本的经历。据记载，当中国国力衰微，从中国来的留学生也在异国他乡备受指点，"弱国之民"成为压在留日学生头上的一座精神大山。充满屈辱的异域体验让众多留日学生开始思考国力衰弱的原因，并探讨救亡图存的路径。在这种极为迫切的时代需求下，诞生了一批中国现代文学大家。以鲁迅、周作人、郭沫若、郁达夫等为代表的知识分子在旅日留学的过程中，积极翻译外国作品，引进先进理念，试图以此改造中国根深蒂固的封建思想。他们为中国现代文学的兴盛起了重要的奠基作用。

（一）鲁迅与日本

1. 在异域体会到社会现实，积极参加革命活动

1902 年，鲁迅从江南陆师学堂毕业，其后不久便因成绩优异，被江南督练公所派往日本留学。鲁迅在江南陆师学堂时学习矿业，到日本后改为学医。鲁迅曾言自己学医的初衷是为了拯救像父亲一样被庸医误了的病人的疾苦，因此到日本后进入日本仙台医学专门学校就读。留学生涯开始不久，章太炎等人在东京召开"支那亡国纪念会"，孙中山等人也来参会。日本东京聚集了许多反清志士，号召推翻清朝封建统治，许多在日留学生被卷入革命的浪潮，鲁迅也被这种激情所鼓舞，毅然剪掉自己的辫子。在补修日语的弘文书院的江南班中，鲁迅是第一个剪掉辫子的人。

鲁迅在日期间，除了学习日语以外，还经常"赴会馆，跑书店，往集会，听讲演"，积极参加革命活动。鲁迅在日期间受到强烈的革命思潮影响后，积极阅读了许多宣传新式思想的书刊。据记载，1903 年 4 月，鲁迅曾托朋友将一只皮箱带回家乡，皮箱里装的就有《清议报》《新民丛报》《新小说》《译书汇编》《朝鲜名家小说集》《西力东侵史》等新式书报。箱里还附带了一张自己的短发照片，意思是向家人表示：自己决心投身于革命了。初到日本，弱国弱民的生存现实与激进的革命思想影响着鲁迅，令其苦苦思考疗救国民的根本途径。

2. 鲁迅在日本的翻译活动

翻译外国作品、向国人宣传先进思想是鲁迅想到的第一个途径。鲁迅认为像洋务运动那样仅限于振兴实业、整顿武备是舍本逐末的做法，变革国民的思想才是根本要务。因此，在开启民智方面，翻译外国小说，吸收外国先进思想发挥着重要作用。此外，鲁迅从事小说翻译工作是由于官费不足，每月留学生的官费仅够简单的衣食，鲁迅为《浙江潮》等杂志翻译外国小说、撰写文章，可以赚些钱来补足生活日用。

在留学日本期间，鲁迅翻译了大量的外国著作，所选题材大多关涉爱国主义，反对外族侵略。1903 年 6 月，鲁迅用文言翻译并改写的

小说《斯巴达之魂》发表在《浙江潮》月刊第五期上。鲁迅在小说前加按语说："我今掇其逸事，贻我青年。呜呼！世有不甘自下于巾帼之男子乎？必有掷笔而起者矣。"意在号召中国青年效法古代斯巴达人的爱国牺牲精神，投身于反对外族侵略的斗争。[1]鲁迅还翻译过雨果的短篇小说《哀尘》、凡尔纳的《月界旅行》，在《月界旅行》的《辨言》中，鲁迅指明科学小说的主旨是使人们"获一斑之智识，破遗传之迷信，改良思想，补充文明……导中国人群以进行"。即是想借用小说来对中国人民进行启蒙教育，普及科学知识。[2]鲁迅在《浙江潮》第八期以索子为笔名发表论文《中国地质略论》（《中国矿产志》一书的雏形）。文章对帝国主义掠夺中国矿产的罪行进行了揭露和控诉，大声疾呼："中国者，中国人之中国，可容外族之研究，不容外族之探险；可容外族之赞叹，不容外族之觊觎者也。"指出清朝政府实为"引盗入室，助之折桷挠栋以大厦之倾"的罪魁。文末又云"即幸而数十年后，竟得独立，荣光纠纷，符吾梦想"，表达了渴望祖国独立富强，今后能自立于世界民族之林的强烈企盼。[3]

　　1906年年初，鲁迅在学校观看日俄战争纪录影片时，看到一个据称为俄国做侦探的中国人被日本人枪杀，周围的中国人竟然神情漠然，视若无睹。鲁迅深深感受到国民精神上的麻木，认识到"凡是愚弱的国民，即使体格如何健全，如何茁壮，也只能做毫无意义的示众的材料和看客，病死多少是不必以为不幸的。所以我们的第一要著，是改变他们的精神，而善于改变他们精神的是，我那时以为当然要推文艺，于是想提倡文艺运动了"。认识到这一点后，1906年秋，鲁迅做出"弃医从文"的决定，正式开始文学活动。他一方面在东京附近的德语学校学习德文，另一方面，搜集日语和德语的书刊资料，希望通过翻译外国现今文学作品，促进中国人民思想的觉醒。在翻译作品的选择上，鲁迅更倾向于弱小的、被压迫民族与国家的文学，如芬兰、

---

① 曹聚仁. 鲁迅年谱校注本[M]. 北京：生活·读书·新知三联书店，2011：40.

② 同上，第41页。

③ 同上，第41—42页。

塞尔维亚、匈牙利、波兰，还有具有民主革命思想的俄罗斯文学。后来其译作被编成《域外小说集》出版发行。1909年，鲁迅母亲以"生活困难"为由（实为催婚），来信催鲁迅回国，鲁迅便结束了在日本的八年留学生活。

从日本归国十余年后，也即五四时期，鲁迅重新拾起翻译工作，重点翻译俄罗斯文学、日本文学作品和文艺理论。从1919年起，他陆续翻译了武者小路实笃的《一个青年的梦》、厨川白村的《苦闷的象征》《出了象牙之塔》、鹤见祐辅的散文集《思想·山水·人物》。1929年，鲁迅出版了文艺论文结集《壁下译丛》，原著者10人，除俄国的开培尔外，均为日本人。同年鲁迅还翻译出版了片上伸的论著《现代新兴文学的诸问题》。20世纪20年代鲁迅翻译的日本文学作品和理论著作，加上以前和20世纪30年代后的散篇文章，共计65种，占鲁迅翻译的外国作品总数的三分之一。鲁迅的翻译与日本有着不可分割的关系，日本既是鲁迅开始翻译活动的起始点，又是鲁迅后期翻译工作的资源库。

3. 鲁迅谈中日"国民性"

鲁迅在翻译外国文学作品的同时吸收了许多外国先进思想，与此同时开始思考中国的"国民性"问题。1903年冬季，日俄战争爆发，针对日本政府的"日本统治满洲说"，鲁迅立即给蔡元培等在上海编印的《俄事警闻》写信提出忠告："一、文章持论不可忽略日本的侵略野心，二、不可以口是心非的论调欺骗国人，三、要劝国人对国际时事认真研究。"①由此可见，鲁迅始终坚持着反帝斗争立场，并将被侵略的国家遭遇的问题置入到中国遇到的问题中去，思考中国的"国民性"与发展前途。鲁迅常与许寿裳探讨三个问题："怎样才是理想的人性？中国国民性中最缺乏的是什么？它的病根何在？"②鲁迅在日本留学期间，对中国的"国民性"进行了深刻的反思。

鲁迅所说的国民性，就是由中国社会的历史与现状所造成的中国

---

① 曹聚仁. 鲁迅年谱校注本[M]. 北京：生活·读书·新知三联书店，2011：43.

② 同上，第44页。

人的思想和精神状态及其特点。针对中国人的弱点，鲁迅借用日本的国民性问题来探讨和比照中国的"国民性"，其主要观点散见于杂文及与友人的回忆录中。鲁迅对日本的国民性总结可以概括为四点："认真、模仿、求实、实行。"

在认真方面，鲁迅的朋友内山完造曾在《鲁迅先生》中回忆鲁迅对他讲过，"日本人的长处，是不拘何事，对付一件事，真实照字面直解的'拼命'来干的那一种认真的态度"，而与之对比来看，中国人却太不认真。鲁迅感叹"中国四万万的民众，害着一种毛病，病源就是那个马马虎虎"；"就是那种随它怎么都行的不认真态度"。

在模仿方面，鲁迅认为日本人善于学习与模仿，学习西方先进的思想与制度并将其运用到自己的国家中去，这样的模仿是谦卑有益的。而想到中国，鲁迅在《伪自由书·电的利弊》中悲叹道："外国用火药制造子弹御敌，中国却用它做爆竹敬神；外国用罗盘针航海，中国却用它看风水；外国用鸦片医病，中国却拿来当饭吃。"中国与日本相比虽更善于发现、创造，却无法用到正途，远成为困惑鲁迅的心病。

在求实方面，鲁迅认为日本人喜欢无论做什么事情，都要有结论，有实实在在的成果出来。鲁迅在《内山完造作〈活中国的姿态〉序》开篇讲道："像日本人那样的喜欢'结论'的民族，就是无论是听议论，是读书，如果得不到结论，心里总不舒服的民族，在现在的世界上，好像是颇为少有的。"但中国人却并不求实，反而含混搪塞，滥竽充数，投机取巧，鲁迅在《坟·论睁了眼看》中慨叹"中国人的不敢正视各方面，用瞒和骗，造出奇妙的逃路来，而自以为正路。在这路上，就证明着国民性的怯弱、懒惰，而又巧滑。"

在实行方面，鲁迅认为尽管日本人的性子很急，急于得出结论，急于实行，但从另一角度看反而是日本国民性的优点，因为这样才能有导向性、有成果出来。与之相比而言，中国人办事则更拖沓涣散。

鲁迅在日本国民性与中国国民性的对比上扬日本而贬中国，并非鲁迅崇洋媚外，其中蕴含的是鲁迅"哀其不幸、怒其不争"的强烈的愤恨与悲痛。当时的中国沦落到此地步，与这些根深蒂固几千年的国民性有着不可分割的关系。在日本企图占领中国土地时，中国出现了汹涌的排日的潮流，但鲁迅却依旧冷静地反思日本的可取之处，反思中国沦落到这般地步的原因——"在这排日声中，我敢坚决地向中国的青年进一忠告，就是：日本人是很有值得我们效法之处的"。在对中国国民的劣根性做了冷静的批判后，鲁迅开始寻找造成这种情况的原因，并指出发现缺点并不可怕，重要的是找到源头，予以改善。1936年，鲁迅在给尤炳圻的信中写道："日本的国民性的确很好，但最大的天惠是未受蒙古之侵入；我们生于大陆，早营农业，遂历受游牧民族之害，历史上满是血痕，却竟支撑以今日，其实是伟大的，但我们还要揭发自己的缺点，这是意在复兴，在改善。"即使从现在来看，鲁迅对中国国民性的反思也极为必要。在建设祖国的大业中，每个人都应像鲁迅一样肩负中华民族复兴的历史重任，时刻保有危机意识，反思短板，学人所长，使中国不仅实现经济上的现代化，而且也要完成人的现代化。

4. 鲁迅与夏目漱石的"余裕"论

鲁迅与夏目漱石有着不解之缘。鲁迅在日本留学时，就曾住过夏目漱石的故居，最喜欢的日本小说家也是夏目漱石。鲁迅是中国第一位翻译夏目漱石作品的人。在鲁迅逝世的前十天，他还曾通过内山书店购买夏目漱石的《漱石全集》。鲁迅将夏目漱石视为"余裕派"的代表人物。1907年，夏目漱石在为作家高滨虚子的小说集《鸡冠花》所写的序言中，将小说分为"余裕派"与"非余裕派"，提倡"有余裕的小说"。夏目漱石从《鸡冠花》序中举了两个例子，第一个例子是：由于风浪太大，几只渔船怎么也上不了岸，于是所有的人都站在海边望着远处的渔船，没有一个人敢动，也没有人说话，就连上厕所也无人去，一连十几个小时呆呆地望着。夏目漱石将这称之为"没有余裕的极端"。另一个例子是：一个人本来是出门买东西的，但在途中由于迷上了看戏、看风景，反而忘记了出来是买东西的。为了过程忘记了目的，这途中却收获了余裕的乐趣，这就是"有余裕"。鲁迅认为，夏目漱石的"余裕"就是行文留有余地，不只注重实用性，不带有固定的目的，在精神上呈现出一种轻松、舒缓、悠然的状态。如果一本书一打开，满是密密麻麻的黑字，便给人一种压迫感，失去了读书的乐趣，仿佛觉得人生已经没有"余裕"了。另一方面，鲁迅也在借夏目漱石的"余裕"论抨击梁启超等人以政治小说掀起的文学功用论，反对将文学视为政治宣传的媒介与工具。他认为文学应保有让人精神得以休憩的余地，给人以精神上的启发，而不能仅仅体现其社会功利性。

鲁迅与夏目漱石都支持"余裕"派的文学，但也并不排斥"非余裕"的文学，它们都在不同的领域发挥着自己独特的价值。夏目漱石对此加以补充，说"单纯的余裕毕竟无法撼动这个辽阔的人世，如果要以文学立命，就不能仅仅满足于美"。对此鲁迅也有同感，认为文学需要"余裕"，也需要"非余裕"。1933年鲁迅在《小品文的危机》中说："生存的小品文，必须是匕首，是投枪，能和读者一同杀出一条生存的血路的东西；但自然，它也能给人愉快和休息，然而这并不是'小摆设'，更不是抚慰和麻痹，它给人的愉快和休息是修养，是劳作和战斗之前的准备。"[①]在鲁迅看来，"非余裕"的文学为了生存必须是匕首、投枪，具有战斗性，但能不能一直怀有战斗性，一刻也不松懈，自然也是不能的，是人就需要休息，文章也是如此，当写作心态需要调节时，"余裕"的文学就派上了用场。给人以精神的休憩与滋养，就是余裕文学的价值。

不过，鲁迅并未完全接受夏目漱石的"余裕"论观点，在这一问题上鲁迅提出了自己的见解，实现了对夏目漱石"余裕"论的超越。夏目漱石的"余裕"论最终回归到了佛教的禅宗哲学上，他在《鸡冠花·序》中认为："文学作品没有余裕，就是因为过分执着于生死攸关的重大问题，不能摆脱生死问题的烦恼，但倘若打破生死界限，能够形成一种置生死于度外的人生观，那么俳味、禅味便会在这里产生。经过冥思默想，最后觉得自己和世界的壁障消失了，天地浑然一体，

---

① 鲁迅. 南腔北调集·小品文的危机[M]//鲁迅全集（第4卷）. 北京：人民文学出版社，1981：576.

心地虚灵皎洁。"①夏目漱石的"余裕"仅着眼于文学，而鲁迅对这个前提作了补充解释，即"余裕"不能脱离社会环境与物质条件，也不只靠宗教的引导与个人的悟性，"余裕"要在稳定的社会环境与基本的物质条件保障下才能存在。就社会环境来说，当时代有更紧迫的事情要做时，"余裕"的文学声音就会变小。正如鲁迅所说的："大革命时代没有文学，只有等到大革命成功后社会的状态缓和了，大家的生活有余裕了，这时期又产生文学。"②就物质条件来说，有"余裕"的文学需要一定的物质条件保障，鲁迅就认为生活困窘的时候做不出来文学，因为没有那个余裕的时间与心思。概括来讲，鲁迅从夏目漱石的文学作品中获益良多，夏目漱石的"余裕"论深刻地影响着鲁迅的创作；"余裕"论从夏目漱石的作品进入到鲁迅的创作中，在鲁迅的借鉴与改造下，影响着一代又一代中国读者。

（二）周作人与日本

周作人，是鲁迅之弟，中国著名的散文家与翻译家，新文化运动的杰出代表。1901年，周作人考入江南水师学堂，毕业后考取官费留学日本。到达日本后，他除学习日常课业之外，还跟随哥哥鲁迅从事翻译工作，两人共同翻译出版了《域外小说集》的一、二部分，以翻译东欧弱小民族的文学作品为主。翻译之余，他还在日本学习了希腊文、俄文、梵文等多种文字。

1918年，周作人发表《人的文学》，主张个人主义与人道主义，发展"人的文学"，可以说，"人的文学"是周作人文学思想的核心。周作人在书中指出："我们现在应该提倡的新文学，简单地说一句是'人的文学'，应该排斥的，便是非人的文学。""用这人道主义为本，对于人生的诸问题加以记录研究的文字，便谓之人的文学。"③周作人特意强调，是"人的文学"，而不是"非人的文学"，"人的文学"是写人的

① 夏目漱石. 鸡冠花·序[M]//夏目漱石全集第10卷. 东京：筑摩书房，1973：181.
② 鲁迅. 而已集·革命时代的文学//鲁迅全集（第3卷）[M]. 北京：人民文学出版社，1981：419.
③ 赵家璧. 中国新文学大系：建设理论集[M]. 上海：上海文艺出版社，2003：193-196.

生活，而非人的文学写的则是非人的生活。周作人认为，从儒教、道教出来的文章几乎都不合格，因为他们提倡的是一种非人的道德，它们对人的规训表面上维持了社会的稳定，实际上却压抑了人性与人的生活本能。周作人对"人的文学"的思考目的在于推翻封建制度，将人从旧的体制中解放出来，促进人的觉醒。

"人的文学"遵循"爱好天然、崇尚自然"的文化观。周作人认为，"人的一切生活本能，都是美的善的，应得完全满足，凡是违反人性不自然的习惯制度，都应该排斥改正"，"凡兽性的余留，与古代礼法可以阻碍人性向上的发展者，也都应该排斥改正"①。周作人非常反感中国古代许多违反人性的礼法制度，主张遵循自然的人性发展，这种文化观的产生与周作人在日本的经历有关。周作人初到日本时，在东京的伏见馆住下，当时馆主的妹妹赤脚为他搬运行李，递送茶水，给周作人留下极深的印象。周作人曾谈道："我相信日本民间赤脚的风俗总是极好的，出外固然穿上木屐或草履，在室内席上便白足行走，这实在是一种很健全很美的事。我所嫌恶中国恶俗之一是女子的缠足。"②赤脚与缠足对比出人性的自然与扭曲，使周作人深感中国封建制度对人性的摧残之深，遂致力于提出"人的文学"，主张发展自然的人性。

何以为人？周作人对"人的文学"中的"人"做出解释。第一便是发展人性，他认为"人具有和其他动物并无不同的生活本能，且应该得到满足"③。周作人希望通过文学唤醒长久以来被压抑的国人。第二是人的生活应该成为"灵肉一致"的生活，即在物质与精神上都能得到满足与发展。"兽性与神性，合起来便只是人性"④。人的正当健全的生活，便是"灵肉一致"的生活。"灵肉一致"的观点虽然可以从卢梭那里找到依据，但对于当时正在日本学习的周作人来说，更为直

---

① 周作人. 人的文学 [C]//钟叔河. 周作人文类编·本色. 长沙：湖南文艺出版社，1998，36.

② 周作人. 最初的印象：知堂回想录 [M]. 北京：群众出版社，1999，158.

③ 同注①，第36页。

④ 同注①，第36页。

接的理论来源是厨川白村的《文艺思潮论》，该书于1914年出版，在当时影响巨大，受到鲁迅等留日知识分子的追捧。厨川白村反对把人的兽性或神性推向极端，他认为人有生物性欲求是自然的并且是合理的，人应该正视，对其予以充分的肯定与满足，同时也不能忽视人的社会性征，应充分认识到精神的自由发展对于人的意义。周作人汲取厨川白村的理论，将其纳入自己的"人的文学"观点之中。

周作人的"人的文学"核心是人道主义，而此人道主义并非现在通称的慈善主义，而是一种基于个人主义的人间本位主义，主张人要先学会爱自己，才能在此基础上去爱别人。周作人认为"第一，人在人类中，正如森林中的一株树木。森林盛了，各树也都茂盛。但要森林盛，却仍非靠各树各自茂盛不可。第二，个人爱人类，就只为人类中有了我，与我相关的缘故"。①这种关于人与人类、个人与他人关系的观点其实是来源于日本白桦派代表人物武者小路实笃。周作人自1911年始便经常购买《白桦》杂志，非常推崇白桦派的"新村主义"。武者小路实笃的思想主张极大影响了周作人，前者在《〈白桦〉的运动》一文中说："为了人类的成长，首先需要个人的成长。为了使个人成长，每个人就要做自己应当做的事，就要在力所能及的范围内，把工作尽力做好。"②这一主张成为周作人观点的理论来源。

周作人非常推崇武者小路实笃的思想，他的人间本位主义不仅脱胎于武者小路实笃的"新村主义"理论，还在《新青年》上对日本的"新村主义"做过详细介绍。1919年周作人在《新青年》第6卷第3号发表《日本的新村》一文，积极介绍了武者小路实笃的"新村主义"。"新村主义"提倡"人的生活"，认为"新村提倡协力的共同生活一方面尽了对于人类的义务，一方面也尽了各人对于各人自己的义务；赞美协力，又赞美个性；发展共同的精神，又发展自由的精神"。"新村主义"主张脱离旧社会的恶势力，另辟一块地方，建立没有压迫，没

---

① 周作人. 人的文学[C]//钟叔河. 周作人文类编·本色. 长沙：湖南文艺出版社，1998，34.

② 西乡信纲，等. 日本文学史[M]. 佩珊，译. 北京：人民文学出版社，1978：323-324.

有剥削，没有脑力和体力劳动差别，人人平等，互助友爱的新村，并将这种模式推广到全世界。1919年7月，周作人回国演讲，介绍"新村运动"。1920年4月7日，毛泽东专程拜访周作人，了解"新村主义"，可以说周作人已成为"新村主义"走向中国的传播者。尽管这种思潮只是一种空想的社会主义，后来逐渐走向末路，并未发展壮大，但是，周作人引进的"新村主义"在一定程度上促进了当时的国人关注自由与平等，为反对封建主义和专制主义提供了精神武器。

　　无论鲁迅、周作人兄弟的日本体验有多大的差别，在当时都较一般的留日中国学生更深刻、更有远见，因此这些出现于1907年、1908年的思考实际上便奠定了他们之于中国文学现代转换的重大意义：鲁迅对于浪漫主义文学、个人意志主义哲学的兴趣，对于民族主义的体认与接受，促成了对个体的生命意识、感性体验的形式以及自我与群体与民族的复杂关系的建构，这可以说构成了未来中国新文学生命体验的基础之一，代表了中国新文学建设最具有生命活力的创造之源。从鲁迅这里，我们看到了中国文学坚韧的自我掘进的可能，同时也会透过生命体验的繁复形式发现其中所包含的深刻的矛盾性主体结构。从某种意义上讲，也正是一个富有感性生命体验的鲁迅的出现，正是以鲁迅为代表的作家个体生命意识的生长和复杂化的发展，使得中国文学不再囿于梁启超一代知识分子的国家主义的文化与文学理想，在当时人们所习见的抽象政治意念之外，开垦着真正属于文学的人生与生命的体验，这便在整体上逐渐形成了中国新文学的宽大的格局。同样，一个沉醉于现代知识文化陶冶中的周作人的出现也十分引人注目。周作人向来对于知识性的书籍兴趣更大，他对性心理学、民俗学、人类文化学、儿童文学、医学史等领域的关注代表了中国新文学在理智化、知识分子化、情趣化方向的发展。这样一个立足于世界文化意义上的知识结构，其积极的价值无疑是十分重要的，"五四"新文学运动中的周作人正是充分展示了这样的价值。在经过了几年的苦闷与压抑之后，鲁迅的文学激情破茧而出，化为了石破天惊的《狂人日记》；而周作人也找到了表达自己新文化信念的理性形式，他的两篇著名文章《人的文学》与《平民文学》敲响了中国新文学发展的思想之钟。在汇入五四新文化运动的潮流之后，鲁迅兄弟的体验和思想终于发挥了更大的社会影响，真正开创了中国文学发展的全新的空间。

（三）郭沫若与日本

郭沫若的一生与日本有着密不可分的关系。1914年，郭沫若开始了长达十年的日本留学生涯，归国五年后，又于1928年开启了长达十年的日本流亡生活。从二十二岁到三十二岁，再从三十七岁到四十七岁，郭沫若一生最关键的阶段皆在日本度过，日本的文化环境对郭沫若的文学创作有着重要影响。

留学期间，郭沫若除学习日语外，还需学习德语、英语、法语与拉丁语。日本人教外语时多以外国文学做读本，因此郭沫若也逐渐学习了雪莱、海涅、歌德、席勒等外国作家的作品，为日后吸收浪漫主义思潮以及创作诗歌、翻译著作、创立"创造社"奠定了基础。留学期间，受到日本当时风行的自然主义与唯美主义风潮影响，郭沫若与郁达夫等人成立了"创造社"，号召反对封建思想，主张自我表现和个性解放，强调文学应该忠实于自己"内心的要求"，表达出强烈的浪漫主义和唯美主义倾向。之后郭沫若创作出具有奇异浪漫色彩的诗歌《女神》并翻译出歌德的《浮士德》第一部与《少年维特之烦恼》，成为创造社的代表作。

郭沫若1923年回国，翌年再次回到日本福冈，翻译日本经济学者河上肇的《社会组织与社会革命》。该书促使郭沫若的文艺思想发生转变，使他确立了马克思主义世界观。郭沫若曾多次在信中提到该书使他受益匪浅，使他认识了马克思主义原理，获得"理性的背光"[①]。郭沫若世界观产生重大转变的具体表现，就是"逐渐转向马克思主义和固定下来，从文艺运动的阵营里转进到革命运动的战线里来，为彻底抛弃泛神论向前迈进了一大步"。据后期创造社成员、留日学生王学文回忆，除郭沫若外，还有许多留日进步青年受到河上肇的影响而信仰

---

① 黄淳浩. 郭沫若书信集（上）[M]. 北京：中国社会科学出版社，1992：230.

了马克思主义。

1927年，郭沫若由于撰文披露蒋介石"背叛国家、背叛民众、背叛革命"的行径被国民党政府追捕，1928年经在上海开书店的内山完造帮助逃亡日本，从此开始了长达十年的流亡之生涯。不过，郭沫若并未停止学术活动，而是深入到中国古代社会的研究中去，研究甲骨文、金文与青铜器，为中国甲骨文的研究做出了重要贡献。新中国成立后，中日关系逐渐趋于缓和，郭沫若率领使团赴日访问，受到日本人民热烈欢迎。郭沫若写下大量颂扬中日友谊的诗歌作品，全面记载了中日关系的重大事件，在中日文化交流中传为佳话。

总的来说，中国现代作家与日本有着密切的关系，在复杂的近现代中日交流背景下，中国现代作家们或留学求知，或为了反抗专制而被迫流亡，而日本充当了一个文化交流的中转站，许多中国现代作家在这里受到现代思潮影响，将先进的理念带回中国。在鲁迅、周作人与郭沫若等先驱者的带动下，留日的中国现代作家们对中国现代文学的兴起和成长都起到了举足轻重的作用。

第五章　中国现代文学与韩国

第一节　中国现代文学中的韩国书写

　　韩国作为中国的邻邦，与中国的联系有着上千年的悠久历史，同属于以中国为中心的儒家文化圈，两国的文化交流和文学交往源远流长。近代以来，随着国际关系的转变，东亚地区的形势也发生了巨大的变化。日本经过明治维新以后，综合国力在东亚遥遥领先，学习和效仿西方的日本也迅速走向了殖民侵略和对外扩张的道路。1887年，日本就制定了"清国征讨策案"，后逐渐演化为以侵略中国为中心的"大陆政策"，意图攻占台湾地区、吞并朝鲜、进军满蒙、灭亡中国，直至实现征服亚洲、称霸世界的野心。在此后的几十年，一方面要抵御西方列强的虎视眈眈，另一方面还要提防日本的野心勃勃，中韩两国先后陷入民族困境中。尤其在20世纪前半期，中韩两国相继遭到日本的发难和侵略。1910年8月，韩国被迫与日本签订《韩日合并条约》后，彻底丧失了主权，沦为日本帝国主义的殖民地；1931年九一八事变后，日本侵占了中国的东北地区，成为日本帝国主义企图以武力征服中国的开端。面对相似的民族命运与历史课题，中韩两国同病相怜，为对抗共同的敌人、实现民族解放和国家独立而携手开始了民间合作，两国的交往在相互交流和合作中也变得更加频繁。

　　在中国现代文学史上，郭沫若发表于1919年11月的《牧羊哀话》是第一部以韩国人为题材的作品，自此以后，中国现代文学中出现了一系列刻画和描写韩国人形象的作品。尤其在九一八事变后，日本为巩固对中国东北地区的统治，开发东北以充当其军费，强制向东北地区迁移了大量韩国人，同时许多韩国人为躲避日本殖民主义者的残酷剥削举家前往中国的东北地区。随着越来越多的韩国人进入中国，中国人有机会直接看到甚至参与到韩国人的生活中，他们更真切地了解了在日本帝国主义压迫下的韩国人民痛苦、贫穷、悲惨的生存境遇。这在一些作家尤其是东北作家群的创作中都得到了反映，他们以文学的方式呈现韩国人的形象，表现他们的抗日斗争和流亡生活等。对于韩国人形象的书写，反映了中国现代作家对亡国后朝鲜民族命运的关注，表达了他们对于沦为殖民地的韩国人民的同情，赞扬了韩民族为了民族解放和国家独立而奋斗的精神，同时也批判了日本帝国主义在殖民地犯下的滔天罪行。

整体而言，中国现代文学中有关韩国人题材的作品，充分表现了中韩人民的友谊，尤其是表现了中韩两国人民在反对日本帝国主义斗争中的共同命运。作为中国现代文学中有关国外题材作品的重要部分，韩国书写的出现扩展了中国现代文学的题材内容，丰富了它的思想内涵。目前，关于中国现代文学中的韩国人形象研究取得了一定的成果，但相对而言，整个学界并未对其给予足够的关注，主流文学史叙事也很少涉及中国现代文学中韩国题材和韩国人形象的创作问题。其实，相关的文学创作是一个很重要的研究对象，它生动地呈现出中国现代知识界和思想界如何以一种国际性的视野，对这个东亚邻国给予了认识和关注。借助对相关文学作品的分析，我们试图回归历史现场，还原历史真实，再现那段韩国人流亡中国并在中国开展独立运动以及中韩两国民众合作抗日的历史。同时，通过探究在东亚历史转型时期中国现代作家整体性的历史认知、价值取向和深层文化心理，也可以为机遇与挑战并存、重建东亚新秩序的当下提供历史的借鉴。

下文将主要以1919—1949年间中国现代文学中所涉及的韩国人形象作为研究对象，分析不同作家在其作品中构建的不同类型的韩国人形象，解读作家创作的目的和用意，进而了解这段历史中两国交流的文学表现，以及两国人民在面对相似的国家命运时所表现出来的精神面貌。其中，关于"韩国"的称谓上，1897年10月，朝鲜国王高宗改李氏朝鲜国号为"大韩帝国",简称"韩国"。1910年朝鲜半岛彻底沦为日本的殖民地,大韩帝国不复存在,外界仍多沿用旧名"朝鲜"作为它的指称。1919年4月11日,半岛的独立运动人士在中国上海法租界宣布成立"大韩民国临时政府"。不同的称谓容易引起研究者们的争议,对此可以参考朝鲜半岛问题研究专家、复旦大学韩国研究中心主任石源华教授的看法:"在近代历史上,'朝鲜'与'韩国'两种称呼是混同使用的,无论是民族主义派的政治家、学者,或是共产主义派的政治家、学者,都在各种场合混同使用……因而名称之争完全由于现实政治斗争而起,在学理上毫无意义。"①所以,涉及韩国题材的中国现代文学作品中出现的"高丽""朝鲜""朝鲜半岛""韩国"等称呼,下文将均以"韩国"一词指称。

一、有排日意识的反抗者形象

1910年韩国被日本吞并以后,整个民族在日本殖民者的统治下生存,丧失了独立和尊严。不堪受辱的韩国有志之士在此境遇下奋起反抗,为国家和民族争取生机和希望。国内学者王秋硕在其硕士论文《中国现代文学中的韩国民族主义书写》中写道:"从严格的意义上说,1948年朝鲜民主主义人民共和国成立以前,收复失地的领土诉求始终是韩国民族主义运动乐章的主要旋律之一。"所以,中国现代作品中出现了很多有排日意识的反抗者形象。而基于中国的现实情况,以1931年九一八事变为界,这类形象出现在中国作家的笔下,蕴含着中国现代知识分子不同的思虑。

从1919年郭沫若发表《牧羊哀话》开始,到1931年九一八事变发生,现代作家笔下的这类人物形象主要有:郭沫若《牧羊哀话》中的闵崇华、蒋光慈《鸭绿江上》(1927)中的金云姑与李孟汉及其他们的父亲、台静农的《我的邻居》(1928)中的韩人革命家、戴平万的《流浪人》(1929)中的革命流浪者李等。虽然他们来自不同的阶层,但都

---

① 石源华. 序论韩国独立运动评价与朝鲜半岛统一[M]//石源华,石建国,等. 韩国独立运动政党与社团研究. 北京:中国社会科学出版社,2003:2.

有着强烈的爱国精神或英勇的反抗行动，显示出为国献身的民族气节。1910年，韩国沦为日本殖民地，中国人在同情韩国的同时，自然而然地把韩国当成了自己命运的一面镜子，也感受到了即将到来的民族危机。1919年3月1日，处于日本殖民统治的韩国爆发了一次大规模的反帝爱国运动，在东亚产生了深远的影响。作为邻邦的中国对韩国人的爱国心和牺牲精神又多了几分惊讶和钦佩。随后，由于中国使团在巴黎和会上受到了很不公正的待遇，中国人心中积累了强烈的的反帝情绪，他们从韩国人民英勇无畏的斗争中获得了斗争的灵感与勇气。以郭沫若的《牧羊哀话》为代表，这篇小说以被日本吞并不久后的韩国为背景，描写了坚持气节、不与侵略者合作的志士闵崇华与深受他教育的尹子英的事迹，最终后者为保护闵崇华不幸殉国。另外，在《牧羊哀话》中，亡国悲剧和爱情悲剧都源自内部的背叛，这也影射了北洋政府内的亲日派曹汝霖、章宗祥、陆宗舆出卖山东的背叛行为，暗示中国若是失去山东进而被日本所奴役，那最终的原因必然是朝中有闯贼。如郭沫若自己所说："《牧羊哀话》是在'巴黎正开着分赃的和平会议'，'山东问题也闹得甚嚣尘上'的时候写的，所以它本身即带有一种抗拒日本侵略野心的'警世寓言'的性质。"[①]所以，小说既呈现了作者对于韩国命运的关注和同情，也蕴涵了对中国命运的忧虑。

　　整体而言，从1910年韩国被日本侵吞到1919年韩国三一运动爆发，中国人对于朝鲜民族的认识不断加深，情感倾向上也有所改变。但是在这一时期，因为中国人与韩国人还未曾有深入的交往，作家们对韩国人的反日斗争也缺乏直观的认识，他们的小说素材，大多来自别人讲的故事。所以，作家们当时在其作品中对于有排日意识的反抗者形象的塑造，主旨在于表达他们对于国家沦丧的韩国人的同情和怜悯，对于韩国有志之士勇于斗争精神的钦佩和肯定。此外，他们希望通过展示日本帝国主义的暴行和韩国流血斗争所付出的巨大牺牲来警醒本国民众，寄托了对于本国命运的忧虑和担心。

---

① 刘为民. 中国现代文学与朝鲜[J]. 山东大学学报, 1996 (3): 68.

　　而在九一八事变到 1945 年抗战结束这段时间，韩国有排日意识的反抗者形象在中国现代作品中大量出现。主要原因有二：1. "九一八"事变后，更多的韩国人包括韩国的革命者来到中国，寻求中国的庇护和帮助或是与中国合作。中国现代作家们有机会与韩国人一起生活、共同战斗，或是能够亲眼看见、亲耳听到与韩国爱国人士相关的事迹。他们通过对上述爱国者形象的呈现，表达自己对于为国家大义而奋斗的英雄人物的肯定，对朝鲜民族争取国家独立和民族解放的肯定。2. 当时中国面临着与韩国相似的民族危难的困境，同样饱受日本帝国主义的侵略和掠夺，因而中国与韩国有了更多情感的共通，也就有了更多的作家有意识地去书写关于韩国题材和韩国人形象的作品。中国作家们通过对韩国民族英雄形象的塑造，意图启发和唤醒中国民众的国家观念和民族意识，激发中国人民的爱国之心和抗日精神。

　　其中具有代表性的小说为萧军的中篇小说《八月的乡村》(1935)。小说中的韩国少女叫安娜，她同中国的革命军一同抗击日本帝国主义，不惜放弃自己的爱情；巴金的短篇小说《发的故事》(1936) 中的主人公金，投身于革命，遭到日本人追捕，失去了他怀孕的妻子，又在残酷的斗争中两天就白了头发；骆宾基的长篇小说《边陲线上》(1939) 中的朝鲜红党，一个坚强有战斗力的群体，一直在顽强地作战。卜乃夫（无名氏）的短篇小说《露西亚之恋》(1947) 中的金，是参加过中国九一八抗战的韩国革命者。除小说以外，中国现代文学的其他体裁中也有涉及这类形象的作品，如徐柏庵《哭尹奉吉志士》(1932)、霞飞《尹奉吉》(1932)、朱芳春的《悼韩国革命志士金在天先生》(1935) 等散文中都以悼念韩国的革命者的形式塑造了他们光辉的爱国英雄形象。另外，在沈月溶的《献给韩国的志士》(1932)、穆木天的《献给朝鲜的战友们》(1938)、艾青的《悼词——为朝鲜独立同盟追悼殉难的朝鲜烈士们而作》(1942) 等诗歌中，也都赞颂了为反抗日本帝国主义、反对法西斯而英勇奋斗的韩国英雄们。

二、饱受苦难的流亡者形象

在日本占领韩国之后，为了进一步控制朝鲜半岛和中国东北，推行了换位移民政策，他们将日本人移民到朝鲜半岛，而把韩国人移民到中国的东北地区。同时，许多逃避日本殖民统治和奴役的韩国农民、破产的韩国商人以及意图救亡的革命者都不断地来到中国。国土沦陷，又身在异国他乡，他们的身份都带有流亡者的色彩。流亡意味着当他们迈过边界、跨入另一国领土的瞬间，就割舍了自己与亲朋好友、故乡、故国的联系纽带。流亡是解脱、安慰，但同样也是惩罚，因为对于这些韩国人来讲，朝鲜半岛是回不去的昔日领土。韩国饱受苦难的流亡者形象在中国现代文学作品中也得到了大量的呈现。

流亡到中国的韩国人大都过着艰辛困苦的生活，面临着物质上匮乏、精神遭受打击和压迫的双重困境。目睹他们不幸遭遇的中国作家在小说中建构起了令人过目难忘的韩国流亡者的个体或群体形象。在舒群的短篇小说《没有祖国的孩子》（1936）中，主人公是一个叫果里的韩国流浪儿童。他的父亲在工人运动中被杀死，母亲不想让孩子们"再过猪的生活"，便让果里和哥哥去找个自由的地方生活。然而来到中国的果里和哥哥依旧艰辛度日，果里时常被苏联学生欺辱，后来还遭到了日本人的奴役和抓捕。在舒群的另一部短篇小说《邻家》（1936）中，儿子们因从事独立运动被押送回韩国，流亡中国的韩国母女只得靠女儿卖淫来维持生计。每当有客人时，母亲只能睡在门边过道里；她因为有钱赚而开心时，她的女儿则因为要接待客人而悲伤。她们在困苦的生活中卑微地挣扎着，却还要面对别人的鄙夷和欺凌。李辉英在其长篇小说《万宝山》（1933）中，描写了被日本政府强迫来到中国东北务工的韩国苦力们。他们在日本人的奴役下像机器一样日夜劳作，饱受欺压，丧失了人的尊严和自由。骆宾基在其小说《混沌》（1947）中也写到了韩国妇女、农民、儿童等社会底层人的流浪生活。这些韩国农民来到中国开荒，或租种土地，他们受到地主的剥削和压迫，披星戴月地劳作，但所获的收成常常只够交租，还需要用一些劳动产品或者手工业制品到街头去换取相应的生活用品。

　　韩国人流亡的苦难生活和悲惨境遇在中国现代文学其他体裁如通讯、纪实文学作品中也得到了一定的展现。郑燕的《高丽姑娘》（1946）描写了被摧残和伤害的韩国少女们的悲惨命运。在日本大地主的压迫下，农家租田种地难以为继，十六岁的韩国姑娘看到日本公司招募到中国大陆去做职业女性的广告后欣然报名。到了中国以后才知道是让她们做"营妓"。多年后日本战败饱受凌辱和摧残的姑娘们也难再有出头之日，只能继续依靠卖淫来养活自己。在伊人的《韩国卖淫女郎在上海》（1949）中也记录了这一史实。日本战败以后，军妓中凡是日籍的都被遣送回去，韩国籍人却被遗留下来，自生自灭。为了温饱，她们只能又重以出卖色相来谋求生存。女性躯体象征着民族共同体的躯体和政治的躯体，她们的精神和身体饱受摧残也是民族苦难的象征，对被伤害、被摧残的女性受害者的书写，无疑是对民族伤疤的揭露和呈现。而作家们对于这些承受苦难的韩国女性形象，表达了深深的同情、怜悯，这些形象也成了读者产生对日本帝国主义仇视情绪的一种来源。此外，在岳凤高的《给不相识的韩国姑娘》（1931）、胡明树的《朝鲜妇》（1936）、王季思的《朝鲜少女吟》（1940）等诗歌中，也都有关于韩国人漂泊无依、命若浮萍、处境艰辛的书写。

　　国与家向来是息息相关的命运共同体，国家和民族的兴衰会影响到每个家庭的安危和个人的命运。国土沦丧、流亡他乡的韩国人在国破家亡的悲哀中也失去了庇护和保障，作为亡国奴的他们处境艰难，作为社会的弱势群体，他们都在流亡中为了生存而苦苦挣扎。中国现代作家目睹了韩国流亡者的不幸命运和悲惨遭遇，通过文学书写将其记录和呈现出来，展现了韩民族所遭受的苦难和摧残，表达了中国现代知识分子对造成这些悲剧的日本帝国主义的痛恨和谴责，对韩国流亡者的深切同情和怜悯，寄予了他们的人道主义关怀。

三、富有原始生命力的人物形象

　　韩国学者朴宰雨在其《现代中国小说中的韩人形象》一文中，梳

理了中国现代文坛反映韩国人形象的作品，分析了对应作品表现的主
题，并对作品塑造的人物形象类型加以分类。在朴宰雨教授的分类
中，他划分出了"富有原始生命力的人物"类型，这是其他学者的研
究中较少提到的一个类型。此处借鉴朴宰雨教授的这一分类，对中国
现代文学作品中出现的富有原始生命力的韩国人形象举例加以分析。

　　这类形象主要在卜乃夫（无名氏）的小说中出现。首先是《骑士
的哀怨》（1942）中的骑士，他是在牡丹江宁古塔的一个流浪者，非常
喜爱自己养的一匹名为"无前"的战马，这匹马来自俄国托木斯克高
原，是远东滨海省名马。骑士在战斗失败后变为流浪者，不可能每天
给马提供40斤燕麦，为解决马的粮食问题，只得把这匹陪伴自己参加
过几十次战斗、和自己结下比大海还深的友谊的马，租给熟友郑宽
植。当他取回马时，这匹昔日驰骋疆场的雄健战马因为劳累过度变得
瘦弱卑怯，他忍痛卖掉"无前"后，陷入深深的悲哀之中。小说以马
写人，以马寓人，将人的命运与马的命运紧密地结合在一起，雄壮的
马和勇敢的骑士在革命的火焰中骁勇征战，同生共死，但最终迎来的
却是战马衰弱、英雄末路的悲剧。小说通过描写主人公对马在战场上
英姿勃发的深情回忆，等待马归来时的万般焦急，看到面目全非的马
时锥心的痛苦，卖马后的失落发疯等几个情节，凸显了主人公对过去
战斗生活的留恋与缅怀，和被现实磋磨乃至禁锢了生命力的悲哀。

　　其次，卜乃夫（无名氏）未完成的长篇小说《荒漠里的人》
（1942）中的金耀东也是这类形象的代表。《荒漠里的人》以九一八事
变为背景，讲述了韩国革命者金耀东在吉林奉天从事革命失败，面对
事业的挫折、亡国的耻辱、生存的困难，他陷入深深的绝望，将自己
放逐到外兴安岭。面对个人生存的困境、面对祖国被殖民的屈辱，他
开始与险恶的自然环境、与人生、与命运进行抗争，虽然最后革命失
败，但收获了美满的爱情。小说中金耀东游历了位于俄罗斯的外兴安
岭，内蒙古的扎兰屯，以及洮儿河、吉沁河、达纳前第湖畔、鄂克托
兰、哈尔哈河、雅鲁河、哈拉苏、呼伦贝尔河等多地，主要活动区域
是在外兴安岭。通过与自然的不断磨合，金耀东最终发现了自己的渺

小，选择了与自然和谐相处，并在此基础上开始了自我的探索之旅。外兴安岭可以说是金耀东理想的乌托邦，他的欲望和对自然的想象力在这里得到了充分的实现，他与多种文化、多个物种进行物质或心灵交流，有时候他甚至很享受这里馈赠的一切。他想逃回原始，远离现代，远离群众、城市、机器、文明、美女，远离社会秩序。这都表现出了金耀东对原始生命力的强烈渴望与回归。

由于所处时代背景以及创作者的民族视角、创作意图、审美取向等诸多因素的变化，中国现代文学中的韩国人形象呈现出丰富化、多样化的趋势。作家笔下韩国人形象类型的扩展，他们对于富有原始生命力的韩国人形象的塑造，体现了知识分子对于文化同根同源基础上的族群的趋同与差异的关注，对于人类共通的本真的人性美与人情美的肯定。

四、否定性的负面形象

在中国现代作家的笔下，也没有回避描写韩国人中一些否定性的负面形象，他们在国家危亡之际与敌国日本勾结，残害同胞。在郭沫若的《牧羊哀话》（1918）中，闵子爵后继夫人李氏与管家尹石虎都是亲日派，二人勾结谋害闵子爵，却误杀了无辜的尹子英。在巴金的长篇小说《火》（第一部）（1940）中，有一帮韩国人自甘沦为日帝的走狗，仗着日本的势力，狐假虎威，到处做坏事。同样，在李辉英的《万宝山》（1933）中也写了几个受到日本人指使、雇佣，依仗日本人势力的韩国人。他们不仅帮助日本人欺压中国人民，对贫苦的劳动者十分残暴。苦力们或是营养不良，或是生病，但他们不敢叫苦，也不敢呻吟，生怕被退工。这些狐假虎威的包工头们见了却大施淫威，在他们身上肆意踢打，对受压迫的劳动者没有一丝的同情与爱护之心。他们不但不保护本民族同胞的生命和安全，还责骂苦力们不该抱怨日本人，生怕耽误了日本人交代的任务而连累自己，被称为"比日本人更凶恶的日本走狗"。在骆宾基的小说《混沌》（1944）中，描写了一个叫朴斗寅韩国人，他是领事馆负责调解中韩居民诉讼和纠纷的韩国通事。但他依附日帝，很早就以庆源府"大日本外务特派员"的合法身份为掩护，大摇大摆地来往于图们江两岸私贩烟土。县里设置日本领事馆后，他就成为韩国通事，一面调解中韩居民间的诉讼纠纷，另一面仍在暗中贩卖烟土。这个时而身着韩国人白袍、时而打扮成中国绅士模样的神秘人物，几乎成了当地所有汉满大户人家的座上客，他向不断涌入的韩国流民放高利贷，还通过将他们分别荐给当地中国地主当佃户，来榨取他们辛苦赚取的血汗钱。此类人物形象还有骆宾基的《边陲线上》（1939）中的李特务、罗烽的《满洲的囚徒》（1937）中装成囚犯的奸细朴广元、卜乃夫（无名氏）的《红魔》（1947）中与日本人勾结的韩奸，以及《龙窟》（1947）中卖国的皇族、阳翰笙的话剧《槿花之歌》中的韩奸李永寿等。

在中韩仁人志士联合抗日，为祖国和民族事业而奋斗的时候，一些韩国人依靠日本势力在中国为非作歹，这类形象在中国现代文学的作品中也有所呈现。小松的小说《铃兰花》（1941）和《人丝》（1942）两部作品都写到了在鸭绿江边境上进行走私活动的韩国人。此外，李辉英的几部短篇小说也大都描写了社会底层负面的韩国人的行为，如开烟馆、作娼妓、讹诈钱财、绑架儿童等，在作品中韩国人是作为加害者出现的，中国人则是受害者。上述负面形象主要有《古城里的平常事件》（1936）中居住在北平借租房敲诈、勒索中国人钱财的韩国流氓金；《夏夜》（1937）中在中国贩卖毒品、残害中国人的韩国毒贩大高丽和小高丽；《新计划》（1937）中依附日本人做生意，不自觉地将自己等同于日本人，以日本人的视角来看待中国人的金九东与金九如兄弟等。透过李辉英的小说，读者可以对东北地区下层韩国人的处境和其中一些负面人物有更深的认识。《人间世》（1935年）中的烟馆侍女小菊说："就是出了事警察厅也不能管，要交到领事馆办。"暗示韩国人受到日本领事馆的庇护，烟馆的靠山或主人表面是韩国人，实际上开烟馆是领事馆的意思。《古城里的平常事》里的中国巡官这样说："这案子就是打到法院去，官司也不会归中国人胜利，虽然是中国人的法律，因为高丽人的主子，中国的法律是管不到的。"这就揭露出日本侵略者有意制造中韩两国人之间的矛盾以从中渔利的险恶用心，以及一些负面的韩国人惹是生非的深刻背景。

这种反面的韩国人形象代表了韩国黑暗的一面，无疑是作家所极力否定的。这类形象的大量出现与中国关内、关外居住的韩国人的状况和关内外作家对在中国的韩国人的了解有一定的关系。一般说来，在中国关内活动的韩国人大部分是为了祖国独立或者为了避免日帝压迫而流亡到中国的，他们的身份、教养比较高，在内地多从事军事、政治、文化等各种抗日复国活动，因此关内的中国作家对韩国人留下比较好的印象和感情。但是，在关外，中国东北作家看到的韩国人的情况却比较复杂，其中有独立斗士、知识分子等，但也有不少被日寇强制迁来的或为维持生计跑到东北的普通农民，还有在经济、法律方面有严重问题而躲避来中国的不良分子，后者文化和道德素质相对较低。中国作家作品中那些负面的韩国人物形象，往往都是在国家民族危亡之际，完全忘记了自己的民族，甘当侵略者的奴才和帮凶，依仗日本势力骄横跋扈、残害同胞、为非作歹的人。作家通过文学创作揭露了他们的丑恶本质，也暗示了韩国独立运动之所以没有取得成效，与这些民族败类的破坏有着密切关系。同时，作家们也通过对部分韩国流亡者中道德人性急剧下滑现象的描写，批判了日本帝国主义统治下韩国的黑暗现实。

中国现代有关韩国人和韩国题材的作品内容丰富，比较充分地表现出中韩两国民间感情相通、文化相连、命运与共的深厚内在关系，其思想内涵有别于古代文学和1950年后当代文学中的同题材作品，具有不可替代、不容混淆的鲜明时代特点。这类作品体裁多样、题材广泛、内容丰富、形象多姿，不仅有鲜明的时代特点，而且有多种艺术表现手法。它们的出现，拓展了中国现代文学文本的题材内容并丰富了它的思想内涵，其中各种各样的韩国人形象无疑也丰富了中国现代文学作品的人物画廊。中国现代作家以文学的方式对于多元化的韩国人形象的塑造，不仅有助于后人真切地了解20世纪上半期流亡韩国人各方面的状况，而且有利于读者更深刻地认识20世纪上半叶中国的社会形态以及国民精神。作家们对于韩国人形象的大量书写和不同建构，隐含着他们对中国当时现实状况和未来发展的深切忧思，也充分表现出中国现代知识分子关注和同情其他被压迫民族命运的国际主义视野与人道主义情怀。

第二节　中韩现代作家比较研究

一、鲁迅与李光洙

鲁迅和李光洙（1892—1950）分别是中、韩两国从封建社会向现代化转型时期的作家，是各自国家现代文学的巨擘。虽然鲁迅与李光洙属于不同的国度，各自的国家体制和民族性格都存在着差异，在现代化过程中选择了各自不同的道路，但是两个国家也有着共同点与相似之处：两国都是在被列强侵略的情况下，被动地开始了现代化进程，因此纠结于欧美主导的现代化与民族自决的现代化如何取舍，在传统文化与外来的西方文明之间产生矛盾也就在所难免了。在此背景下，可以说鲁迅与李光洙既有共同点，又有不同点。除此之外，两位作家的人生经历具有同构互补性：他们都在幼年经历了家庭变故带来的挫折与痛苦，并几乎在同一时期到日本留学，在日本留学期间深受托尔斯泰、拜伦、尼采等人的影响。两位作家的世界观虽有差异，但都有一个共同点：总体上把握并表现了自己所处时代的状况。他们都以占人口80%的两国农村现实为题材，比较准确地把握了农村和农民的实际情况。从而，他们的作品有很大的相似点。

由于鲁迅、李光洙有着几乎相同的社会境遇和文化境遇，两位作家的文学观亦有着极为相似之处，即他们都有"为了人生的艺术"的功利主义（utilitarianism）文学观。李光洙认为文学是新理想、新思想的宣传者，强调艺术必须是道德性的事实，也就是主张文学的功利性功能。有研究者认为："李光洙的文学观是以新文化建设理念为基础消除干扰个人或民族的不利因素，鼓吹无害的思想的功利主义文学论。"①李光洙排斥对人生没有帮助的艺术，不道德的艺术，他主张将道德和艺术融为一体，提倡道德性主题意识的艺术和刺激人心、激发活泼的精神活动的艺术。

而鲁迅在从医学转向文学的动机中同样鲜明地显示出他的功利主义文学观。"凡是愚弱的国民，即使体格如何健全，如何茁壮，也只能做毫无意义的示众的材料和看客，病死多少是不必以为不幸的，所以我们的第一要着，是在改变他们的精神，而善于改变精神的是，我那时以为当然要推文艺，于是想提倡文艺运动了。"②鲁迅认为，利用小说方式，虽是理论性的，但是容易理解无意中对读者传达作者的意图，对破除迷信，改良思想，提升文明很有效果，因此他把写小说的出发点放在借助文学的力量启蒙大众、改良社会上，也即文学必须是"为人生的艺术"。

两位作家对于文学的功利之心蕴含着启蒙民众的目的。李光洙在以开拓者和农民启蒙为主题的《土地》中刻画了优秀的"先知先觉式"人物形象。不管是提倡学习先进科学技术但在妹妹婚姻问题上却背弃启蒙理想，陷于旧家庭制度束缚的金性哉，还是作为性哉对比者的对旧家庭制度进行猛烈抨击的闵殷植，尽管一个反抗不彻底、一个始终言行激进，但都表现出先知先觉的启蒙者的样子，在作品内的对话中，他们无时无刻不在慷慨陈词，予人教导。

李光洙的启蒙小说多以优秀的启蒙者为主人公，鲁迅的启蒙小说与此相反，以主人公身份出现的是无知的启蒙对象。鲁迅笔下的国民，譬如孔乙己、阿Q之流，他们不是愚昧无知，就是麻木不仁，所以需要把他们作为启蒙的重点对象。

在利用文学作品传达启蒙意识时，两位作家的侧重点和方式有所不同。李光洙在描述朝鲜剧变时期的社会面貌以及人们的痛苦生活状

---

① 丘仁焕. 李光洙小说研究[M]. 首尔：三英社，1983：228.

② 鲁迅.《呐喊》自序[M]//鲁迅杂文全集. 郑州：河南人民出版社，2002：218.

态时，不用"再现"的方式，而是采取作者观念先行搭配解释说明的方式，即始终运用"诉说"的方式构建理想的愿景，以期影响读者改变现实。鲁迅则采用生动再现民众日常生活的形式，引起读者亲临其境的共鸣。这两种叙述方式的区别在于，李光洙类似于理想主义者，通过展望理想社会的美好启发读者改造现实；而鲁迅则是现实主义者，通过揭示现实的黑暗启示读者追求光明。理想主义者的传达方式适合说明的叙述方式，而现实主义者则客观地再现现实。[①]

以小说《土地》为例，李光洙力图站在照相师的角度来描写救亡图存中的启蒙运动。作品中的农村正处于极度凋落与贫穷之中，而登场的农民却处在新的出发点上，其中有以生活原型作蓝本的知识分子，也有因他们的拯救行动而展现出的充满希望的未来。但作家并未站在终年耕作土地的农夫立场上来描写乡土生活，未能真正理解农村的本质问题。作者的人道主义意识又使其笔下一些恶霸式的剥削分子未经任何规劝或挑战就很快反省转变，与启蒙者保持同步，自觉地对民众进行人道主义帮助，显得不够真实。李光洙的人道主义跟托尔斯泰的思想是一脉相承的。

《土地》关注启蒙的宏大构架，赋予了农村启蒙以社会性，却失去了客观性，所以对农村问题的揭示难以达到真实、全面。作者虽有时代的自觉意识，但缺乏认识现实的生活体验，庞大的构架代替不了具体的现实，以至于在描绘农村与农民的悲惨境遇时，也无法确保其客观性。

在创作的初期，李光洙明显地做出了摆脱日帝欺压、固守民族尊严的努力。但到了晚期，其创作主旨退化为犹豫不定的承认现实的姿态，其启蒙主义思想则趋向于与邻近地区合作的地域主义。以农村为舞台的启蒙小说《土地》完全表现了作者晚期的世界观——亚洲国家若要在西欧列强控制中生存，就得跟日本的"大东亚共荣圈"保持同步。这暴露出作者的民族主义意识已变成狭隘的地域主义，其核心思

---

① 朴明爱. 李光洙的《土地》与鲁迅的《阿Q正传》之研究[J]. 中国比较文学，2002（1）：80-90.

想是无需民族成员通过自身奋斗来推进社会变革，只要依赖外国，与日本同步，就有民族的未来。这最终使鼓吹民族主义的作者暴露出其反民族倾向。①

鲁迅的作品则以《阿Q正传》为例。阿Q是被赵太爷等封建地主阶级剥削的雇农形象，既是被资产阶级旧民主主义革命所忽略的底层农民代表，也是一个具体表现旧中国农村社会病态的人物，体现了封建专制的愚民统治下旧中国国民的劣根性。虽然作者也写了赵太爷这类剥削阶级的典型人物，但富有"劣根性"的阿Q，则是更多底层大众的突出代表。无知的民众只懂得顺从自己的命运，而不知道反抗。阿Q有很强的劣根性，他对欺压者与权势者的顺从屈服，表现了农村无产者的卑微性格，同时通过言语行动的生动刻画，表现出社会各阶层的弱点。

若说鲁迅的阿Q是从社会生活中提炼出来的典型形象，那么《土地》的许崇则是作者主观臆造的启蒙式的理想人物。鲁迅的作品通过个体反映了客观社会的面貌，而李光洙把现实的问题加以抽象化，糅合自己想象的调料，使作品中的场景跟黯淡的现实不同，具有很强的理想化倾向。

鲁迅与李光洙都写了许多成长小说。鲁迅以故乡绍兴为背景，创作了以鲁镇为舞台、含有他本人经历的成长小说，如《故乡》《社戏》《孔乙己》《示众》《在酒楼上》等。除此之外还有小说《伤逝》、演讲稿《娜拉走后怎样》，它们则展示了鲁迅对于在封建社会与现代社会转型期女性自我意识的觉醒与成长的思考。李光洙作为韩国启蒙运动的先驱，具有强烈的责任感和精英意识，而少年时期的孤儿经历曾使他在成长过程中遭遇种种烦恼和折磨，这使得李光洙写了很多以他本人为原型的带有自传色彩的成长小说，如《少年的悲哀》《金镜》《致年幼朋友》《彷徨》《血书》《恤H君》《尹光浩》等。李光洙的《彷徨》是对1918年"我"在日本留学时，肉体上承受病痛，精神上又彷徨迷

---

① 朴明爱. 李光洙的《土地》与鲁迅的《阿Q正传》之研究[J]. 中国比较文学，2002（1）：80-90.

惑的心路历程所做的一段记录，是一部刻画主人公陷入感想主义的经验性自我表现的冲突型成长小说。如果说李光洙把成长期的"彷徨"本身作为样本来进行创作，那么鲁迅则是从知识分子的现实责任角度，带着自我反省意识来创作《彷徨》中的作品的。所以说李光洙的《彷徨》是表现青少年时期心理冲突本身的，是描写对向往的人生目标感到失望，对现实又感到苦恼的小说。李光洙所谓的天性追求里缺少与受压迫民族命运的关联，他内心长期存在着的浓重的孤儿意识和对死亡的兴趣限制了他对大的历史社会的关注。这与鲁迅在铁屋子中所要实现的为了众生的呐喊形成明显的对比。①

李光洙和鲁迅的成长小说所采用的艺术表现形式有许多的不同。李光洙小说中的人物，多是在现实中遭遇了种种不幸和冲突后，逐渐感到社会的丑恶和不公；他们达到了精神上的觉醒，但不具备鲁迅作品中所体现出来的知识分子自觉的反抗精神。李光洙的作品中还多多少少透露出了些许无奈的调和色彩，对于一些社会矛盾或心理冲突没有也不可能给主人公以及读者十分明晰的结论。鲁迅的反抗则带有绝望者的深刻。但是，二人都是从民族启蒙角度，选择成长小说为文学启蒙工具，真实地反映了那个时代的多数知识分子艰难的精神历程和内心的矛盾挣扎。

二、老舍与蔡万植

中韩文化交流已经有几千年的历史，从文化、思想、宗教等各个方面来看，两国相互影响，在文化血缘上有着密切的联系，存在着许多相通之处，并且以文学方面最为突出。从历史背景上看，中韩两国在近代史阶段都曾遭受帝国主义的侵略，都曾面临民族存亡的危机，因而两国的文学作品，尤其是小说也显露了多方面的相似点。

中国作家老舍和韩国作家蔡万植（1902—1950）是20世纪30年代的代表作家，在中韩现代文学史上各自占有重要的地位。老舍的代表作《四世同堂》与蔡万植的代表作《浊流》作为传世之作，在两国文

① 李明信. 鲁迅与李光洙文学观比较[D]. 长春：东北师范大学，2010：83.

坛被奉为经典，都获得了极高的评价。他们不仅是同时代的作家，而且在历史背景、创作方法等方面有着较多的相同点。

　　老舍与蔡万植两位作家都秉持着现实主义的创作原则。对现实真实客观的还原是老舍一切创作思想的核心。他的作品是中国话本的传统风格和西方现代小说的人文思想相结合的产物。老舍吸取了中外文学的优秀元素，他的作品大量地使用口语化的白话文，相比鲁迅知识分子式的文体更贴近民众，又比张恨水更加温和、更能体现平民意味。正是这些独特性使老舍的文学成就超越了同时期以及后来的理想主义文学和救亡文学。蔡万植创作思想的核心也是现实主义。蔡万植很重视文学的社会功能，他的创作精神是：小说不但是对现实的不断探究，而且应当以整个社会作为探究的世界。在这样的思想支配下，为了避开日本殖民者的政治高压，他一反常规描写反面人物对正面人物的嘲讽和压迫，采用批判现实主义的方法表现出了对人和社会的辛辣讽刺和无情批判。

　　老舍与蔡万植的创作风格都是现实主义的，他们俩都在自己的生活中选取创作的素材，在现实生活当中很容易找到他们作品主角的影子。如《四世同堂》中祁瑞宣的原型是老舍的太太，《浊流》中的主角丁初凤的原型是蔡万植自己。两位作家擅长运用讽刺手法，在关注普通人物的基础上，注重对社会黑暗现实的揭露与批判。

　　以蔡万植的小说《太平天下》（1938）为例。主人公尹直员是亲日派，他感谢、赞美保护自己生命财产的日本殖民统治。日本警察署建立的时候，日本侵略中国的时候，他都为日本大声地鼓掌助威。尹直员一直期望自己的孙子能够当上军官或者警察署署长，可孙子宗秀沉溺于酒色之中，留学归来的孙子宗学又被调查出参加社会主义活动。得知此消息的尹直员感到非常气愤，对孙子宗学的行为发出的亢奋的指责："人家动用数十万的军队来保护我们朝鲜人，是多么应该感谢的呀！怎么我们还有那么多人参加要破坏这个世界的不良党派呢？这才是平安幸福的世界，这才是所谓的太平天下！"作者通过尹直员的话语展现了亲日派的卑躬屈膝，同时依靠反语的方式达到尖锐的讽刺效果。

再以老舍的《四世同堂》为例，与前者不同，老舍是通过对比手法来表现强烈的讽刺意味。比如在日本占领北平、国家面临危难之际，钱默吟、祁老爷子和冠晓荷三个人无论是在心态上还是行动上都有很大的差异。钱默吟平时虽只是个懒散不得志的诗人，但同时也是个有血性的人。国难当头之际，他担心的不是自己的安危而是国家的存亡。正如他自己所说："你看，我是不大问国事的人，可是我能自由地生活着，全是国家所赐。我这几天什么也干不下去！我不怕穷，不怕苦，我只怕丢了咱们的北平城！""假若北平是树，我便是花，尽管是一朵闲花。北平若不幸丢失了，我想我就不必再活下去！"

和钱先生相比，祁老爷子更关心自己有没有饭吃，能不能平安地熬过去，至于国家怎么样对他来说倒好像没有多大关系。"在他心中，只要日本人不妨碍他自己的生活，他就想不起憎恶他们。对国事，正如对日本人，他总以为都离他很远，无须乎过问。他只求能平安地过日子，快乐地过生日。"

而冠晓荷完全是一个卖国求荣的走狗形象，一直幻想着有一天能够和日本人成为"朋友"，以实现自己的发财梦。"在这个宇宙里，国家民族等只是一些名词；假若出卖国家可以使饭食更好，衣服更漂亮，这个宇宙的主宰——冠晓荷——连眼也不眨巴一下便去出卖国家。在他心里，生命就是生活，而生活理当奢华舒服。"

老舍用幽默讽刺的语言把三个人的形象刻画得惟妙惟肖。通过以上对比，我们可以看到钱先生的英勇、祁老爷子的麻木和冠晓荷的无耻。

两位作家同样采用讽刺的手法，但是蔡万植惯用客观的叙述来讽刺，老舍则采用了主观的叙述来讽刺。在《浊流》中，蔡万植就是采用了客观叙述的讽刺的手法，既没有介入到故事的情节之中，也没有向读者直接表现出自己的思想与态度，而是只在故事的情节过程中表现出主题。就是说，作家不对主人公行为与道德做出评价，只叙述事件的发展经过。在作品中的叙述不但很自然，而且没有看出作家的影子。作家的意图就是客观地描写丁氏家庭的没落，同时反映20世纪30

年代在日本殖民统治下韩国民众的生活，让读者对当时历史状况做出自己的思考。

老舍与蔡万植的不同之处在于总是在叙事中插入自己的观点。在老舍的作品中，作家习惯于把自己的观点与情绪主动传达给读者，对各个人物给予直接性的评价。各种不同阶层的人物都是老舍研究国民性的对象。在《四世同堂》中，老舍也是对各个人物亲自给予评价。在第二部《偷生》第十五节中有这样一段话："行人都立住了，没有什么要事的便跟在后面与两旁。北平人是爱看热闹的。只要眼睛有东西可看，他们便看，跟着看，一点不觉得厌烦。他们只要看见了热闹，便忘了耻辱，是非，更提不到愤怒了。"这短短的几句话，看似是对人们爱看热闹的描述，但是字字都透着作者对冷漠、不知上进的国人劣根性的批判，在老舍的作品中像这样直接表达观点的句子并不少见，由此老舍主观批判的手法可见一斑。

蔡万植与老舍采用不同的创作方式的原因在于两位作家经历的社会环境不同。当时的朝鲜已经完全沦为殖民地国家，且发布《浊流》的时期正是日本蓄意挑起卢沟桥事变、全面发动侵华战争的时期。在这样的历史背景下，日本政府为了稳定后方军事基地，对朝鲜实行更加残酷的殖民统治政策，文学作品的审查更加严苛。但老舍的《四世同堂》连载于1944年重庆的《扫荡报》，当时的重庆是国民政府在抗战大后方的首都，没有日占区的作品审查，作家能自由地表达自己抗日爱国的思想。

对老舍和蔡万植语言风格进行比较，可以发现两位作家的语言中都饱含着对苦难大众的同情。这种感情在具体的语言运用中，表现为作者叙述中的平民视角和对民众生活语言的大量吸纳。

老舍在《四世同堂》中大量采用了民间常用的语言，简单明了，通俗易懂，这使作品的用词和表达方式符合不同人物身份和性格的真实。例如：

这时候，已经是下午四点钟，小崔交了车，满脸怒气地走回来。

孙七的近视眼没有看清小崔脸上的神色。"怎样？今天还不错吧？"

"不错？"小崔没有好气地说。"敢情不错！听说过没有？大八月十五的，车场子硬不放份儿，照旧交车钱！"

"没听说过！这是他妈的日本办法吧？"

"就是啊！车主硬说，近来三天一关城，五天一净街，收不进钱来，所以今天不能再放份儿！"

"你乖乖地交了车份儿？"

"我又不是车主儿的儿子，不能那么听话！一声没哼，我把车拉出去了，反正我心里有数儿！拉到过午，才拉了两个座儿；还不够车份儿钱呢！好吧，我弄了一斤大饼，两个子儿的葱酱，四两酱肘子，先吃一顿再说。吃完，我又在茶馆里泡了好大半天。泡够了，我把两个车胎全扎破，把车送了回去。进了车厂子，我神气十足的，喊了声：两边都放炮啦，明儿个见！说完，我就扭出来了！"

"真有你的，小崔！你行！"

蔡万植《浊流》中出现的人物胜在是一个受过高等教育的人，但是他在平常与人交流时，从来都不会用一些艰涩难懂的词汇，即使当对方说出一些比较难理解的话语时，他也不会去深究。例如：

"您是不是官厅来的人？"

那个男人走近胜在身边，不是用刚才那种非难的口气而是很礼貌地问胜在。"官厅"就是"巡查"的一种尊称。穿黑色西服……

胜在虽然不知道"官厅"这词汇是什么意思，但反正自己不是，随即摇头表示自己不是。

蔡万植的《浊流》几乎没有出现难懂的词汇，即使出现，作家也会亲自解释这些词汇的意思。他周全地考虑读者的阅读水平，好让读者能够理解和接受他的作品，进而用作品带给他们思想的冲击，让这些又堕落又懦弱的国民认识到是时候反抗了。

尽管两位作者使用的都是口语化的词语和句式，整体上呈现自然朴素的气质，但都于质朴中表现出高超的语言艺术。

《四世同堂》第二部《偷生》中，情节发展到牛教授被日本人抓去做汉奸时，老舍用这样一段话来描写瑞宣："风还相当的大，很冷。瑞宣可是在屋中坐不住。揣着手，低着头，皱着眉，他在院中来回地走。"这短短的两句话将环境、人物的心理状态和人物的动作一一呈现出来，构成了一幅完整的画面。在描写环境时，作者用了两个最普通的字：写风用"大"，写天气用"冷"，却让人读来感同身受，犹如身临其境一般。写人的动作时用"揣""低""皱"描绘手、头、眉，没有用过多的笔墨写心情如何不好，仅仅三个字就抓住了要害，将最能反映人心绪的外在行为单独剥离出来，乱麻一样的情绪就这样自然而然地展现出来了。当写到"走"时又用了一个"来回"，一股无奈和无助的气息就弥漫了开来。这短短的几十个字却包含了很丰富的内容，但是可贵之处却在于作者的用笔十分朴实和精炼，就这样简简单单的两句话胜过任何华丽的辞藻。

《浊流》中写到药店老板（济浩）带初凤去日式温泉泡澡时，有下面一段情景描写：

> "哈，很爽快！你要不要也来一杯？"
>
> 济浩边擦着嘴边的泡沫，边伸手给初凤递杯子。初凤盯了一眼济浩，然后转脸不再说话。
>
> "不喝了？哈哈哈哈哈。"
>
> 在初凤眼里，济浩就像疯子一样，他边哈哈大笑，边把视线转向旁边的女佣。

这个节选都是济浩一个人的话语，初凤没有言语。这段话读来很自然，作者使用的都是普通的词汇。济浩所说的话与普通人的闲聊没有什么不同。对初凤的刻画虽然篇幅很短，写的也是多数人在此场景下都会有的最正常不过的反应。但是就是这样的笔触，却将初凤与济浩的关系写得入木三分。在写济浩时，作者用"嘴边的泡沫"来表现他的浪荡性格，劝初凤喝酒被拒绝后又用了"哈哈哈哈哈"的大笑来掩饰尴尬。作者用这几个字就写出了初凤对济浩冷淡的原因以及济浩对初凤既爱又恨的感情。对初凤动作的描写作者只使用了"盯""转""不再说话"几个简单普通的词汇，但是初凤不屑于与济浩为伍的厌恶之情却跃然纸上。

老舍与蔡万植在人物形象的塑造与选择上侧重点有所不同。

《四世同堂》写的不是单个人而是一个家族，是包含着各种人物关系的一个群体，这个群体内的每个人都相互联系，扮演着不同的角色。老舍将当时社会上比较有代表性的各类人都放到一个家族中来写，实际上就是把整个社会的各色人等和他们之间复杂的关系缩小到一个家族中来，看似写一家人，其实反映的是整个社会。从《四世同堂》中出现的人物安排上可以明显地看出这一点。

祁老太爷是清朝遗老的典型代表，也是传统文化的代言人，主张一切事情"忍"为先。万事都讲究中庸之道。

祁天佑（以及他的太太）代表着清朝与民国两个时代之间的人，也是城市小商人阶层的代表。这类人希望正正经经做生意，不惹事生非，以"和气生财"为宗旨，但是骨子里有着敏感的自尊。祁老板由于不能忍受日本人用极富侮辱性的"奸商"骂他而选择跳河自杀。

老大瑞宣是纯粹的民国人，是接受五四新思想那一代人的代表，也是这个四世同堂大家族的顶梁柱。虽说与祖父在年纪上只相差四十岁，但在思想上却有一两个世纪的差距，是一个有着自由主义思想但没有付诸实践的人。他知识渊博，懂英语，因为为英国人做事而被日本人关入监狱一次；后来配合老三搞地下工作，勇于承担大事，忧国忧民，是本书最核心的人物。

老二瑞丰以及与之厮混的蓝东阳和冠晓荷等人是一群最无聊的

人。除冠晓荷以外，他们的人生都曾有过自己的雄心抱负，后来却迫于生计放弃了自己的理想。正如老舍书中所言："他丑，他脏，他无耻，他狠毒，他是人中的垃圾，而是日本人的宝贝。"他们把自己扮成日本人眼中所谓的超等顺民，他们可以不顾骂名巴结日本人，也敢于对亲朋落井下石。特别是老二瑞丰，在老大入狱时，竟能心安理得地撒手不管。这群人代表着当时中国社会上在日本统治的夹缝中靠出卖良知求生的一类人。

老三瑞全是年轻一代的代表人物，是接受新思想最彻底的一类人，有抱负且敢于抗争，是家、国的希望所在。就个人的性格而言，老三勇敢、果断、机智和日渐成熟，这个形象是黑暗社会中的一线光明，令每个中国人都感到激动和欣慰。虽然他在书中出场不多，只在故事的一前一后有两次亮相，但是他的抗争却给了人们足够的信心和勇气，也预示着最后的胜利必将属于不屈的中国人民。

《浊流》中的人物选择的是一组家庭成员，而不是一个家族，在人数上要少很多。

女主人公丁初凤面容姣好、妩媚动人，算得上是一个不折不扣的美女，很多人为她倾倒，但是她性格软弱，对于很多事情都只能被动地接受。在黑暗的现实中，这样一位美丽而柔弱的女子却需要承担与自身能力极为不相称的生活重担。为了维持自己和家人的生活，初凤只能周旋于几个无情的男人之间，痛苦也一直伴随着她，她的内心一直挣扎在理想和现实、真爱和逢场作戏的边缘。即使这样，生活并没给予她丝毫的怜悯，反而将更多的苦难加在她的身上。最后初凤终于不甘忍受侮辱杀死了亨甫，实际上是宣告了与过去生活的决裂，但是她却并没有迎来新生。对于初凤的命运到底会如何发展作者并没有明确交代，而是把大量的想象空间留给了读者。这正好也代表了作者对社会未来走向的迷茫。

丁主事，初凤的爸爸，是一个生活态度懒散而且不踏实的人。作为一家之长，他并没有尽到一名父亲应该尽到的义务，反而将生活的希望寄托在女儿的婚姻上。实际上他是将初凤一步一步逼上绝境的帮凶。

丁桂凤，初凤的妹妹。她的性格跟姐姐正好相反，比较外向，作为年轻人也接受了很多新思想。她有自己的理想，能够以积极的态度去争取美好的生活，对于父母的所作所为桂凤一直都是极力反对和批判的，对于姐姐的遭遇她既同情又无奈。

高泰洙，在贫困的环境中成长起来，长相帅气，在银行有一份固定的工作。从小的生活经历导致他接受了及时行乐的生活观念，爱慕虚荣，对于传统的道德伦理观念不屑一顾，为了满足过高品质生活的欲望不惜铤而走险，私自挪用银行的公款。他是主人公初凤的第一任丈夫，跟初凤结婚后仍然放浪形骸，后被张亨甫陷害而死。

张亨甫，高泰洙的朋友。自身残疾，从小在社会上摸爬滚打，饱受别人的歧视和虐待，形成了残暴和狡猾的性格。他一直觊觎初凤的美色，后来设计陷害高泰洙并且强奸初凤，最后被初凤杀死。

南胜在，初凤真正爱过的人，一直都是初凤的精神支柱和情感寄托。他很小的时候失去了父母，通过自己的努力成为一名医生。他同情在黑暗和苦难中挣扎的人们，并心甘情愿为贫穷的人做出牺牲。他是一个重情义的、正直的人。

老舍和蔡万植的作品在切入角度上有宏观、微观的差异，具体表现在情节的设计和内容的安排上。相比较来看，《四世同堂》的情节安排比较宏大，人物故事始终和时代的发展变化密切相关，社会的变动是推动小说情节向前发展的主要动力。《浊流》则相对微观，尽管故事情节的发生也是在特定的时代背景之下，但是就事件本身而言，在情节发展中起着重要的作用的是主人公个人的命运——也即人的因素，而不是变动中的社会因素。

构成《四世同堂》情节的各种故事中的矛盾是社会与人之间的矛盾。这部现实主义小说分为"惶惑""偷生""饥荒"三个部分。这三个部分的标题实际上提供了整部小说情节发展的清晰脉络。《浊流》的情节由小说主人公初凤的几个关键事件串联而成，包括去药店打工、第一次婚姻、与药店老板同居、第二次婚姻和杀死第二任丈夫等。从

《浊流》的故事情节发展来看，制约情节发展的要素都是"人"这一主体，小说主人公所做出的每一项决定都不是社会变动所催生的，而是人情世故所催生的。这些影响情节发展的人的因素包括初凤自己的想法、父母的意愿、高泰洙和张亨甫等人的作用等。从初凤的人生轨迹来看，她人生的每个转折和每个决定都是受到这个人或者那个人的影响。所以说推动小说故事情节发展的是相对微观的人与人之间的关系，而不是宏观视角下人与社会之间的关系。虽然《浊流》中的人物并不是与世隔绝的人，而是社会的产物，他们的思想和活动都受到社会环境的影响。但是这种社会制约力量对于初凤来说是间接的，对于整个小说的情节来说，社会变动的力量也仅仅是潜在的。

蔡万植作品《浊流》中，推动故事情节发展的是人与人之间不断变换的关系和错综复杂的利益冲突。和《四世同堂》一样，《浊流》也是在20世纪30年代创作的，作家所描写的都是在日本帝国主义入侵和本国黑暗统治这种内忧外患的背景下普通人的经历。有所不同的是，老舍将时代背景融入小说情节的发展变化之中，社会的每一次变动都直接地影响着小说中人物的活动，后者实际上只是社会变化的缩影，甚至小说的故事情节和社会的变动具有直接的对应关系。而蔡万植仅将社会的变动仅作为人物故事的外部环境或曰背景映衬，社会的每一次变动只是间接地影响着小说的情节。虽然说两位作家都意图通过对具体人物的生活描写来记录整个社会的变动，但是蔡万植笔下人物的命运与社会的联系并不是那么直接，主人公的命运走向是由她自己和她周围不同人物的行为合力决定的。正因如此，从故事情节发展的动力这个角度来看，《浊流》的切入点相对于《四世同堂》来说是微观的。

三、萧红与姜敬爱

姜敬爱（1906—1944）与萧红的人生历程都充满了坎坷与苦痛。她们都有屈辱的童年和孤寂的心灵，都经历过饥饿的侵蚀、病痛的折磨、爱情的挫折和婚姻的失败等深刻的人生体验，因而能够真实地书写民众的苦难与悲剧。民族、时代是萧红与姜敬爱无法摆脱的社会文化语境，她们的小说主要通过地域、场景等凸显出20世纪30年代中韩社会上的民族矛盾、阶级矛盾。

姜敬爱与萧红忠实于现实主义原则，推崇客观地描写、真实地暴露、冷静地反思与批判。她们秉承着真实是文学生命的创作理念，大胆而冷静地正视与剖析，关注的对象不仅仅是知识女性及她们的情感世界，还包括整个民族的苦难与悲剧。两位作家以人道主义的情怀和现实主义的笔触，真实地书写了民众的生存困境与命运悲剧：赤贫的生存条件、饥饿的痛苦煎熬、疾病的无钱医治和死亡的普遍存在。同时她们深入探索民族的灵魂，揭示与批判了人性的冷漠与精神的病态，努力发掘出生活在社会底层的弱势群体生的坚强和死的挣扎，歌颂了劳苦大众，尤其是女性顽强的生命意识。

萧红和姜敬爱都再现了20世纪30年代中韩两国贫瘠穷困的社会历史事实，最突出的表现是居住条件的极端恶劣。

在姜敬爱的小说中，底层社会里的人们住在宛如地窖、地下室或蟹壳般狭窄与黑暗的地方。《母与女》借地主李春植的视角描写美丽一家捉襟见肘的生存环境：

> 春植一进来就好像走进了地窖中似的，他叹息了一阵后打量着房间：没有裱糊的墙壁、暗红色的柳条箱子、吱嘎作响的椅子，仿佛回到了原始时代。特别是灰尘似乎钻进了鼻孔，他连忙用手帕遮住了鼻子。①

逃难来到延边地区的奉艳（《盐》）一家也未摆脱简陋贫困的生活窘况：

> 四处破损的窗棂纸用指尖一捅便是一个窟窿。这个地方的农家大多是厨房和屋子相通，把锅安在房间的一个角落里，旁边搭

---

① 姜敬爱. 母与女[M]//李相庆. 姜敬爱全集. 汉城：昭明出版社，1999：34-35.

上隔板。她（指奉艳妈）想到第一次来这个地方时，心里说什么也不愿进这个屋里，有种进猪圈的被疏远的感觉。偶然有客人来的话，连个躲避的地方也没有，不得不呆愣愣地与陌生的客人对面而坐。即使随着时日的渐渐流逝，有陌生的男客到来，她仍会像头一次一样感到尴尬。就这样凑合着过下去。①

萧红在小说中也以大量的笔墨展示了底层人民生存的困境，尤其描写了居住环境的恶劣：房屋不是房屋，而是"洞""鸡笼"。《生死场》里的二里半住在土屋里，"土房的窗子，门，望去那和洞一样"。《呼兰河传》里那些贫苦的人们因为交不起昂贵的租金，甘愿住在漏雨、歪斜并吱吱作响的危险房子里。刘成的父亲（《看风筝》）在儿子出走三年未归，而女儿惨死在工厂的情况下，成为一位孤独的老人，无奈流落到乡间。他蜷缩在一个没有灯光、窗棂没有糊纸，而且"房脊弯曲的草房"里。孤苦的哑老人（《哑老人》）与两个乞丐住在"破落的家屋，地板有洞，……窗户用麻袋或是破衣塞堵着，有阴风在屋里飘走。终年没有阳光，终年黑灰着，哑老人就在这洞中过他残老的生活"。

姜敬爱的《地下村》对于七星家的描写是"满地都是接雨水的盆碗，清晰地听到雨滴打在上面发出的回响"。屋子里到处漏雨，屋里的人们无处躲藏，只能被雨水打湿淋透。"七云和小妹躺在炕头上，……她们的小身子上偶尔也滴落下雨水"。唐朝诗人杜甫写下"床头屋漏无干处，雨脚如麻未断绝"来表现天下寒士的苦痛，表达了期盼社会能够照顾弱者的梦想。千百年后，社会进步，科技发展，"大庇天下寒士俱欢颜"的美好愿景却仍然没有实现。

两位作家的深刻之处在于，她们并没有停留在对底层人民贫苦遭遇的描写上，而是将被剥削的底层人民的贫困生活和剥削阶级的富足生活进行对比，点出了贫富悬殊、两极分化的社会现实。

姜敬爱在《盐》等作品中真实地描写出地主和贫农所过的两种贫

① 姜敬爱. 母与女［M］//李相庆. 姜敬爱全集. 汉城：昭明出版社，1999：34-35.

富悬殊的生活：

> 奉艳妈母女俩为了寻找出走的奉植，一路寻到龙井房东家。
>
> 闻到淡淡的茶香，母女俩悄悄地环视着房里。房里凉爽而宽敞，两边是炕，炕下的地面用发光的石头铺成。那边窗户跟前儿放着用大理石做成的餐桌，餐桌上面以一对黑色质地五彩发亮的花瓶为中心，立着一台座钟，玻璃罐子里悠然跳动着金鲫鱼等。其他一些叫不出名字的器具压得桌子沉甸甸的。窗户以上的墙面上以房东的照片为首挂满了其家人的照片，一些褪了色的假花胡乱地插着。一个画着站立着的粗大佛陀的画轴好像快要从临桌的墙上掉到地上，对面宛如门板似的穿衣镜占据了整面墙，位于窗户外边的花坛绿得让人眼前为之一亮。
>
> 她们像是到了另一幅天地，神志昏沉沉的，一想到自己寒酸的样子，更觉得难为情了，连气都不敢喘。①

萧红也在《夜风》中一针见血地指出地主婆张老太太和在她家靠洗衣为生的老李婆的贫富差异：

> 洗衣裳的婆子有个破落无光的家屋，穿的是张老太太穿剩的破毡鞋。可是张老太太有着明亮的镶着玻璃的温暖的家，穿的是从城市里新买回来的毡鞋。这两个老婆婆比在一起，是非常有趣的。很巧，牧羊的长青走进来，张二叔叔也走进来。老婆婆是这样两个不同形的，生出来的儿子当然两样：一个是掷着鞭子的牧人，一个是把着算盘的地主。②

因为姜敬爱与萧红两位作家都关注底层社会，秉持现实主义的原

---

① 姜敬爱. 盐[M]//李相庆. 姜敬爱全集. 汉城：昭明出版社，1999：502.

② 萧红. 夜风[M]//姜德铭. 中国现代名家经典文库：萧红卷（下）. 北京：中国戏剧出版社，2001：97.

则，所以她们的小说都通过女主人公对男性暴力和强势的反抗揭示性别歧视与性别压迫的社会现实，表现了强烈的女性意识。她们小说共同的也是最重要的主题就是表现女性的悲剧命运，揭示女性在父权制社会里所遭受的性别歧视和性别压迫，以及女性意识的觉醒过程。姜敬爱小说一方面表现女性在传统家庭里的无权和受歧视，另一方面批判封建社会男权中心的婚姻制度"纳妾制"对底层女性的损害与女性之间的相互倾轧。萧红小说也同样揭示了女性在家庭中辛劳地操持各种家务地位却堪比女奴、沦为泄欲和生殖的工具等一系列不平等的现实。

但由于两位作家所持立场不同，而导致她们笔下的性别意识有一定差异。姜敬爱深受母亲温顺隐忍和任劳任怨之精神的言传身教，以及中国古典小说中忠孝节义、温良恭俭的儒家思想的熏陶，在家庭生活和创作实践中都遵循传统女性的道德规范。姜敬爱小说中的女性意识往往是受到民族意识和阶级意识的启蒙和感召而产生，特别是受到阶级意识的催动才发生，前者是从属于后者的。姜敬爱的小说中反对地主、资本家和外国帝国主义的政治斗争远比对两性性别差异的关注和揭示重要得多，社会解放问题也远比女性解放问题更为急迫。譬如：玉的丈夫奉俊留学归来却移情别恋、爱上了女学生淑姬。玉本打算委曲求全、苦苦哀求以挽回丈夫的心，但她偶然目睹了英实哥毅然走向刑场的壮举，最终有所触动并转变了思想，决意与丈夫离婚，开始尝试过一种与从前不一样的坚强的生活。至此，玉的女性意识苏醒了，但是它却是在阶级意识这一社会主义思想的萌发下产生的。

而萧红由家庭内的父权压迫看到了人世间不平等的现实，逐渐形成抗拒"菲勒斯中心（指父权或男权中心）"秩序的性别意识，因而竭力通过求学、逃婚、婚变等种种方式来摆脱其束缚。萧红多从女性视角出发，极力想打破传统社会的基础——家庭的桎梏，揭示了从个人家庭到整个社会男性对女性的性别歧视与性别压迫。此外，她还描写了女性间为争宠而互相妒忌、倾轧与迫害的行为，通过揭示女性思想观念的愚昧和女性意识的缺失，批判男尊女卑等封建落后思想对女性精神的毒害。《呼兰河传》中小团圆媳妇的惨剧就是生动的例证。在《生死场》中，萧红更是揭露了女性生殖被异化为猪狗等动物生产的可怕现实。她笔下的底层社会，女性的生殖没有任何孕育生命的价值和尊严，女性在现实中被贬低成非人的存在。

姜敬爱一般是站在男性视角审视女性，其内心坚守着传统家庭基础上女性的独立与自由的女性意识。其小说自始至终密切关注并重点表现处于社会底层的旧女性的生活与命运，而对新女性则持反省与批判的态度。从实质上看，姜敬爱的女性意识，是保存了传统家庭女性角色规范的女性生存意识，她肯定女性家务劳动的意义，而看不到家务劳动本身所具有的性别压迫的性质，结果不自觉地顺应了男性所倡导的"菲勒斯中心"秩序。同时，其小说强调女性解放必先建立在社会解放的基础之上，即首先解放社会，然后再解放妇女，这是符合时代潮流的进步思想。然而，她强调女性主体意识需要经过时代与社会的主体意识（阶级意识、民族意识）的刺激和催动而萌醒，无形中限制了其小说性别意识的深入展开，这也是姜敬爱同时代作家所共具的特点。而萧红小说多从女性视角出发，极力要打破作为传统社会基础的家庭的束缚，表现了对女性悲剧进行强烈反思的自发、自主的女性意识。其小说虽然不乏民族压迫与阶级压迫下女性生存与命运的描写，然而作家始终清醒地把握现实，坚持自己的创作个性，要求女性解放与社会解放同步。其小说始终以女性视角和女性生命体验为切入点，描写中国广大女性的生存真相，甚至对强调社会解放的大前提而湮灭女性意识的行为进行反思，从中透视男女两性不平等的现实，并揭示出造成这种不平等现实的深刻原因。[1]

从题材选择上看，姜敬爱与萧红具有很大的趋同性，即她们小说突出描写农工题材，尤其是表现底层弱势群体的贫穷与苦难。姜敬爱描写农工生活的小说有14篇，占其全部小说创作的67%；萧红表现工农生活的小说为30篇左右，约占其全部小说创作的73%。

在人物形象的选取上，她们都以塑造城乡底层人物形象，尤其是

---

[1] 刘艳萍. 姜敬爱与萧红小说创作之比较研究[D]. 延吉：延边大学，2008：140.

底层女性形象为主。但姜敬爱长于塑造典型人物和典型性格，其笔下的许多形象都有着独特的性格发展变化过程，属于因人写事，譬如玉和善妃（《人间问题》）是摆脱旧思想意识的束缚而最终获得个性觉醒的女性形象；奉艳妈是历经磨难仍不甘向命运屈服的坚强女性的形象等，她们的故事是20世纪二三十年代在底层社会中挣扎的朝鲜女性生活和命运的缩影。萧红以描写情节、事件为主，笔下的大多数人物形象都是定型化或类型化的人物，如有二伯、李青山、冯歪嘴子等，属于因事写人。

在女性形象的塑造上，两位作家都描写了被侮辱、被损害后凄惨而死的女性，苦于生计被迫出卖肉体的女性，纯洁而受旧道德、旧礼教羁绊的女性，觉醒而不断反抗的女性，接受过新式教育的知识女性等众多形象。然而她们笔下的母亲形象却构成鲜明的对比：姜敬爱塑造的是慈母，萧红描写的却是悍母。两位作家对母爱的反差认知与她们童年经历的母爱体验有密切关系，姜敬爱从小沐浴在母爱的阳光里，而萧红自小获得的却是主母的冷漠和阴毒。

在叙事结构上，姜敬爱的小说采用传统的叙事体式，按照时间的顺序和事件因果关系的脉络，进行有始有终的完整叙述，情节单纯划一，人物也有着完整的性格的发展链条，呈现出纵式结构的特点。譬如《人间问题》就是按照时间顺序和人物性格发展的逻辑来叙事，它以阿大和善妃两个人物为中心展开情节，时间上从苦难的童年一直写到青年时代做了工人，空间上从农村（龙渊村）写到城市（仁川）。而萧红小说却少有贯穿全局的统一的故事情节和人物形象，并且常常打破时空关系，将叙述、抒情、描写和议论融入情节中，表现出开放式的"散文化小说"的结构，可谓之横式结构。如《呼兰河传》不以人物为中心，而以叙写事件和情境为主。作者通过孤寂忧伤的独白和主人公的情感抒发，以及小说情境的生动描写，淡化了完整统一的故事情节，展现了独特的散文化的抒情小说体式。

姜敬爱与萧红小说的语言艺术都具有质朴、细腻、清新、明丽的特质。在语体运用上，姜敬爱与萧红都擅长采用民间的方言俚语。

例如：

黑暗像嘭地落入湖水里的车笼罩着这里。①

美丽被休回来的那年春天，仓文家的生命线被扯断了，生活之路一瞬间就溜过去了，真像是说一句话就到了天黑。②

"小灵花呀，胡家让她去出马呀……"

"小灵花"就是小姑娘；"胡家"就是胡仙；"胡仙"就是狐狸精；"出马"就是当跳大神的。③

于是吹风的，把眼的，跑线的，绝对的不辞辛苦……④

但姜敬爱更善用拟声叠词，如"哈哈的大笑声""嘎吱嘎吱的声音""卜楞起来""咯咯地叫"等。从这些拟声拟态词的感情色彩和使用的效果看，它们更多地含有消极和贬义的意味，容易使人联想起天气恶劣、环境恶化和小说人物心绪败坏的场合与氛围，从而栩栩如生地为读者勾勒出这样一幅苦难的生活图景。姜敬爱之所以在创作中大量使用拟声拟态的叠词，除了朝鲜语本身的特色因素外，还是作者根据深刻的底层受难体验，细心地观察并模拟生活原生态的结果。作者借此表达了自己同情弱小、鞭挞罪恶与黑暗的感情。

而萧红酷爱奇语散句。所谓奇语散句，是指萧红在遣词造句时故意偏离传统而规范的词法、句法，发挥大胆想象，凭借细心的观察和敏锐的感觉，使用一些生动活泼并颇具直观化和情绪化的词语准确地把握事物的特征。

如"雪地好像碎玻璃似的，越远那闪光就越刚强"⑤中，"刚强"

---

① 李相庆. 姜敬爱全集[M]. 汉城：昭明出版社，1999：682.

② 李相庆. 姜敬爱全集[M]. 汉城：昭明出版社，1999：49.

③ 萧红. 呼兰河传[M]//姜德铭. 中国现代名家经典文库：萧红卷（上）. 北京：中国戏剧出版社，2001：188.

④ 同上，第255页。

⑤ 同上，第311页。

一般用于形容人的性格，但很少用于形容雪地里折射出的刺眼的阳光，因为这不符合平时的语言表达规则，但联系上下文，又显得十分生动形象。王亚明（《手》）由于一双黑手和学习成绩差被学校勒令退学，她的理想仿佛一块晶莹透明的玻璃破碎在雪地上，刺痛了目送她离去的"我"的眼睛，同时"我"也回送给她希望她刚强的祝愿。

又如"关于这样一个大家认为前进的书店，马伯乐若不站起来说上几句，觉得自己实在太落后了"①中，"前进"是不及物动词，不能修饰名词"书店"，根据文中意思应该是"时髦"或"前卫"，但是用在这里反倒切合了马伯乐浮夸不实和"不甘落后"的脾性，突破一般语言逻辑的词语搭配反倒与人物形象相得益彰。

---

① 萧红. 马伯乐[M]//姜德铭. 中国现代名家经典文库：萧红卷（下）. 北京：中国戏剧出版社，2001：39.

第六章　东亚作家的上海书写

近代以来,随着现代化进程的发展,城市成为一种重要的文化承载空间,城市写作与中国现代文学的发生发展血脉相连。上海是中国最早现代化的城市,是现代性书写当中不可或缺的一个空间。众多著名作家的集聚,经典作品的出版,各种思潮和流派的争鸣,都体现了上海在现代文学史上的重要地位。上海书写是指在文学作品中以上海为叙事空间,展现上海的城市景观,人们的生活方式和生存状态,以及作家在书写过程中体现出来的对这座城市的情感态度与价值判断。

第一节　中国作家的上海书写

一、上海书写概述

（一）现代上海的兴起与上海书写的生成

在鸦片战争以前的历史时期,上海一直处于中国的政治边缘地位。1843 年上海开埠,在西方文明的影响下,上海的社会政治经济环境发生了重大变化。随着经济的日益繁荣,各地移民的大量涌入,科学技术的迅速发展,西方文化的不断输入,上海很快改变了专制社会的那种保守性、封闭性,走向了全面开放的时代,发展成为与伦敦并列的另外五个世界著名国际性都市之一。海派作家张若谷曾写道:"我们凡是住在位居世界第六大都会的上海,就可以自由享受到一切异国情调的生活。"①在他笔下,上海这座城市已然成了一个与西方文明接轨的现代大都市。

在现代化进程中萌生的消费文化,使上海的经济呈现出繁荣的景象,这一时期上海建筑业"戏剧性"地空前高涨,而发展最快、建造量最大的是商业类和娱乐类场所,如各种饭店、电影院、百货商店、跑狗场等。从中我们可以窥见上海在20世纪30年代的繁荣景象。现代化的生活方式影响着上海人社会生活的方方面面。上海的消费文化与商业品格对城市与人、人与人之间的关系产生了深远影响。上海经济的飞速发展与现代化的物质条件使身处上海的作家对现代都市有了全新的了解。但是,这种现代化有着极大的弊端,城市中的人们在消费主义的刺激下,过分沉迷于现代娱乐方式;对欲望过度放纵,人与人之间的关系逐渐变得冷漠、秉持金钱至上的都市生存原则,包括快餐式的现代男女关系导致的一系列道德问题。

上海现代商业的发展,促使其成为中国近现代文学的萌发地,最早的海派文学可以追溯到19世纪90年代前期韩邦庆《海上花列传》的发表。他在自己供职的上海《申报》上刊登了大量出版告白,借助这个现代化的传媒来推广自己的作品。并在自己创刊的第一份小说期刊《海上奇书》中连载《海上花》系列故事,有意识地利用期刊连载这种方式,给读者设置悬念,留下想象的空间,使小说的生产和销售纳入现代化的商业运作模式。在《海上奇书》的启发和影响下,上海产生了大量的报载小说,对现代文化市场的建立和繁荣产生了深远的影响。此后通俗文学刊物不断出现,更是催生了一批现代通俗文学作家,如包天笑、周瘦鹃、徐枕亚、张恨水等,这些面向市民发售的通俗文学作品,一时风行于上海,引发了社会大众的阅读潮流。此外,20世纪初的上海还是当时先锋文学的流行地,各种西方文学理念、思潮、作品的翻译介绍,使得上海的文化氛围十分浓厚,各种文学社团纷纷成立。从20世纪20年代提倡"为艺术而艺术"的创造社,到30年代及其后异彩纷呈的文学景象,令人目不暇接。在小说方面,有以刘呐鸥、穆时英、施蛰存为代表的新感觉派小说,

---

① 许道明. 海派文学论[M]. 上海:复旦大学出版社,2021:42.

有蒋光慈、丁玲、茅盾等人的"左翼"文学,还有40年代海派作家张爱玲、苏青的"传奇"小说;在诗歌方面,有戴望舒等象征主义诗人和九叶诗派等现代派诗人,体现了当时上海城市文学复杂的面貌。20世纪30年代的上海已经成为中国当时的文学中心,文坛呈现出繁荣的景象。其中,西方现代主义对上海文学的影响是最为突出的,现代主义文学与上海的现代化呈现出同步发展的关系。

20世纪30年代,中国现代作家对上海的书写层不出穷。上海发达的物质条件、摩登时尚的都市生活以及半殖民地的社会境况,为各个流派作家的写作提供了不同角度的书写空间,产生了许多优秀的海派文学作品。左翼作家从社会经济和阶级分析的视角出发,反映在上海这个当时中国现代化程度最高的城市所潜藏的阶级革命的星星之火,探寻上海乃至中国资本主义和民族主义的发展道路,从这个现代都市中获得有关整个国家、民族的未来出路的启示。自由主义作家笔下的上海书写,是以城乡二元对立视角为前提的,上海往往作为乡村的对照物出现在他们的文本中。在他们笔下,上海发达的资本主义是造成中国乡村动荡的罪恶渊薮。因而自由主义作家的上海书写,呈现出一种对现代性批判反思的态度。新感觉派作家呈现了上海这座现代化都市文化融合的独特面貌。在他们的创作中,上海的各种摩登景象,生活在这座现代化都市中的人以及人们的生活方式和生存状态,都是他们在文本中所要着力描绘的对象。新感觉派以现代人的眼光和现代的文学形式来展示现代的上海。他们的写作为描写和观察上海提供了一个全新的视角。现代作家们纷纷用各种先锋的艺术形式来表达自己的都市体验,从不同角度书写上海这座现代性的城市。上海作为当时的经济中心、文化中心,不仅在地理位置、行政区域、经济发展上在中国占有重要地位,更成为融汇中西文明、酝酿和创造新思想文化的重要阵地。

总的来说,上海这座现代化的城市,有着自由包容、现代先锋、商业文化发达等多重城市特点,它本身就具备了作家书写的文化要素。换而言之,上海所具有的多重性城市风貌与城市内在的文化品格为上海书写提供了必要条件。

（二）上海书写的基本形态

1. 表现"现代性追求"的上海书写

上海建立租界后，给人们带来西方的文化的冲击。中国的现代性在很大程度上是以西方现代性为参照，是一种先"他者化"，进而试图"构建自我"的过程。所以，中国现代性的提出，是在与"前现代"（时间）和"非西方"（空间）的比照中实现的。①对于现代文学中的上海书写来说，其获得"现代性追求"特征的过程也是逐渐脱离"前现代性"和努力向西方学习、靠拢的转换过程。

上海书写的现代性追求的源头可以追溯到 1902 年的《海上繁华梦》，书中呈现的上海已具有了现代都市的雏形。包笑天 1924 年出版的《上海春秋》，描绘了上海这个既有十里洋场的混乱不堪却又充满活力的都市。这时的作品多以写实的笔触对新事物进行细描，作家采用白话文体，书中有大量新语汇的堆积，反映了上海快速吸取外来文化、渴望融入世界发展潮流的社会心态。虽然艺术技巧和情感表达略显粗糙和拙劣，但却达到了令人耳目一新的效果，使表现"现代性追求"的上海书写逐渐成为不可遏止的文学潮流。

"现代性追求"的上海书写在 20 世纪 30 年代新感觉派这里得到了深化。此类作品以"霓虹灯、百货店、夜总会"为主要意象，及时刻摹了一个完全模仿西方的"非传统"的现代化都市。人们的行为方式、生活理想都力求和西方趋同。而且书写者有意借用西方的现代派表现技巧，以情色和奇幻为作品的主基调，展露了浮华都市生活掩盖下命运的无常。但这些作品对人们的精神感受以及都市文化本体的现代性揭示不够。以夏衍等为代表的上海书写则对上述不足进行了补救。他们将"破工棚、罢工、暴动"写进作品，为灯红酒绿的摩登上海填充了一个"贫穷"的内核意在唤起民众的人性觉醒，唤起他们争取做真正意义上的现代人的意识。这里要特别提到一部貌似游离于本

---

① 张京媛. 后殖民理论与文化批评[M]. 北京：北京大学出版社，1999：227.

节主题之外的作品——茅盾的《子夜》。作者在意象选择和行文风格方面介于上述两种形式之间，但在主旨上依然表达了对现代性的诉求。作品全景呈现了生活在工业文明和西方文化带来的畸形繁荣的现代大都市中各色人等的生活，无疑充盈着浓郁的现代气息，展示了上海现代性的必然要求与实现手段之间的矛盾。前者展示上海都市外观上的现代性奢华，后者则暴露了现代性发展中的人性及社会冲突，二者共同表现了对现代性的深层思考。

2. "世俗传奇"式的上海书写

20世纪上半叶，上海所创造的物质和文化成就，至今依然可以说是一个"传奇"。一些敏感细腻的作家从上海都市挖掘出另一种书写景观——在日常生活中写"传奇"，在"传奇"中表现众生相和世俗生活里包含的具有普遍性的人生况味。

张爱玲无疑是"世俗传奇"式上海书写的高手，其作品善于通过日常生活表现人生的传奇际遇和不确定性，向读者展现出苍凉的生活背影。无论作品主人公是男性或女性，张爱玲总是站在世俗的立场，让他们在"柴米婚嫁、金钱欲望"等生活的繁文缛节中寻找实际的人生。她笔下人物的传奇性在普通人的恋爱结婚和琐碎生计中展开，展现人生的挣扎、算计，最后都滑入不可抗拒的悲剧性宿命的漩涡里。传奇在张爱玲这里获得颠覆性的表现形式——营造奇幻的瞬间，将情绪、经验与记忆纠结在一起，与人和社人疏离的主题相得益彰。她笔下发挥奇幻功能的常常是一些小道具，如李欧梵先生指出的："旧照片、镜子等都具有新旧重迭的反讽意义，它从现代的时间感中隔离出来，又使人从现代追溯过去。"①普通人的琐碎生活是其"传奇"的根本，并由此上升为对人类生存困境的思索。

经历着历史动荡的上海走过现代派的浮华与喧嚣之后，在张爱玲等女作家的笔下，已然成为"世俗传奇"的都市，回归到了里弄平民的时代，正是在这种市井化的平实与温情中，上海被赋予了更多的日常气息和生活基调。在世俗传奇的上海书写中，男女的情欲表达更加

① 李欧梵. 现代性的追求：李欧梵文化评论精选集[M]. 石家庄：麦田出版，1996.

现实和世俗，从而也更加真实。不像新感觉派笔下的男女关系充满了物质欲望，也不像蒋光慈笔下的革命式恋爱，男女之间的爱情带有政治色彩。上海在张爱玲等作家笔下具有了女人气息，被剥去了在新感觉派笔下的五光十色的绚丽的外衣，也远离了左翼作家笔下的革命的召唤，开始认真关注市民的生态。"世俗传奇"的上海书写更关注的是尘世的烟火，在基本情欲的主题之下，描写人间百态及小市民的日常，正是这样的书写，给上海注入了人情味和人间气息，人与城融为一体，使文学直面凡尘俗事与饮食男女。张爱玲等海派女作家通过这种日常化的书写，在琐碎中描摹生活的精致，在复杂的人际关系中剖析着人情冷暖；上海由此复归为日常生活的空间，成为男女情欲表达的舞台，成为我们与我们生活休戚相关的生活共同体。换言之，上海放下了新感觉派笔下的高贵身价，舍弃了左翼作家笔下的紧张气氛，成为日常、庸俗、繁琐的生活之城。

上海书写的两种基本形态伴随着时代的变化而产生了相应的新的元素，但它们各自都有内在的精神联系。这两种书写形态与上海文化和精神密切相关。与外来文化的融合和碰撞，造就了上海文化复杂多变的性格。上海书写的两个基本形态就是作家从不同角度对上海文化品格及精神的独具慧眼的挖掘和表现，同时，也是作者基于自我生存体验对上海的感受与期盼。"现代性追求"的一支紧跟时代潮流，描写了上海的新鲜事物，展现给我们一个五光十色的外部景观；"世俗传奇"一支工于细笔描绘，在典型人事变迁中再现上海的发展足迹。但现代性发展所呈现出来的上海面目似乎暗示了上海文化中的一个病症——经济和文化之间不协调的畸形发展形态，有面临文化颓废的困境，城市自身文化原创力的匮乏，有走向后现代解构一切的末路之险。"世俗传奇"一支，向我们提出了现代化进程中反思的必要性，迫使我们反复追问：重建诗性的生存状态，又该从何做起？

总之，上海书写的两种基本形态还在并行不悖地存续着，为我们展示了上海文化中的活力和发展空间，同时也指出了发展中的尴尬和困境，提示我们要正视和回答如何建立起与现代化工商业相匹配的上海文化品格和精神的课题。

二、茅盾的上海书写

茅盾作为左翼文学的代表性作家，其作品具有广阔的视野和宏伟的结构，他善于利用社会学、政治学和经济学等知识，以文学为解剖刀，剖析中国社会的巨大变化和经济机构，探寻民族工业的基本出路。他的代表性作品《幻灭》《动摇》都是以上海为背景的创作，出版于1922年的《子夜》以20世纪30年代的上海为背景，围绕民族资本家吴荪甫与买办赵伯韬之间的尖锐矛盾和斗争，重点描写了中国民族工业在买办资本与封建专制的夹缝中求生存的境况，以丰富的思想内涵对旧中国的社会现实作了深刻的剖析。小说主人公吴荪甫这一典型形象，深刻地表现出半封建半殖民地中国民族资产阶级的两面性：既有发展民族工业的理想的进步一面，又有资本家唯利是图、剥削和镇压工农群众的反动一面。茅盾的上海书写既深受左联影响，将上海描绘成一个贫富极度不均的资本社会，又因作家个体的差异而呈现诸多和其他海派作家不同的写作风貌。上海特殊的政治空间为茅盾提供了写作背景，茅盾以此为基础对上海进行想象性书写。上海成为茅盾剖析中国社会的样本，对上海进行全方位的解剖，试图揭示中国社会发展的规律。在茅盾笔下，有都市工人的群体暴动，又有革命纪念日的街头集会，还有都市的空间对比。都市产业工人在压迫下开始集体行动乃至起义以维护自身权益，尤其是"五一"和"五卅"这种有着强大煽动性和号召性的纪念日，更为工人阶级和激进青年走向街头进行游行示威和飞行集会提供了绝好机会。小说中有关租界洋房和棚户区的视觉对比、工作环境优劣的对比，展现了对都市空间立体全面的写照。茅盾对身处上海的青年生活状态的描写，展示出他们在外部资本势力和内部封建势力的双重挤压之下，由彷徨苦闷走向革命的生命历程。

茅盾的创作体现出典型的现实主义的写实特征。他始终将"大规模的描写中国社会"当作自己的艺术追求。他通过作品给我们展现了中国20世纪30年代的社会图景，并把不同历史节点发生的重要事件串联起来，勾勒出一幅中国半殖民地半封建时期经济发展和社会变革的大型立体画卷。

茅盾在文学思想上接受了西方人文主义和人道主义的影响，在五四个性解放思潮和周作人"人的文学"的观念影响下，他的作品弥漫着浓厚的人道主义精神。他的《蚀》《虹》《野蔷薇》《子夜》《水藻行》《霜叶红似二月花》《腐蚀》等作品，都体现了对人性的追求；他塑造的女性形象虽然个性迥异，但无时无刻不显露出母性的光辉，表现作家出对人性善的赞美，甚至连暂时误入歧途的女性角色，作家也使之表现出一种女性特有的温暖的情怀。

（一）都市女性形象的塑造

茅盾把生活于都市中的女性置身于城市与农村、新时代与旧传统的二元对立的生存处境之中，通过聚焦这些二元对立要素在现实生活中的冲突，描写了都市女性在新时代社会氛围的感召下，自我意识的觉醒和对新时代的感悟。上海作为一个高度商业化和各种政经势力云集的大都市，吸引着各地的女性涌进这座城市。因此，对生活在这个都市的女性的书写，某种程度上也是对这座城市的书写，两者之间有很强的喻指性。

茅盾对笔下的女性形象塑造极为精细和专注，不吝用大幅笔墨去书写她们。他小说中的大部分女性为了改变生活现状、努力追求一个美好幸福的生活而努力地打拼，但是现实的残酷却迫使她们不得不向世俗低头。譬如，在《蚀》这部小说中，茅盾把女性角色分为两种类型，静女士、方太太，属于其中一种；慧女士、孙舞阳、章秋柳，属于另外一种。"静女士和方太太自然能得一般人的同情——或许有人要骂她们不彻底，慧女士，孙舞阳，和章秋柳，也不是革命的女子，然而也不是浅薄的浪漫的女子，如果读者并不觉得她们可爱、可同情，那便是作者描写的失败。"[①]《幻灭》中的静女士和慧女士两人虽然性

---

① 茅盾. 从牯岭到东京[M]//茅盾全集（第19卷），北京：人民文学出版社，1991年：179.

格差异比较大，但是对生活共同的感受使得两人在关系上走得很近；同时二人在对待上海的态度上所见相仿，因而她们在精神上也更加亲近。慧女士说："我讨厌上海，讨厌那些外国人，讨厌大商店里油嘴的伙计，讨厌黄包车夫，……真的，不知为什么，全上海成了我的仇人，想着就生气。"而静女士说："我也何尝喜欢上海呢！可是我总觉得上海固然讨厌，乡下也同样的讨厌；我们在上海，讨厌它的喧嚣，它的拜金主义文化，但到了乡间，又讨厌乡间的固陋，呆笨，死一般的寂静了；在上海时我们神魂头痛；在乡下时，我们又心灰意懒，和死了差不多。不过比较起来，在上海求知识还方便。"①由上面这两人的对话，可以看出茅盾对于女性心理的把握非常到位，把两位女性对上海既爱又恨、欲罢不能的矛盾心态表现得淋漓尽致：慧女士既想摆脱现状又沉迷于此，静女士想活得更洒脱一些但又怯于接触外边扑朔迷离的花花世界。这种表面上对上海的欲拒还迎的姿态，正是这些小资女性潜意识里对上海的认同和迎合，上海有着她们在闭塞乡下没有的喧嚣与繁华，还有风度翩翩、出手大方的绅士，更主要还有方便求知识的学校。因此追求新鲜事物的她们与繁华的的上海难以割舍、牵扯不断。慧女士是一个敢想敢干、思想开放的新式女性；静女士则是一个深受传统文化浸染的传统女子，温婉娴静，静若处子，忧思多虑。两者的结合恰如20世纪30年代的上海：既有传统文化的熏陶同时又有现代西方思想的浸润，融贯中西，包容万象。再如，《追求》中的章秋柳是茅盾小说中最有代表性的一个女性形象，她有着热烈的情感和和追求自由的渴望，但却不知道路在何方，在迷茫中痛苦地探索，有时甚至在情欲的放纵中消耗自己的生命。魔性而荒谬的都市孕育了像章秋柳这样偏激、迷茫和追求刺激、放纵自我的都市女性。茅盾在这些作品中流露出对女性既怜悯又爱惜的情怀，这既是他人道主义思想的体现，也出自他对女性完美期待与渴求的心情。也因此，在这些女性形象身上往往表露着一些符合新时代需求的个性特质。

茅盾精心塑造了一系列人性被扭曲的女性形象，比如《子夜》里

---

① 茅盾. 幻灭[M]//茅盾全集（第1卷），北京：人民文学出版社，1984：7.

的刘玉英、徐曼丽等，她们没有社会地位，只能依靠出卖色相供男性消遣来达到自己的目的。她们的形象各具特色：徐曼丽是一个典型的高级妓女，但她仍然对爱情抱有自欺欺人的幻想；刘玉英是深陷物欲的女人，她希冀通过出卖身体来飞黄腾达，她熟悉公债市场的交易，也深谙女性身体带来的现实利益。此外还有像冯云卿这样被金钱蒙了心、企图靠出卖女儿的色相来赚钱的财迷，像史循这样深受打击、对生活产生怀疑的悲观主义论者，还有靠大烟来维持生活的寄生虫等。这些女性展现出对物质欲望的过度迷恋，最终都成为物欲横流的都市的牺牲品，陷入万劫不复的境地。这些女性在上海这个大都市商业化浪潮和拜金主义风尚的冲击下，人格已经完全扭曲。茅盾关注到了女性面对物质欲望和摩登城市的引诱会付出的代价，他揭示了追求物欲享受导致的精神空虚和堕落，也描写了一些具有新思想的新女性在时代巨变之时的彷徨和不知所措，以及传统文化的牵制给她们造成的对家庭和爱情的依附，同时他的作品也涉及了女性个体意识方面的觉醒。

　　茅盾还着意塑造了一些知识女性形象。林佩瑶是《子夜》中知识女性的代表，在身份上与同时代受到封建家庭与礼教束缚的女性不同，她接受过五四时期启蒙思潮的熏陶，属于受过现代教育和先进思想洗礼的女性。茅盾认为"解放的妇女"首先要在精神上有人性的自觉，然而林佩瑶作为一名接受过现代教育的知识女性，她的独立人格与自由意志却没有突出的体现，她也没有投身于帮助其他女性解放的运动。她生活在一个民族资产阶级的富裕家庭里，充分享受着现代工业带来的物质成果，却甘愿忍受着喧嚣背后的精神贫乏，最终导致在精神上背叛了丈夫，而把心思寄托在所谓的爱情幻想上，以此获得超脱现实的"诗意"；与此相反，其妹林佩珊却是个不谙世事的富家小姐，在远离尘埃的世界里享乐，她不去纠结世间琐事，不会有所谓的直击心门的灵魂追问，更没有像姐姐那样痴迷于爱情幻想，而是沉浸在一种凡俗的感情游戏当中；张素素也和林佩珊一样，执着于追求刺激和新鲜感，游戏感情，沉迷于物质享受，将传统的道德理念完全抛在脑后；与佩珊、素素形成对比的还有四小姐蕙芳，一开始她作风保守，严格遵守封建道德观念，但当她来到充满诱惑、物欲横流的上海时，传统守旧的价值观念瞬间土崩瓦解，她在爱情的渴望和禁欲主义之间挣扎，最终只能扭曲地封闭自己。这些不仅从侧面体现了女性知识分子在面对复杂社会变化时的迷茫与软弱，同时也反映了光怪陆离的现代都市文化对女性的诱惑和冲击。

此外茅盾也尝试塑造了一些生活在城市最底层、积极参与罢工的女工形象。这些女工是社会地位低下的劳动者，她们想通过自身的努力和抗争摆脱资本家的压榨，从而为自己谋取合法权益。《子夜》里出现的女工大多生活困难，斗争意识极不成熟，一开始对革命的内涵也不很了解，有的女工不仅没有受过教育，还深受封建理念的影响。这都揭示了发动下层女工起来斗争的艰巨性。但最终这些女工在革命先驱的指引和感召下，开始有了组织起来斗争维权的意识，有的坚定地走上了革命的道路。《子夜》里既有姚金凤这样既想为自己谋取利益、又心甘情愿被屠维岳等资本家利用的动摇派，也有何秀妹、张阿新、陈月娥等选择跟随共产党，加入工人阶级反抗剥削压迫运动的革命派。茅盾坚信社会底层的妇女是社会运动的基本力量，她们对于妇女解放发挥着巨大的作用，正如工人阶级是社会一大群体，他们是社会变革的主要力量。因此，工人阶级女性要遵循着正确的指引，通过不懈的斗争与反抗，来取得自身的彻底解放。

通过对茅盾小说中塑造的女性形象的分析，可以发现茅盾对女性命运的关注和思考具有独到的视角。在"五四"个性解放思潮的影响下，女性问题一直是众多现代作家关心的问题，比如鲁迅，就探讨了女性的爱情理想和生存现实的冲突的问题，鲁迅的结论是：女性的爱情理想很难摆脱现实的羁绊，只有实现社会的解放才有望彻底改变女性的命运。郁达夫也是从两性冲突的角度考察了男女情爱的问题，但他并没有对女性的社会地位和个体意识的觉醒做出符合女性立场的判断。茅盾则与其他作家不同，他有意识地从人道主义和人文关怀的角度，去设身处地关注女性，与女性感同身受，从而能够从女性的切身立场出发思考女性的真正出路，思考女性解放的社会图景和革命途径。

　　茅盾对女性问题的思考并不仅仅局限于女性的生存处境和社会地位，而是把女性与时代联系起来，通过对所处时代的巨大变化和所在都市生态空间的精致描写，让女性在面对物质诱惑和情感抉择时，总是面临着复杂多变的情势。这既是对时代和人际关系复杂性的反映，也是对当时处于半殖民地半封建时期的中国多重势力交织的社会环境的反映，更是对女性，特别是新时代女性既面临新思想的指引，又面对封建旧习俗的羁绊这一困境的描述。正是在这些多重因素交织的复杂社会环境之下，茅盾笔下的女性在追求自由幸福的道路上举步维艰，苦难重重，付出了极大的代价：在自由中堕落，物质充裕的表面下是精神的空虚，在革命斗志高扬的姿态下却面临穷困潦倒的现实。这就是在茅盾的上海书写中各阶层女性表现出的复杂的众生相。既揭示了中国与西方帝国势力的冲突，又展示了西方的现代观念与封建道德的矛盾。这就是茅盾塑造的女性形象带给我们的启示和思考，充分反映出他对中国特殊时期女性命运的思考是极度深刻的，这些女性形象有助于我们对30年代上海的全方位认知。

　　同时是对上海的书写，新感觉派侧重于对上海感官的描摹，凸显出上海物质化的一面。新感觉派笔下的女性大多是物化的象征，沉迷于灯红酒绿的花花世界，流连于酒吧、舞厅，以游戏的态度对待两性关系；而以上海的日常描写为代表的张爱玲则把对上海的关注点集中在里弄和阁楼，柴米油盐酱醋茶和女人的闲言碎语成为她对上海的标志性叙述，女人的物欲和情欲则在日常生活中隐秘曲折地悄悄展露，并不像茅盾有些作品里的知识女性那样敢于竞逐情场，恣意放纵；更不会有茅盾作品里的女工形象，为了争取劳动者的权利走出里弄，在大街上摇旗呐喊、参加革命活动。从这点来说，新感觉派的女性属于城市的点缀，张爱玲笔下的女性属于生活的日常，而茅盾笔下的女性多维度地展现了上海的现代性特征，其中一些人物形象甚至寄托了作者期盼有更多推动社会发展和融入城市肌理的时代弄潮儿的寓意。

（二）上海的经济图景

作为小说家的茅盾具有敏锐的观察力和思考力，他从宏观的角度去描写中国20世纪30年代初城市和乡村的巨大变化，并且揭示了这种变化的实质：中国依然是一个半殖民地半封建社会，民族资本家实业救国的道路在中国是走不通的。在中国这个传统的以农业为主的经济体系下，城市的经济命脉与农村息息相关，中国30年代的经济经发展面临着国外资本的强大压力，再加上当时连年的社会动荡、民生凋敝，整个民族工业面临着生死存亡的局面。为了转嫁经营危机，资本家不得不加强对工人的剥削，工人难以忍受一而再再而三的欺压，不得不走上街头进行罢工斗争。《子夜》描写了民族资本家吴荪甫的故乡双桥镇在外国工农业产品的倾销下经济崩溃，导致他的资金周转不开，继而又在上海买办阶层的巧取豪夺下，其工厂和股票都受到影响，最终一败涂地，走向破产。茅盾将民族资本家受到帝国主义和官僚买办资本双重夹击的困境描写得淋漓尽致。作者借此表现了上海城市经济与农村经济的息息相关。上海的经济看似脱离于农村经济，完全依托于外国资本和本地的买办与实业家，实际情况并非如此。在全国经济凋敝、军阀混战的社会背景下，上海周边甚至全国的金融资本和大量的农村劳动力不断迁移到上海，为这座城市带来经济活力和廉价劳动力，才使得上海得以维持表面的繁华。正因为茅盾深深觉察到这繁华的脆弱与虚幻，所以才生发了对上海的忧虑：依托于岌岌可危的农村经济和无孔不入官僚资本与国际买办资本，上海的繁华不仅带着阶层壁垒而且终究是无法持续的。这也是茅盾与当时其他左翼作家相比在上海书写方面思想更加深刻、描写更加逼真的体现。

《子夜》中吴荪甫和孙吉人、王和甫等一起创办的益中信托公司，尽管在运转顺利时一度发展壮大，但最后也没有避免衰退的命运。作为民族资本融合扩充典型的益中公司，被雄心壮志的民族资本家创办后，通过吞并其他小厂的方式逐渐壮大，甚至一度可以和外国资本托拉斯相抗衡，但最后还是因为资金不足、周转不灵而衰败。民族资本与买办资本展开的生死较量，看起来势均力敌，但最后在仅仅两个月时间里，民族资本便遭受重创。吴老太爷从闭塞保守的农村来到大都市，因酷暑和街景的刺激，在不到一天的时间便一命呜呼，喻指了上海大都市对乡村传统旧文化和时代落伍者强大的摧毁能力，人和习俗如果不能融入到这个环境中便只能加速毁灭。中国几千年以来缓慢运行的小农经济被外来的工业化强行打断，倒逼了民族工业的发展，但由于缺少资本和经验，不得不借助外来资本势力，所以在此过程中不断受到代表外国权益的买办资本的敲诈和欺压，民族工业的发展不断陷入到危机之中；此外，中国的民族资产阶级还会遭遇几千年来根深蒂固的封建传统文化的掣肘。双重大山的压迫，使民族资本举步维艰，求生已属不易，遑论长足发展。

　　茅盾将民族资本的兴衰如教科书一般呈现在读者面前，尽可能地还原当时民族资本的状况、铺演民族资本的前景。"伴随着像大中华火柴公司兼并同业扩大销售网获得成功的实例出现的，是一些民族企业倒闭的具体数字。在这表明资本主义竞争优胜劣败现象的背后，隐藏着民族资本面临世界经济危机转嫁的处境维艰。"[1]20世纪20年代末的世界经济危机促使西方将本国经济的巨大损失转嫁给了中国的民族工业，刚刚成长的民族中小企业抵挡不住西方强大资本的压力陷入困境，纷纷向大资本家寻求帮助。大资本家则借此兼并小型工厂，但是资金短缺和技术的差距却使这些被吞并的小企业如湿布衫一般成了甩不开的累赘，反而拖垮了这些民族工业。"红头火柴"老板周仲伟在益中公司拒绝兼并后只能将工厂卖给外国资本，不能不说是民族资本和民营企业的悲剧。

　　当时的民族资本家，以吴荪甫为例，抱着宏大理想，期望实业救国，他相信"只要国家像个国家，政府像个政府，中国工业一定有希望的！"[2]然而要实现实业救国的宏大理想，对吴荪甫而言，首先面临着帝国主义势力和封建政治势力的双重阻碍。吴荪甫遇到的是"神通

---

① 吴向北. 三十年代上海都市文学——兼谈对茅盾〈子夜〉的新认识[J]. 中国现代文学研究丛刊, 1991: 2.

② 茅盾. 子夜[M]//茅盾全集（第1卷）, 北京：人民文学出版社, 1984: 351.

广大，最会放空气，又和军政界有联络"的洋买办赵伯韬，这位公债场上的魔王不仅借助美国的金融势力，而且还借助蒋介石的政治势力，操控证券交易。他将吴荪甫引入公债市场，并设下种种陷阱，瓦解了吴荪甫阵线的内部力量，使得杜竹斋不仅没在关键时刻帮助他，却反戈一击，置他于死地。《子夜》要反映的是，在帝国主义列强的欺压下，当时处于半殖民地半封建社会的中国，无法自主发展自己的民族工业。这些殖民势力利用中国的廉价劳动力和物资在中国开设工厂，侵占和垄断中国市场，以此来控制中国的经济、政治命脉。民族资产阶级面临着外国势力和封建买办势力的双重欺压，却无力抵抗和摆脱他们的控制和束缚，这也决定了民族资产阶级最终无法完成实业救国的宏愿。

茅盾于1932年至1937年间写成的中篇小说《多角关系》描写了受国际市场冲击后，曾经繁华一时的上海经济萧条的景象。民族资本家唐子嘉开设在上海的丝厂关闭了几个月，无法发放工人的工资，建成的商用房整年也没有人租，大大小小的店主和债主们互相挤压、追债、躲债，到处是一片萧条的迹象，工人和农民的生活也更为艰苦。唐子嘉虽然性格比较坚决果断，做事雷厉风行，但身上也不可避免地带有小农经济养成的狡黠与短视，生活上缺乏自律，再加上面对错综复杂的经济形势时欠缺应有的判断力、胆量和手腕，从这点来说，他还不是一个合格的民族资本家；尤其在世界性经济危机波及国内时，民族工业的振兴也不可能寄托在这样的资本家身上。在这部小说中，读者可以感受到茅盾字里行间的一种失落感和失望感，弥漫着深深的彷徨的情绪。作家从唐子嘉身上无法看到民族工业的希望，在冷酷的现实面前，茅盾感觉到中国民族工业的发展有可能走向衰退的境地。

那么中国的民族工业到底有没有出路？茅盾在《第一阶段的故事》这部小说中做出了探索。作品塑造了何耀先这个不同于他以往小说中的资本家形象的新型主人公。这部小说是以上海"八一三"事变从发生到结束为背景。实业家何耀先具有强烈的民族自尊心，他在实际生活中能够慢慢走近、接受群众，和以前的资本家相比，这是一种角色的变化和发展。抗战初期，在全国各阶层民众同仇敌忾的社会形势下，民族资本家将振兴民族工业的热情转化为爱国的热情，加入到民族抗战的队伍中。民族资本家在实业救国的道路上受挫，转而投入到民族抗战的阵营中，这种安排给人有点突兀的感觉，显得有些牵强。但深受左翼文学思潮影响的茅盾，在当时那种社会氛围之下，给人物安排这种出路，也可能是理想化的选择，毕竟这在当时来说是一种顺应时代潮流的正确选择，革命还是给人一点希望比较好。这种创作思想在《锻炼》和《清明前后》中表现的比较突出。

《锻炼》中的严仲平大敌当前，只盘算个人利益，对于迁厂问题态度暧昧，首鼠两端，令周为新等尤为愤慨。在进步知识分子严季真和弟弟的强烈劝说之下，严仲平在最后的紧要关头，终于做出了工厂内迁这一符合时代潮流的决定。

和《锻炼》中的严仲平相比，《清明前后》中的林永清则奉行"识时务者为俊杰"的理念，主动将工厂迁到汉口和重庆。林永清作为留学派，做事灵活，精明能干，擅长交际，但最终也没有抵抗住飞涨的物价和高利贷的冲击，面临破产危机。但他仍不愿向官僚资本妥协，发出了悲愤的呐喊："我要向社会控诉！我要代表我这一个工业部门向千千万万有良心的人民控诉！"①林永清的遭遇，反映出国家不民主，民族不强盛，民族工业就毫无出路可言。林永清再精明，应付复杂环境的能力再突出，也没有逃脱失败的命运，这就是赤裸裸的社会现实。中国的民族资本家们在风雨中挣扎，既书写了他们个人的艰难创业史，又书写了中国的民族工业在半封建半殖民地状态下的生存奋斗史。民族工业的兴盛需要国家主权的独立、政治的清明、社会秩序的安定。茅盾借这些产业资本家形象，传达出壮大民族工业的热望，以及对民族工业发展状况的清醒认识，并借此完成了"大规模书写中国社会现象的企图"中的一个重要部分。

茅盾通过一系列作品，塑造了众多个性迥异的民族资本家形象，通过这些资本家的遭遇，他试图勾勒出中国民族工业发展的图景。茅

---

① 茅盾. 清明前后[M]//茅盾全集（第2卷），北京：人民文学出版社，1984：243.

盾对特定时期上海的社会情势从政治和经济的角度做了叙述，揭示了当时中国民族工业面临帝国主义和封建主义双重压迫，民族资本也曾经尝试寻找各种出路，但最终败在强大的外国资本势力和国内官僚势力的面前。茅盾从政治和经济角度对上海的书写，表现出一种对中国出路不懈探索的精神，凸显了现实主义创作手法的强大表现力，给民族工业的发展提供了警示和启发。

三、蒋光慈的上海书写

蒋光慈是"革命加恋爱"创作模式的实力践行者，他1924年从苏联留学回国以后，发表了《现代中国文学与社会生活》《关于革命文学》《论新旧作家与革命文学》《十月革命与俄罗斯文学》等一系列论文，探讨革命文学的问题。他接受马克思主义思想，同时受到俄国十月革命的影响，成为比较早的左翼作家之一。他重点关注无产阶级革命，20世纪20年代的上海已经成为工人与资本家斗争的最前线，反动势力与进步潮流此消彼长。蒋光慈无暇顾及上海作为工商业大都市光鲜浮华的一面，他关心的是工人的暴动和革命的形势；他在城乡二元对立和各派势力的斗争中，观察到人性的美丑，并利用文学创作，描绘出上海具有人性视角的革命的图景。

如果说，现代派都市题材作品充满了物质、金钱和欲望的元素的话，蒋光慈的小说则把革命作为最富有活力的元素渗透进每一个细节。他的文学创作一般取材于一些重大的政治和社会事件，把这些事件作为故事叙述的背景。所以在他的作品里，无论是工人罢工的主题还是知识分子恋爱的主题，都发生在与重大政治和社会事件有关的背景里，无一例外地与左翼革命活动紧密相连。如果说京派的上海题材创作中的现代中国其实是作为乡土中国的对立面而存在，那么蒋光慈的上海书写则以上海这个国际大都市为舞台，在阶级斗争和劳工运动的背景下，描绘了上海波澜壮阔的工人革命的画面，同时也表现出知识分子的小资产阶级情调。蒋光慈对上海的书写也具有浓厚的现代气息，但和新感觉派等现代派作家不同，他作品中体现出的现代意味更多是社会新思潮的产物。正如学者旷新年指出的：“普罗文学和现代主义文学都是现代城市的精灵”“都属于上海以及现代性这一特殊的范畴”“它们是典型的现代城市文学，是上海资本主义的产物”①。

（一）小资的上海

蒋光慈的上海书写既充满革命的意味，也有着小资和个人化的气息，两种元素互相渗透、相互补充，使作品充满张力。1929年，上海现代书局出版了他的《丽莎的哀怨》。作品从丽莎的视角展开对上海的描述。在丽莎最初的印象中，上海是号称“东方巴黎”的繁华大都市，富有无穷的吸引力。但随着丽莎在上海生活的一步步深入，她发现上海不仅仅是“繁华的乐园”，也是“罪恶的渊薮”。这说明蒋光慈对上海的认识还是全面的，他既看到了城市的新兴力量和工人运动的无产阶级革命气势，也同时看到了上海暗藏的引人堕落的因素。这种对上海认知的丰富性远远超出了他在《短裤党》中对上海的描述。

《丽莎的哀怨》在叙述结构上采用了第一人称自我叙述的方式，作品语调哀婉忧伤，再加上第一人称视角，使读者对主人公红颜薄命、令人唏嘘的一生感同身受。主人公丽莎原是一位纯洁、善良的俄罗斯贵族女子，十月革命后流亡上海，沦为脱衣舞娘和妓女，经历了灵魂流浪与肉体漂泊的双重磨难，最终投身海底。小说揭示了革命与人性的冲突，传达出对生命深沉的悲悯。但在提倡阶级意识的左翼文学圈，这部作品从一开始就遭到责难。由于作品采用第一人称的叙述方式，故而作品主人公和作家的界限被有意识地模糊化，本意是为了更好地感染读者。但在当时政治氛围决定文学批评的时代，这种模糊化处理容易给人抓住批评的口实，一些立场先行的文学批评者将作家与作品人物混同起来，导致以人物的思想情感去评判作家本人。②当然也有一些比较清醒的批评家肯定了蒋光慈的创作，比如冯宪章等少数为《丽莎的哀怨》辩护的左翼批评家，就认为该作“表现了俄罗斯贵族阶

---

① 旷新年. 1928：革命文学[M]. 济南：山东教育出版社，1998：88.

② 王智慧. 激情叙述下的革命言说——蒋光慈小说创作简论[J]. 中国现代文学研究丛刊，2002（02）.

级怎么的没落,为什么没落；并且暗示了俄罗斯新阶级的振起"①。总之，这部作品对丽莎生活遭遇表现出同情，也容易让读者质疑革命中的一些负面因素，且作品流露出的人道主义情怀在当时不符合左翼对革命文学的定义，肯定会受到激进的左翼文学批评家的批评和指责。

小说《冲出云围的月亮》塑造了王曼英这个在大革命失败后落荒而走的小资产阶级知识分子，表现了她在革命退潮时期的苦闷、动摇和幻灭，以及在幻灭中振作、开始新的追求的历程。作品一开篇描写的是上海的夜晚，"上海是不知道夜的。夜的障幕还未来得及展开的时候，明亮而辉耀的电光已照遍全城了。人们在街道上行走着，游逛着，拥挤着，还是如在白天里一样，他们毫不感觉到夜的权威。而且在明耀的电光下，他们或者更要兴奋些，你只要一到那三大公司的门前，那野鸡会集的场所四马路，那热闹的游戏场……那你便感觉到一种为白天里所没有的紧张的空气了"②。人们在利用夜色掩护，尽情释放内心的欲望，恣意游戏人间。因为大革命失败，王曼英陷入苦闷和绝望，由此产生强烈的虚无主义思想，她幻想用肉体的堕落去腐蚀、戏弄和毁灭统治阶级，不夜城上海正是她进行报复活动的最佳场所。女性的身体成为王曼英们挣脱性别枷锁、放飞自我和进入社会、改造社会的唯一资本。

王曼英坚信"与其改造这世界，不如破毁这世界，与其振兴这人类，不如消灭这人类"③的人生哲学，企图用色欲进行复仇。这种想法不符合那个时代对于"革命"的理解和认识。革命题材的文学创作不允许这种以自我堕落作为复仇武器的思想倾向存在，因为革命的词典里不能出现这些有损信仰和道德的词语。但意想不到的是，《冲出云围的月亮》竟然受到当时读者的欢迎，作为一名畅销书作家，这反映出蒋光慈很了解当时读者的审美趣味，也反映出当时大革命情势的复杂性给人们情绪上带来的影响。除了对革命主题一如既往地描述之外，

---

① 方铭编. 蒋光慈研究资料[M]. 银川：宁夏人民出版社，1983年：330.

② 蒋光慈. 蒋光慈文集[M]（第1卷）. 上海文艺出版社，1988：431.

③ 蒋光慈. 蒋光慈文集[M]（第1卷）. 上海文艺出版社，1988：447.

蒋光慈在这部作品中对两性心理也做了细致入微的描写，奠定了他走向"革命+恋爱"的创作模式的基础。

《冲出云围的月亮》非常完美地诠释了蒋光慈"革命+恋爱"的创作风格。当王曼英遇到李尚志并与他恋爱以后，就不再荒诞地用身体报复社会，而"洗心革面"成为工厂的一名女工。复仇女神遇到了革命的领路者后，认识到了用身体报复社会的荒诞性，通过与非革命者柳遇秋的分道扬镳和与革命者李尚志的恋爱达到精神上的净化，以此获得政治身份，重新做人。这类典型的都市"革命加恋爱"书写模式通过这部小说达到登峰造极。但是另一方面，革命的暴力与激进和恋爱的安宁与妥协有时是不相容的，都市的畸形繁荣更反衬出革命路途的艰辛；而唯因革命尚未成功、都市又充满诱惑，才使得纯粹的恋爱异常珍贵，两者形成了一种悖逆的此消彼长的关系。在此都市的喧哗与躁动反而像是恋爱与革命的催化剂，使得革命和恋爱都变得轰轰烈烈，具有很强的表演性质。浮华的都市是轰轰烈烈的革命和恋爱的最佳表演舞台。"资产阶级的糖衣炮弹"用来指都市的繁华和无尽欲望对人性的侵蚀也不为过，而物质的丰腴一方面可以滋养贫瘠的心灵，另一方面与革命提倡的朴素作风又是相悖的。这就导致了大部分的"革命加恋爱"的书写体现出某种程度的的荒谬感。"蒋光慈一类的革命恋爱小说越是竭尽所能地描摹上海纸醉金迷的丑陋，或者资产阶级的胜利，越是突显了革命尚未成功的现况，相对地也就强化了上海无法被击倒，屹立不摇，颠扑不破的事实，于是'上海'与'革命恋爱小说'反而形成一种充满反讽的微妙张力，彼此需索，相互依赖，这是蒋光慈所始料未及的。"①

只有在上海这个革命熔炉和摩登世界交错混杂的空间才能谱写出革命加恋爱的合奏曲，革命的高歌与情爱的执着借助于上海这个特殊空间得到了尽情的宣泄。正如旷新年所说："普罗文学与现代主义文学都是现代城市的精灵，它们发生在资本主义高度发达的上海不是

---

① 蒋兴立. 左翼上海 30 年代左翼都市小说论[M]. 台北：秀威资讯科技股份有限公司，2012：82.

偶然的"①

蒋光慈在作品中借革命者之口，对军阀和政府官员养尊处优的生活也做出了强烈的讽刺和批判。《徐州旅馆之一夜》（1926）中，革命者杰生因为妻子生病，不得不急匆匆赶回家以陪伴妻子。在徐州火车站转乘火车的过程中，却被告知火车并不允许普通旅客乘坐，而是专为兵大爷准备的，何时有车，谁也不知道。遂只好在凄苦的旅馆中暂住一晚。杰生对着孤灯坐着，心里满是牢骚："那些破坏火车秩序的人们——五省联军总司令、胡子将军、狗肉大帅，及其他占有丘八的军官——总是在自己的华贵的房子里快活，有的或者叉麻雀，有的或者吃鸦片烟，有的或者已经抱着娇嫩的、雪白的姨太太的肉体在睡觉，在那里发挥他们兽性的娱乐。……真是气死人呵！"②《短裤党》中也对当时横霸一方的军阀做出了讽刺性描写：一帮穷革命党人在秘密开会的时候，正是上海守备司令李普璋"躺在床上拿着烟枪过鸦片瘾的时候，……四姨太太烧的烟真好，真会烧！……什么革命军，什么松江危险，一齐都抛却了，且慢慢地和四姨太太享受温柔乡的滋味！"③在工人们进行大罢工的时候，军阀的走狗章奇先生"躺在细软的沙发上，脸朝着天花板，左手拿着吕宋烟慢慢地吸，右手时而扭扭八字胡，时而将手指弹弹沙发的边沿。"④《野祭》（1927）中，"所有的建筑物，大半都是稀疏的，各自独立的，专门住家的，高大的洋房，它们在春夏的时候，都为丛丛的绿荫所包围，充满了城市中别墅的风味。在这些洋房内居住的人们，当然可以想象得到，不是我们本国的资本家和官僚，即是在中国享福的洋大人。……虽然也想象到这些洋房内布置的精致，装潢的富丽，以及内里的人们是如何地快乐适意。"⑤《冲出云围的月亮》中，柳遇秋当了国民党大员后，住在了法租界，生活的环境也是有了天壤之别，当王曼英被邀请去他家参观

---

① 旷新年．1928：革命文学[M]．济南：山东教育出版社，1998：91．
② 蒋光慈．蒋光慈文集[M]（第1卷）．上海文艺出版社，1988：162．
③ 蒋光慈．蒋光慈文集[M]（第1卷）．上海文艺出版社，1988：225．
④ 蒋光慈．蒋光慈文集[M]（第1卷）．上海文艺出版社，1988：226．
⑤ 蒋光慈．蒋光慈文集[M]（第1卷）．上海文艺出版社，1988：327．

时，"不禁暗自想到：难怪他要做官，你看他现在多么挥霍呵，多么有钱呵……"①

蒋光慈通过不同的居住空间构建了不同的阶级，对于贫苦的工人和无产阶级大众来说，房子只不过是用来遮风挡雨的陋室，虽然居住环境艰苦，但内心精神却很富足。正如《短裤党》中写道的："不过这一对夫妻虽然住在这种贫民窟里，而他俩的精神却很愉快，而他俩的思想却很特出，而他俩的工作却很伟大……"反观那些富有的资产阶级当权者，一套摆满贵重陈设与奢华家具的房屋，不仅仅是居住场所，更是自己身份地位的象征。作者通过对不同阶层居住空间的描写，通过生活环境的巨大反差和精神层面的鲜明对比，将资产阶级的奢靡与下层劳苦大众的穷苦、上层阶级的空虚腐朽和底层劳苦大众的精神充盈进行了对比强烈的描写，在整体上形成一种阶级分化的"黑""白"对比性空间，进而完成作者对黑暗社会的强烈谴责与批判。

无论是在整体创作中，还是上海书写中，蒋光慈一直聚焦革命的主题，在创作中描绘出自己的政治理想和个人追求，但他"革命+恋爱"的创作模式，又给严肃的政治性书写凭空添加了浪漫的光坏，体现出浓浓的小资情调和个人色彩。

（二）短裤党的上海

自20世纪初起，上海民族资本主义的发展可以说举步维艰，民族资本与外国资本、官僚资本之间的关系错综复杂，民族工业的发展面临着重重困境。为了转嫁企业主的经营压力，工厂就会延长工人的劳动时间，增加劳动强度，同时尽可能缩减开支。因此，上海的工商业表面上越繁荣，贫富差距反而越大，工人增多的劳动量并没有换来更多的收入，反而越来越贫困，所以这便导致了愈发尖锐的劳资矛盾。蒋光慈的作品更多地将资本家的骄奢淫逸与工人阶级的清贫困苦形成强烈的对比，更直观地表达出作者对贫富差距悬殊的社会状态的谴责

---

① 蒋光慈. 蒋光慈文集[M]（第1卷）. 上海文艺出版社，1988：105.

与批判。同时，为了让读者建立起对光明未来的美好憧憬与渴望，积极寻求阶级解放的无产阶级革命者自然而然成为蒋光慈作品中重点塑造的人物形象。作者笔下被欺压的工人群众从反抗资本家剥削、争取劳工权利开始，一步步燃起革命激情，积极寻求自我解放道路，最终义无反顾地参与到革命斗争中去。

蒋光慈通过一系列作品，集中塑造了"短裤党"这一工人群象。虽然按现在的艺术标准看来，这些形象显得比较生硬和概念化，但作为左翼文学创作指导理念的实践成果，蒋光慈的作品特色鲜明，其笔下的这些工人形象在中国现代文学发展史上具有独特的价值。比如《短裤党》中的工人李金贵，虽然与妻子邢翠英住在贫民窟里，但两人却能相濡以沫、苦中作乐；他性情急躁但朴实憨厚，不但接受了革命思想，而且积极热情地参加工人运动。夫妇两人革命觉悟的提高是受革命者华月娟影响的，华月娟拉着翠英到平民夜校读书，向翠英宣传了许多革命真理。夫妻俩在华月娟的引领下，追随着她的革命足迹，积极参与罢工维权斗争。虽然最后金贵在工人暴动中牺牲了，但小说借亲人和工友之口肯定了他牺牲的价值，因为他是集体反抗的一员，一个李金贵倒下去，千千万万的李金贵站起来，革命事业将星火燎原、更有后来人。《最后的微笑》中的工人阿贵报名参加了平民义务学校的夜习班，在这里遇到了同情阿贵这样底层民众的革命党沈玉芳老师，后来在沈玉芳和李全发的引领下，阿贵也加入到（缺内容需补）被"除了给过他痛苦和压迫，没有给过他丝毫的幸福"的工厂开除后，看到路边的小蚂蚁为了护食而迎战对手，遂受到触动，产生报仇的冲动和计划。虽然他最终实现了报仇的愿望，杀死了了资本家的走狗刘福奎和纱厂厂主张金魁，但自己也付出了生命的代价。这说明没有革命组织的正确领导，仅靠个人复仇无法消除工人受欺压的根源。《少年漂泊者》以书信体的形式，采用第一人称的叙述视角，叙述了主人公汪中悲惨的一生。他的父母双双被地主逼死，在他四处流浪的日子里，不仅曾被人欺诈，还遭遇了爱情失败，生活毫无希望。在他穷困潦倒、万念俱灰的时候，偶然参加了工人运动，后来结识了革命者维嘉先生，在维嘉先生的指引下，他正式转变为一名革命者，走上为劳苦大众争取自由的道路。

在蒋光慈笔下，"整个的上海完全陷入反动的潮流里。黑暗势力的铁蹄只踏得居民如在地狱中过活，简直难于呼吸"①。上海的工人阶级面对着"帝国主义者的铁蹄，军阀的刀枪，资本家的恶毒"，他们被逼迫着"为争自由而奋斗"，"不自由，毋宁死"②，革命成为他们铲除社会不公、实现翻身解放的唯一手段。在蒋光慈的作品里，弥漫着浓厚的革命气息，激荡着高亢的革命口号，回响着斗争的呐喊，充斥着快速的节奏，令读者紧扣心弦，对于工人的斗争有一种身临其境的现场感。在蒋光慈"革命+恋爱"的创作模式下，恋爱的浪漫气息有效地调和了这一紧张急促的动荡氛围，给人以一定程度的舒缓和放松。蒋光慈的上海书写虽然同现代派一样，"创造了一种美学上的强烈震撼与冲击，有力地摧毁了传统的美学范畴和标准，开拓了现代审美新空间"③，但其目的不是为了书写上海的现代观感和都市的审美空间，而是为了"反映出与红色的三十年代相匹配的政治色彩和政治空气"④，蒋光慈的上海书写动静对比鲜明，以工人斗争为主线，把上海描绘成一个阶级矛盾激烈的斗争空间，给人剑拔弩张、紧张刺激的代入感；同时，又以男女主人公的爱情故事给严肃的斗争情节以温馨的点缀，使小说的整体气氛不至于太过压抑。

上海这个"冒险家的乐园"被强大的外国资本和官僚资本控制，在富裕繁华的表面下，既有黑帮社会和中外势力你争我抢、勾心斗角，也有革命的风云暗潮涌动、蓄势待发。斗争的种子早已在工人们心中生根发芽，苗壮成长；随着无产阶级队伍的不断发展壮大，他们决意要反抗资本家的剥削压榨，为自己争取平等的社会地位，打倒帝国主义和洋奴买办，通过集体抗争来寻找自己的出路。工人起来罢

① 蒋光慈. 蒋光慈文集[M]（第1卷）. 上海文艺出版社，1988：215.
② 蒋光慈. 蒋光慈文集[M]（第1卷）. 上海文艺出版社，1988：259.
③ 旷新年. 1928：革命文学[M]. 济南：山东教育出版社，1998：88.
④ 王爱松. 都市的五光十色——三十年代都市题材小说之比较[J]，文学评论，1995：4.

工、反抗工厂主的斗争是蒋光慈上海书写的主要内容。有关上海和中国现代史进程的重要历史事件在他的作品中都有所涉及。比如《碎了的心》展现了"五卅"运动的真实现场；《菊芬》的故事内容和"重庆三三一惨案"历史事件有关；《短裤党》则真切记录了上海第三次工人起义。在这一系列的作品中，作家通过文学语言，艺术地处理了真实历史事件在文学中的表现，带有强烈的意识形态色彩，也描写出了当时上海真实的政治经济情况和无产阶级与资产阶级的斗争情况。

无产阶级革命者发动工人，团结一切无产者的力量，不断地进行罢工和游行示威，争取自己的合法权益，但最终遭到反动势力的疯狂镇压。蒋光慈的上海书写就是对这一社会情况的集中描写，所以他的作品里充满了政治性词汇和革命式话语，容易给人造成上海是一个革命之都的印象。到处是罢工和游行，到处是斗争的战场，"大屠杀开始了！散传单的工人和学生散满了马路。大刀队荷着明晃晃的大刀，来往逡巡于各马路，遇着散传单，看传单，或有嫌疑者，即时格杀勿论；于是无辜的红血溅满了南市，溅满了闸北，溅满了浦东，溅满了小沙渡……有的被枪毙了之后，一颗无辜的头还高悬在电杆上；有的好好地走着路，莫名其妙地就吃一刀，一颗人头落地；有的持着传单还未看完，就噗嗤一刀，命丧黄泉。"①这一时刻，上海已经完全变为风暴的核心，变为革命与反革命的对阵战场。

《短裤党》也集中描写了一种斗争前夕的紧张气氛，"午后的南京路聚满了群众，虽然几个大百货公司紧闭了铁栅，颇呈一种萧条的景象，然而行人反比平素众多起来。……巡捕都荷枪实弹，如临大敌也似的；印度兵和英国兵成大队地来往逡巡，那一种骄傲的神情，简直令人感觉到无限的羞辱。"②"白色的恐怖激起了红色的恐怖。偌大的一个上海充满着杀气！英国的炮车就如庞大的魔兽一样，成大队的往来于南京路上，轰轰地乱吼，似乎发起疯来要吃人也似的。黄衣的英国兵布满了南京路……森严的大刀队来往逡巡于中国地界各马路上，

---

① 蒋光慈. 蒋光慈文集[M]（第1卷）. 上海文艺出版社，1988：229.
② 蒋光慈. 蒋光慈文集[M]（第1卷）. 上海文艺出版社，1988：231.

几乎遇人就劈，不问你三七二十一！"① "于是在白色恐怖的底下，全上海各马路上流满了鲜艳的红血！"②在这段对白色恐怖的描写里，凸显了外国军队在上海横行霸道、黑恶势力屠杀无辜的罪恶行径，也从侧面反映了阶级斗争的残酷性。

旧上海时期外国势力骄横跋扈、官府黑帮沆瀣一气，蒋光慈笔下的工人，正是在这样的环境下，过着饥寒交迫、没有尊严的非人生活。当他们不得不起来为生存而反抗时，面临着的是反动派的强力镇压，众多革命先驱和工人群众献出了自己的宝贵生命。蒋光慈的上海书写既铺陈了工人阶级斗争所面临的险恶的政治与社会环境，也歌颂了工人阶级一旦接受了革命先驱的指引，就会义无反顾地投入到中来的勇敢精神。当然，这其中也描写了一些因缺乏革命者正确引导而采取个人复仇的个体的悲剧。

蒋光慈是一名马克思主义的信徒，是无产阶级革命战士，也是一名左翼作家。他的上海书写并未聚焦于上海作为国际大都市现代化的一面，繁华的一面，而是聚焦于工人革命斗争的现场，细致地书写了工人走上革命道路的历炼过程，以及无产阶级革命的星星之火何以曾经在上海成燎原之势。这让他的上海书写成为一种政治性书写，这种带有革命意味和概念化写作的模式，既形成了蒋光慈创作的风格，也成为他作品的艺术价值被质疑的一个理由。但不可否认，他的作品创作模式虽然比较单一，人物形象的塑造也无法避免概念化的嫌疑，但作为革命早期的左翼作家，他的上海书写独树一帜，仍具有现代文学艺术形象创作方面的可贵价值，他作品里塑造的人物形象也成为中国无产阶级文学史上的代表性形象。这就是蒋光慈上海书写的意义所在。

四、丁玲的上海书写

丁玲是中国现代文学史上一位极其重要的女作家。她的作品既有女性意识的描写，也有革命话题的阐述。丁玲对上海的书写既涉及上

---

① 蒋光慈. 蒋光慈文集[M]（第1卷）. 上海文艺出版社，1988：245.
② 蒋光慈. 蒋光慈文集[M]（第1卷）. 上海文艺出版社，1988：226.

海表面的现代性，也涉及现代都市女性的心理，并对此有细致入微的刻画。1928年，丁玲在《小说月报》上发表了短篇小说《莎菲女士的日记》，作品刻画了一个陷入灵与肉冲突中的女性形象。小说主人公莎菲女士是一个受五四文化思潮影响的新女性，她反对封建道德的束缚，追求个性解放，追求心灵契合的理想爱情，但在现实中却又不断遭遇失望和痛苦。《莎菲女士的日记》这部作品以其性爱心理描写的真挚与大胆，震动了当时的文坛。这篇小说在结构上采用了散文式日记体的形式，行文舒缓流畅，其细腻委婉、深刻生动的心理描写，代表了丁玲早期作品的艺术成就，使她成为现代文学中较早开启"爱欲"书写的女作家。小说中对情欲的大胆表露以及独特处理，标志着女性从欲望觉醒直接走向欲望的张扬。从当时的文学潮流来看，文学研究会和创造社鼓吹的是为人生的文学和关乎"内心的要求"的个人性情，这似乎并不是丁玲小说表现的中心。除了鲜明强烈的情爱书写外，与海派作家们执着于书写十里洋场相似，丁玲一开始也将目光集中在了上海这个国际都市。受阶级话语的影响，"都市"在现代城市书写中的象征指向越来越带有意识形态属性，作家们都试图在都市与乡村的二元对立书写中确立自己在文学场域中的立场和态度。特别是在上海这样一个与中国现代进程息息相关的城市，左翼、京派、海派，不同流派作家们对它的想象已不再注重"在场的有效性"①。

（一）都市风景与都市丽人

　　丁玲出生于一个没落的封建家庭，在她幼年时期，父亲生病撒手人寰，只剩下孤苦的母亲将其扶养长大，之后她随母亲借住舅父家里。长时间的寄人篱下，使她学会了察言观色，做事小心翼翼，内心也极度敏感。幸运的是，她的母亲余曼贞是一位和蔼且接受过现代新思想的女性，她同情革命人士，曾和共产党人向警予等有过密切交往，这为丁玲的性格埋下了坚强与独立等特质。母亲希望丁玲不要再像她自己一样饱受封建大家庭生活方式的拘束，而能够接受新的思

---

① 安东尼·吉登斯. 现代性的后果[M]. 田禾译，南京：译林出版社，2011：16.

想，成为一名真正自由的新女性。相对于其他旧时代女性，丁玲的成长环境是温馨的，也是自由的，这样的环境也孕育了她独特的才情。在求学过程中，她辗转于多所学校，在不同的学校吸收了多元的思想，与倡导个性解放的人物接触和交往，逐渐受到了深刻影响。成年之时，舅父家强迫她履行当初的封建婚约，但她在母亲的帮助下坚决反抗，终于顺利地解除了婚约，这是她迈向独立自主的一大步。作为深受个性解放思想熏陶的现代女性，丁玲为了争取恋爱自由和婚姻自主，不断地和封建家族和传统的习俗做斗争，她就是在这样的抗争道路上成长起来的新女性的代表。

丁玲作品里的上海是现代文化恣意生发的上海，是"摩登"上海。例如，在以上海为背景的小说《梦珂》中，新式学校美术课上雇佣"女模特"教学、女学生们在草坪上打网球，晓淞、澹明、杨小姐这些都市青年男女常常在一起谈音乐、戏剧、舞蹈，去野外写生，去新世界、卡尔登、圆月剧社等新兴娱乐场所看电影，包括梦珂最后到电影公司求职并成为明星的经历，尽管只是片段呈现，仍构成了一幅五光十色的现代都市图景。而梦珂、莎菲之所以受人关注，很大程度上也是因为她们身上所具有的开放的爱情观，以及对内心欲望的直率表达。不同于以往传统女性那种敏感、纤细的气质，也不同于小家碧玉孤芳自赏的情趣与爱好。在魔幻而陌生的大都市里，这些都市丽人谙熟各种情爱心理，能够识破各种恋爱套路，她们开放、大方、毫不拘谨，敢于追求新鲜的事物，给看惯了旧式闺阁故事的读者以耳目一新的感觉。在这之后，丁玲也迅速为都市文化所接纳，她的作品，甚至连同她的私人生活也被诸多媒体津津乐道，梦珂、莎菲们更是"别无选择地成为女明星，用另一种方式参与和分享了城市的娱乐和消费空间"。[①]在丁玲笔下，上海不再是革命的场域或者生活腐化堕落的象征，对于都市人的异化或虚伪她也没有给予强烈的憎恨或批判。显然，对丁玲来说，上海这座城市虽然充斥着各种复杂喧嚣的声音，经

---

① 罗岗. 视觉"互文"、身体想象和凝视的政治——丁玲的〈梦珂〉与后五四的都市图景[J]. 华东师范大学学报（哲学社会科学版），2005（05）：36-43.

济上、人际关系上和创作上的压迫感始终存在,但起码这个城市的文化精神里仍然包孕着与她个人性情相契合的成分，在她看来，上海仍是一个可以容纳下"个人"的城市。在这里，有关两性交往、家庭婚姻关系等的传统观念被逐一消解，个体的自我意识得以滋生、成长。上海作为国际化都市，比起其他地方，无疑给女性提供了更多的实现自我欲望的资源，也给她们提供了无限的想象空间和多样化的生存空间。

丁玲青年时代和海派作家一样,喜欢书写这些追求自由的都市丽人以及摩登味十足的小资女人。丁玲笔下的女性风姿绰约，举止洒脱。她们不愿意接传统观念与礼教的约束，她们个性十足、充满自信地出入于各种公共场合，风情万种的仪容总能成为被关注的焦点。《梦珂》中的女主人公为了追求现代潮流来到上海，因不满学校教育和校园生活的污浊氛围，不得不住进姑妈家。姑妈家里的装修以及家中的人都充溢着浓重的西式风格，这是典型的半殖民地文化的特点；表哥们在国外接受过西式教育，但生活作风方面并不端正。梦珂看透了他们的虚伪，便投身于电影行业，希望能自食其力，摆脱寄人篱下的日子。莎菲也是一个接受过现代思想熏陶的新女性，她追求女性独立和自由的渴望更加强烈，同时也期盼自己能够拥有一份内心向往的职业。莎菲在日记中大胆地袒露自己的欲望，并且经过理性的思考，最终绝然地抛开凌吉士这个表面英俊倜傥、实则的西式绅士，展示了现代女性独立审视自我、选择伴侣的觉醒姿态。其他作品中的人物如丽嘉、美琳、玛丽等也都是现代女性，她们的着装和生活都是现代性的体现。这些都市丽人的出现，似乎表明以往那些被拘束压抑的女性们的命运已开始发生改变，她们梦想走出被禁闭的保守时代，不再依附于他人，获得真正的个体解放和自由。这些散发着独特生命活力的新型女性形象，令当时的许多青年读者由衷地折服和欣赏。

《一九三〇年春上海》中的玛丽是最具小资情调的主人公，也是强烈的个人主义者，延续了莎菲式的孤傲、独立的气质。她聪明美丽，正在读着大学，是一个向往个性自由，在男女交往上有胆量又懂策略的新女性。正值花样年华的玛丽，尽情享受着青春美貌带给自己的荣宠，举手投足表现出上流社会的礼仪涵养和社交气场。她不愿像普通女性那样早早嫁做人妇、生儿育女，而宁愿做别具一格的新女性，享受一个人的幸福生活。"她很年轻，又美貌，自然在好久以前便为好多男人所注目了。她并不缺乏这方面的智慧，她了解这些，她都快乐地接受了。但她却什么人也不爱，她只爱她自己。她知道她是全凭她自己的青春所赠给自己的荣耀。她要永远保持着这王位，她不愿自己让任何人攫去。她看过许多小说，也看过许多电影，她知道女人一同人结了婚，一生便算终结了。做一个柔顺的主妇，接着便做一个好母亲，爱她的丈夫，爱她的儿女，所谓的家庭的温柔，便剥蚀去许多其余的幸福，而且一眨眼，头发白了，心也灰了，一任那还健壮的丈夫在外面浪游，自己只打叠起婆婆的慈心，平静的等着做祖母……这有什么意义！她不需要。"①她出生在家境比较富裕的人家，读书至今还没有真正踏入社会，不了解社会之民不聊生，生存之举步维艰，更不知道社会改革之迫在眉睫，唯有及时享乐的玩世思想。"她很满足她现有的，一种自由的生活，家庭里能给她一点钱，虽说不能十分浪费，却是够用了。她有许多朋友，臣仆似的，都惟她的喜怒是从。她这么快乐的生活了好久，虽然在旁人也许觉得她有了很丰富的经验，受了一些波折，其实她的心是一动也没有动过，只将容颜滋养得更美了，将态度更习成一种特有的典型了。她更惹人注目了。"②

尽管如此，望微的出现，改变了玛丽本来预设的生活轨迹，甚至使她放弃了对自由的热望，选择了不会给她带来浪漫生活的一个工人领袖。望微散发着的魅力甚至是魔力，一度征服了玛丽这个一心追求自由和享乐的小资女。"她如果依照她理想的生活是可能的，她不会很快便失去她对于异性的吸引力，可是她在望微的热情之下便被征服了。她改变了她一切观念，她本来很贱视男性的爱情，但望微的一举

① 丁玲：《一九三〇年春上海》（之二）[A]．见：丁玲．丁玲选集第二卷[M]．成都：四川人民出版社，1984：204．

② 丁玲：《一九三〇年春上海》（之二）[A]．见：丁玲．丁玲选集第二卷[M]．成都：四川人民出版社，1984：204-205．

一动，都表示出他男性的不可侮的爱，而且她为了这些举动而动心起来，她很把持不住，但她不愿就屈服，她逃回了北平。北平有许多更爱她的人，她从前在那里生活得非常适意，这次她虽说还是能如往常一样同人玩笑，可是她总不能忘去一个沈毅的，少言的影。这男性的特长给与了她很深的印象，她实在希望能同他在一块。他给与她的，像不是爱情，却是无止的对于生活的新的希望，却是真真的，她还不曾了解过的生命。正在这时，她想望他的时候，他便象传奇中的多情之士，英雄般的追到北平来了。这更投中了她的嗜好，所以她竟慷慨地接受了他大胆的表示，并且她回报了他，他们就那末浪漫的热情的生活了一阵。"①

这部一直被视为代表了丁玲 "左转" 倾向的小说，按照当时左翼阵线的创作标准来说本不够合乎要求。像玛丽这样一个小资产阶级意味十足的女性本应受到批判或指责，但是，丁玲还是遵从自己作为一名独立女性的内心评判，给玛丽安排了不算坏的结局。玛丽不仅身材丰艳完美，也有着毫无瑕疵的美丽，更有着让人欲罢不能的吸引力，那时而稍显放荡的媚态，也总是那么合宜地迷人。她渴望生活自由，不受任何礼教束缚，不像旧式女性把生活的希望完全寄托在丈夫身上。在玛丽看来，一个女人一旦结了婚，一生便算终结了，所谓家庭的温柔，只会剥夺许多个人的幸福，她追求的是自由自在的生活，独立而不放纵，张扬但不过分。可当她真正爱上望微时，也能做出个人牺牲，真心地爱他、尊重他。丁玲把对一个女性全部的美好想象都给了玛丽，甚至到最后望微被捕的时候，玛丽 "还是那样耀目，那样娉婷，恍如皇后"②。

直到30年代初期，丁玲尚没有积极融入到左联的氛围中，政治意识也没有那么强烈，内心里还满怀着对自由的期待和渴望。城市的生

① 丁玲：《一九三○年春上海》（之二）[A]. 见：丁玲. 丁玲选集第二卷[M]. 成都：四川人民出版社，1984：205.

② 丁玲：《一九三○年春上海》（之二）[A]. 见：丁玲. 丁玲选集第二卷[M]. 成都：四川人民出版社，1984：238.

命体验和情感欲望的宣泄，灵与肉的冲突，摩登女郎的张扬魅惑，小资情调的华美忧伤，在她作品里或隐或现。显然，彼时不愿受太多政治意识形态束缚的丁玲，仍然倾向于从个人的主观经验出发来书写自己所看到和真实感受到的上海。城市在她眼里并不只是滋生各种罪孽的温床，只会腐蚀人性，它同时更涌动着各种生活的可能性，给人以期待和幻想。作为一个城市的旁观者，她看到更多的还是这个城市的魔力和自由。比之海派作家们自觉选择疏离革命主流话语，把目光移向流光溢彩的大都市，以新鲜大胆的笔法执着地书写上海的魔幻、色情与颓废，丁玲用自己的视觉、听觉、触觉感受着这座现代都市，发掘出它带给个体选择和个性舒张的无限空间，并通过笔下女性形象的独特生活经验与心理体验，为这段感知做了真实的记录。

（二）落寞的都市体验

对于丁玲来说，上海终究是个看似熟悉实则陌生的城市，即使在上海生活了较长的时间以后，作为一个外来者，她始终还是难以真正融入到上海生活的内部。对上海的疏离感和陌生感使丁玲开始将上海作为一个观察的对象，以客观独特的视角审视和书写这个光怪陆离的城市，同时又呈现着自己这个"他者"与被观察对象之间千丝万缕的精神联系。在热闹中倍感落寞，在茫然无措地拼命挣扎，却总是看不到希望——这种绝望感越来越多地出现在她后来的上海书写中。

丁玲的《一个女人和一个男人》《自杀日记》《庆云里中的一间小房里》《岁暮》《野草》等作品，基本上都是去情节化叙事，描写了了生活的琐屑、平淡以及无趣。像《莎菲女士的日记》那样大胆张扬的爱欲表现和情爱描写不再那么细腻和富有激情，生活的空间越来越封闭。这些作品中的女主人公带给人们强烈的孤独感、漂泊感、幻灭感，昭示了丁玲这段时期对上海更深层的、转换了视角的生命体验。

如果说，新感觉派作家们喜欢描写跑马场、咖啡馆、酒吧等五光十色、灯红酒绿的都市生活以及深陷其中的人们的倦怠与无奈，那么丁玲后来的上海书写则有意识地过滤了都市外在的绚丽景观和大街小巷的浮华，而把焦点集中在日常生活中的孤独和内在精神的虚无困惑。丁玲仿佛不再直面上海的现代景观，而是以他者的视角去描摹那种与城市的繁华格格不入的生活状态，挣扎于真假虚幻的所谓爱情，沉浸于底层女性在日常世俗的生活的重压之下对幸福的那种热情渴望——在强烈的生活的虚无之中，去面向没有未来的生活，这就是丁玲这段时期对上海都市生活的落寞和颓废的体验。

在小说《阿毛姑娘》中，命运的安排让主人公阿毛遭遇了一个她无比向往却又无法企及的世界，在绝望甚至让人费解的困境中，阿毛从自得自足变得焦虑分裂，终于选择自杀以使灵魂获得安宁和解脱。《自杀日记》中的伊萨，生活对她来说更是凄凉，她像是一个疲于应付的世故者，整天约朋友在外面玩，但到了晚上，想到朋友们的虚情假意又会极度心烦。她无法适应大城市复杂的人际关系和生活环境，常常无法控制自己，又总是自怨自艾，感受不到生的必要，时时受着死的诱惑。在"实在人人都比我好"的自我怀疑中，反复地说着"死去吧，死去吧！""顶好是死去算了！"①这样一种以"死"来表现的自我颓废感，显然是对于现代都市的人文生态感到失望、对生活追求感到失意、失落的情绪总爆发。

在这种强烈的虚无感和生存困境中，对待情爱也会不再有美好的期待和迷恋，反而会多了一些自我放逐和自甘堕落的意味。从丁玲这一时期涉及情爱主题的作品来看，主人公有的爱上了有夫之妇或者有妇之夫，有的靠出卖肉体谋生，还有的变成了处处留情的轻薄女子。显然这些情爱已经偏离了正常的感情交往轨道，甚至完全超出了道德伦理的约束，失去了纯真圣洁的味道，所以注定是一场悲剧。如：《小火轮上》的有妇之夫昆山，一边撩拨着节大姐，向她诉说自己有小脚妻子的苦衷，给她写肉麻的情书，一边又迅速地和妻子离婚与另一个女人结了婚。而节大姐也只能忍着被欺骗的愤怒和受人指指点点的委屈，最终被学校辞退，只能心灰意冷地到别处谋生。《一个女人和一个男人》中的薇底虽已经有了丈夫，却还是遏制不住另寻新欢的欲望，

---

① 丁玲：《自杀日记》. 丁玲全集（第3卷）[M]. 河北人民出版社，2001：183.

不愿有了家庭羁绊就放弃任何放纵的机会，于是拼命地想要捕捉一些动人心魄的情话，不停地去发现新的男人。她并不想被当成是坏女人，却又很享受这种背着丈夫和别人偷情的刺激。对新欢鸥外欧，她并不是真的喜欢，仅仅想看着一个貌似理性的人为自己颓废，为自己倾倒，享受那种游戏感情、将人玩弄于股掌的快感。《他走后》里的丽婀更是一个多情女郎。男友秀冬离开后，偌大的房间里只剩下丽婀一人。在幻想中，秀冬的一切，他的声音和面庞，可爱的仪态，以及生气时、求怜时，各种各样，宜嗔宜喜的一举一动、一颦一笑都反复回旋。但同时，丽婀也在将秀冬与从前一个个给自己带来过温柔和快乐的男人做着对比，老马、伍明、孟特、绍蓉……在不断的回味中，她似乎快乐而陶醉。其实，丽婀只爱自己，也许有一天她也会厌弃秀冬，去寻找新的追随者，就像她所想的，没有谁在出生以前就派定一生只爱一个人。《庆云里中的一间小房里》中的妓女阿英，倒是打心底里渴望过那种简单、普通的农家生活，在她眼里，乡下的陈老三比城里的一切男人都好。离别家乡三年,陈老三的影子总是时时涌上她的心。阿英想要嫁给陈老三，在乡下踏实地过日子。但是，她又常常会疑惑，一个种田的人能养得起老婆吗？自己能够忍受寂寞的漫漫黑夜与白日吗？于是她渐渐打消了回乡嫁人的念头。

女性在想象中建筑的梦中阁楼，热情散去之后终会坍塌。热恋中的男女一厢情愿地把对方想象成理想中的伴侣，深度接触后却又几乎千篇一律地幻象破灭。爱情总是那么的虚幻朦胧，也许只有幻想中的爱情才最富魅力。丁玲表达了女性对真情的向往，同时又让人感受到亲密关系无法把握，仿佛这是一种命中注定的无奈——这是她对都市爱情所做的最残酷而实际的判断。爱情的虚幻感、世俗性都构成了女性内在的生命体验，但最终残缺与幻灭成了宿命。在后期的上海书写中，那种真心追求两情相悦，期望恋情始终不渝，把倾心的对象幻想成白首不相离的痴心人的罗曼蒂克式的爱情理想，在丁玲笔下已不复存在。

张英进在《中国现代文学与电影中的城市——空间、时间与性别构形》中，将上海概括为"无法阅读的大都市"，并引用了斯皮尔斯的《狄俄尼索斯与城市》中的一段话表达了生活在城市的人们所面对的现实困境："城市既是一个巨大的事实，又是现代性的公认象征。它既构成了现代的困境，又象征着这一困境：置身身于人群中的人，既无名，又无根，切断了过去，切断了他曾拥有的人际关系纽带；他焦虑、不安，受到大众媒体的奴役，又因上帝的消失而拥有可怕的精神选择的自由。"[①]城市被作为一种现代性的象征，在城市中生活的人们，却大多在危机四伏中度过，看不到摆脱困境的希望。显然，当时的丁玲正陷入到了这种都市困境。与《莎菲女士的日记》中莎菲对爱情失望后的南下选择重合，1928年，丁玲确实"搭车南下"，带着些许期待，再次来到上海，企图在新的空间里找寻新的希望。但从她此后一段时间的创作可以看出，这种希望落空了。这就像是丁玲对自己个人生活和精神历程的隐喻。阿毛、阿英们陷入一种更巨大的虚无之中，无力自拔。从五四那里继承来的个体解放思想没能提供充足的力量支撑，都市的自由空间也并没有使她们找到任何自我救赎的途径，没有了明确的生活目标，也没有了清晰的价值观念，她们失去了精神依托的支柱借，更无法积极地去建构新的自我主体性意识。这促使作家后来告别了都市洋楼、也告别小资产阶级的个性解放道路，彻底转向左翼阵营、接受革命思想的洗礼，将个体的抗争融入到更广阔的民族解放事业中。此为后话。

五、张爱玲的上海书写

海派传人张爱玲于20世纪40年代在中国文学的历史舞台大放异彩，反观她最出众的作品，多是在上海创作完成的。如她的小说《传奇》写尽了上海人的种种人情世故，展示了上海旧式里弄和外滩洋房的万千风情。可以说张爱玲在作品中深度展现了40年代上海人生活的精细复杂的况味。她曾如此坦言："我为上海人写了一本香港传奇，包

---

① 张英进. 中国现代文学与电影中的城市——空间、时间与性别构形[M]. 南京：江苏人民出版社，2007：127.

括《沉香屑：第一炉香》《沉香屑：第二炉香》《茉莉香片》《心经》《琉璃瓦》《封锁》《倾城之恋》七篇。写它的时候，无时无刻不想到上海人，因为我是试着用上海人的观点来观看香港的。只有上海人能够读懂我的文不达意的地方。我喜欢上海人，我希望上海人喜欢我的书。"①张爱玲从写作内容到预期的读者都指向了上海和上海人，可见她对于上海的喜爱。上海这个城市同样不负女作家对它的钟爱，用五光十色的内涵给张爱玲的创作添上丰富、杂糅的光辉。

（一）城市体验

张爱玲的小说集《传奇》是一个观察上海、香港洋场社会的窗口，她所描写的那些普通人忙忙碌碌、百无聊赖，却因生存环境的特殊性反映着近现代中国的历史侧面。上海是在租界的政治、经济和文化语境下发展起来的，是在中西文化交汇碰撞的过程中由中外移民共同缔造起来的现代都市。更直观地讲，一个崭新的都市给人们的第一印象必定是外在的城市景观，而上海的市容风貌恰巧拥有中西合璧的特色。

通读张爱玲的作品，不难发现作者描写人物所处的生活场景时采取的杂糅手法。她笔下人物所居住的环境通常分为两种：旧式弄堂和西式小洋房或公寓。如《留情》中的米先生和敦凤夫妇就住在一幢新式的洋房中，敦凤的表嫂杨太太居住的则是弄堂房子，故事的发展便穿梭于这两种同时代表20世纪30年代上海风俗民情的建筑中。《十八春》中的顾曼璐、顾曼桢姐妹，一个随丈夫搬入新式洋房，另一个依旧住在旧式弄堂中。可见，张爱玲总是不自觉地把这两种不同情调的住房空间并置，产生出一种参差对照的美感。弄堂诞生于中国近代，从产生的第一天起，就打上了中西合璧的烙印。早期的弄堂在传统江南民居形式的基础上，采取欧洲总体联排式布局。任何一种外来文化的输入都与当地的风俗民情有一定的磨合时间，这种差异性又将随着时间的推移而逐渐消失。在张爱玲生活的20世纪三四十年代，弄堂早

---

① 张爱玲. 张爱玲集 到底是上海人[M]. 上海：汉语大词典出版社，1995：73.

已与人们的生活密不可分，成为上海小市民阶层最主要的居住场所，被视为上海传统文化的一部分。同样，随着殖民者侵入而建成的洋房、百货大楼、咖啡馆、舞厅等，虽然彰显着资本主义对殖民地的文化渗透，但它们的出现也给当地居民带来了崭新的生活体验，丰富了他们的日常娱乐，拓宽了他们看待外部世界的眼光。张爱玲作为生活在上海租界中的一个普通市民，必定也能感受到本土文化和外来文化的碰撞，成年后与姑姑居住爱丁顿公寓的经历，更是为她的创作提供了极大的想象空间。

除了居住环境的亦中亦西外，小说中的交通工具也呈现了这种杂糅性，代表西方现代化的电车和东方传统的黄包车均出现在张爱玲的小说创作中。她笔下的人物出行购物或是走亲访友乘坐的多半是黄包车，私家汽车则多半是有钱人为了彰显身份地位而乘坐的，不论其数量还是各层次市民使用的广泛度，汽车都远远不及黄包车。由于体积较小、操作灵活的特点，黄包车能到达的遍布各处的城市角落，客观上为市民互相沟通提供了便利。电车于20世纪30年代开始流入上海，逐渐成为上海人出门时的主要交通工具，因载客量大、速度快的特点，同样被上海市民广为接受。张爱玲本人便特别喜欢乘电车这种交通方式，甚至自称"非得听见电车响才睡得着觉的"，可见这种现代设施对她的影响之深。如《封锁》的故事便发生在电车上，"如果不碰到封锁，电车的进行是永远不会断的"，若是没有电车这种工业文明的产物，没有上海这个中西文化结合的城市，没有生活重压下苦闷的宗桢和翠远，这个关于封锁的故事终是无法发生的。张爱玲用电车这样一个可以暂时将人与外界隔离的交通工具，书写都市人心灵的惶惶不安和对平淡生活的厌倦，电车这个现代化的意象因此成为作者关照城市生活的工具。

人对于一个城市的体验最基本的感受来源于居住和出行，从细节方面讲，娱乐往往起着点缀的作用。作为最早被资本主义打开大门的都市，上海在市民的休闲方式上同样走在时代的前端。20世纪30年代的海派作家如穆时英、刘呐鸥等多偏爱在小说中描写电影院、舞厅、酒吧等声色犬马的场所，他们是用这种西化的休闲方式来展示快节奏的都市生活；张爱玲虽然承袭海派传统，却鲜在小说中直接书写公共娱乐场所，唯一有海派特征的是伴随她一生的对电影的热爱。张子静在回忆张爱玲时曾说过："除了文学，姊姊学生时代另一个最大的爱好就是电影。她当时订阅的一些杂志，也以电影刊物居多。在她的床头，与小说并列的就是美国的电影杂志。"①张爱玲在上海长大，自然从小受电影文化的熏陶，电影对她创作的影响更多体现在写作技巧方面。张爱玲在作品中对人物休闲娱乐的描写，多表现为传统休闲方式如赏花戏鸟，甚至不惜写出封建文化的余毒如吸食鸦片。中西文化本应具有的碰撞在张爱玲这里意外地无比和谐，大量新旧并置的物件作为某种意象，展示了张爱玲和现代性的一种深层暧昧关系，它亦是张爱玲小说的醒目标记。

20世纪三四十年代有大量写沪上生活的作家，他们多写五光十色的洋场生活，体现着有意模仿西方现代派创作的痕迹，而张爱玲却在表现上海人或是作为与上海相关照的香港人的生活时，注入传统东方的文化色彩。在她的意识里，传统和现代并不对立，只是同框并置，共同呈现着真实的生活场景。

（二）欲望书写

如果张爱玲单单从城市体验的角度来书写西方文化影响下的都市生活，那么她触及到的也仅仅是这种洋场生活的外部表征，终将不能成为现在声名远播的张爱玲。她带着读者走进这种生活的深处，像一面镜子似地反映人物精神、感情生活，而不只是打开梁太太们的衣橱，让读者嗅嗅"悠久的过去的空气"。她写作的目的是关注这些在中西文化交替中浸淫已久的灵魂。在张爱玲看来，两种文化的交叉点归根到底在"人"那里，人才是现有一切文化的载体，人的行为、心理真实地反映着文化的影响，书写人的欲望纠葛在张爱玲看来是最能体现人的本性的方式。

---

① 张子静，季季. 我的姊姊张爱玲[M]. 上海：文汇出版社，2003：27.

两性和婚姻关系是张爱玲发掘人性和洋场生活的特殊角度，她笔下的人物不管男女，不论是旧时代遗老遗少还是新兴的资产阶级，均逃不脱一个"情"字，为男女问题的噩梦所迷惑和困扰。

《倾城之恋》便是写洋场恋情的一个典范，随着男女主人公感情的发展，场景更是从上海转换到了香港，西洋化的情调愈加浓厚，与传统的"爱情"内涵越发背离。白流苏与范柳原之间的"爱情"绝对没有古典小说中的花前月下、你侬我侬，这里的人们似乎都是受过西方风气浸淫过的"洋人"，过着阔绰而无聊的生活，偶尔来些"上等的调情"。在范柳原看来，流苏这样的中式女人比洋场中的女子更吸引人的地方恰恰是她的传统韵味。这种心理不是偶然的，因为如范柳原一类的洋场阔少，他们虽在生活方式上受西方文化影响，但骨子里却是最依恋中国传统的。外在西方化和内里中国化的结合，在这一群人中并不少见，反而成为一种共性。这是近代中国半殖民地社会特有的精神现象，是资本主义文化与中国封建文化结合产生的"新人种"理念。这种人格体现在他们追求爱情时呈现出算计、试探、各怀鬼胎的心理，彼此希望靠近，却半推半就、若即若离。租界游戏化的生活给了他们做戏的可能，虽然最后依仗香港的战事，在"一刹那"让他们假戏做真，结为夫妻，可这看似大团圆的结局却依旧给人怅惘、虚幻之感。

如果说张爱玲笔下洋场中的爱情书写是带着游戏和偶遇的特色，那么她笔下对传统中国的欲望书写则与金钱缠绕在一起。张爱玲所处的时代是一个被金钱势力掌控下的世界，自从19世纪末外资侵入，西方商业文化中的拜金主义便冲击着古老中国的农业文化。当然不是说在此之前中国就不重视财产关系的调节，而是指在租界环境的影响下，金钱对于东方式婚姻关系的渗透更为深刻。这或许并不只是沪、港独有的现象，只不过张爱玲用了艺术上的夸张手法，凸显了金钱观念影响下婚姻关系的畸形。《金锁记》便是描写金钱桎梏下人性变态的例子。主人公曹七巧生于小商人家庭，兄长贪财把她嫁给了大户人家有残疾的少爷；嫁到姜公馆后的七巧因欲望得不到满足转而追求小叔子季泽，却发现他对自己的示爱是出于想要自己的钱。希望和失望交替而来，七巧对爱情不再信任，锁闭自己正常的欲望，并转而认为世界上唯有金钱才是最真的。这侧面反映着张爱玲创作的一个主题，即表现金钱对人性的腐蚀。

纵观张爱玲的欲望书写，描述洋场恋情时多表现其漂浮不定的游戏性，描述传统婚姻家庭时则展现其在金钱、伦理控制下的畸形特征，看似游戏人生、拜金主义都是舶来的人生观，可满盘承接这些思想的又何尝不是传统的中国文化？张爱玲把封建性与资本主义性之间的相互吸引、纠缠，彼此推拒、碰撞，构成自己部分作品的情节基础，由这一方面，显示了她作为现代作家独特的历史感。

第二节　日本作家的上海书写

一、上海题材的日本文学研究

涉及上海都市空间与日本文学关系的研究起步较早，相关成果中影响深远的是前田爱（1989）所著的《都市空间中的文学》。前田爱借助现象学、空间理论、文化符号学等理论成果，将文本的空间话语予以立体考察，推动作者与读者在书写空间和想象空间中的相遇，构筑了现实都市空间、文本空间、读者想象空间之间密切关联的逻辑空间体系，开辟了日本近代文学研究的新领域。在这部专著中，前田爱细致入微地剖析了横光利一的《上海》，将言语的上海与20世纪20年代的现实上海都市空间加以观照和考证，揭示了横光利一是在精确掌握了上海实景和都市空间特质之后，构筑了文本中的虚幻空间的事实，并对作者采用这一创作手法的原因进行了深入的挖掘和剖析。

赵梦云的博士毕业论文《近代日本文学中的上海：日本作家的上海体验和文学》（1994），以近代日本文学与上海都市的关联视角详细论述了田冈岭云在上海东文学社的文学活动、芥川龙之介的《上海游记》、村松梢风的《上海》、横光利一的《上海》、火野苇平的《魔之河》、武田泰淳的《上海之萤》《蝮蛇的后裔》，展现了"促成变动的都市""打破幻象的都市""无与伦比的享乐都市""作为东洋西洋节点的都市""被战乱席卷的都市""形成文学生涯主题的都市"等上海都市丰富的面相。

刘建辉在《魔都上海——日本知识人的"近代"体验》（2003）中临摹了众多黑暗与光明共存的上海场域，探寻魔都上海地图，捕捉日本知识人观察到的上海都市空间映像。文中提及横光利一将上海视为资本与大众"主人公"的现代特质，认为这样的上海体验才是《上海》创作的收获所在。

在中国出版的美国哈弗大学的李欧梵所著《上海摩登》（2001）的汉译本，从都市景观、电影、翻译以及媒体等现代性标记符号入手，另辟蹊径探究20世纪二三十年代上海现代主义文学思潮的产生。从上海近现代发展史的视角，诠释上海都市空间的现代性和现代主义文学的关系，细致入微地辨析上海现代性生成过程及其与政治、经济、文化和社会阶层等的复杂关系，揭示"摩登上海"的丰富性和复杂性，绘制了时空交错的文化地图。

陈多友的《日本游沪派文学研究》（2012）以20世纪20—40年代日本"游沪派"文学的产生与流变为中心，从文学史的角度进行了较为系统的梳理，历时性地展现了上海都市空间中日本现代文学展开的缘起与轨迹，并用事实还原的方法，尽可能全面地搜集历史文献，在阅读、耙梳历史文献基础之上获得支撑材料，使得结论具有可信性和说服力。

徐静波的《近代日本文化人与上海》（2017）依据详实的一手资料，以传统性和现代性、东方文明和西洋文明高度杂交的近代上海都市空间为切入点，聚焦与上海因缘颇深的日本文化人，细致考察了上海都市空间体验与文本创作的关联，探讨近代上海对日本近代史的精神性意义。此外，他的《魔都镜像：近代日本人的上海书写：1862—

1945》（2021）是一部研究日本人对上海的书写的历史回顾著作，具有揭示上海时代变迁的史料价值。书中所列日清贸易研究所、东亚同文书院等经过大量田野调查之后做出的各类统计及案例记录，以及各种"上海案内"的书籍记述等，文献价值尤为珍贵。另外特别值得一提的是，书中加入了20世纪20年代左翼日本人的上海叙述，这些都丰富了他者视域中的上海的面相，填补了现今对上海史，尤其是上海社会生活史研究的内容。

二、芥川龙之介的上海书写

芥川龙之介是日本新思潮派的主要作家，被称为日本近代文坛上的短篇小说巨擘，与森鸥外、夏目漱石鼎足而立，将日本近代文学推向了一个新的高峰。1921年3月19日，芥川龙之介作为大阪每日新闻社的海外特派员从东京出发，开始了他四个多月的中国考察旅行。《上海游记》是作者回国以后所写的一篇游记，作品中充分使用了辛辣而诙谐的讽刺手法，即使在九十年后的今天再次读起，当时旧上海的面貌也栩栩如生、历历在目。

（一）上海生活的描述

《上海游记》共分21个章节。在开篇，芥川即以速写式的笔触勾勒了极富特色的"世界性人群"——西方人、中国人、印度警察，也描绘了餐厅、舞厅等场所，虽落笔之处未见太多创意，但简洁明快、传神入微的笔法确乎表现出这位作家卓尔不群的文字功力。作者刻画了两位贪得无厌的中国人——讨价还价的车夫和索要钱币的卖玫瑰花的老太太，这是一处常被指为"蔑视"的描写。然而，此处的描写更接近作者在《江南游记》之十六《天平与灵岩》中叙述的"尘世之苦"，况且当时有"美丽的玫瑰花"之称的上海正处于遭英国海军士兵任意践踏的时代。

19世纪20年代初期的中国，处在一种政治上被压迫、军事上被占领、经济上被掠夺的时期，劳动人民正生活在水深火热之中。中国当时面临着非常严重的动荡。芥川来中国的时候，上海各界反对北洋政府和帝国主义的统治，纷纷行动起来，组织罢工、罢市、罢课活动。但是作者却回避了当时很多作家所目睹的这个沸沸扬扬，错综复杂的场面，在作品中对20世纪20年代贫困的中国和动乱中的上海没有做任何正面的评论。他从人和物入手，通过对旧上海风土人情的所见所闻，细腻地再现了当时底层民众生计艰难、锱铢必较的场景。在这里作者是要通过这种写作方法来唤起人们更深刻的思考。

芥川很早就偏好超现实的、怪异的东西，同时又具有重视形式和格式、拘泥于琐碎小事的生活态度，这自然也对其作品风格有所影响。他总是将历史的背景作为其所探索主题或问题的艺术化手段。要有效地表现主题，就需要有异常的事件，而这些异常的事件往往会带有一些不自然性。

在《上海游记》第二章（第一瞥）（上）中芥川这样写到："村田君从马车上下来，给了车夫几文钱，但是车夫看起来好像不太满意，很容易就伸出的手没有收回去。而且嘴里还不停地唾液飞溅、越来越激烈地说着什么，但是村田君就象什么都没看见，径直向宾馆走去"。显而易见，这位日本人是极为吝啬的。

在第四章（第一瞥）（下）中也有这样一段描写："还有一个难对付的人被发现了，不知什么时候那个卖花的老太婆来到了我们的身边，罗哩罗唆地说个没完，像个乞丐一样伸着手，可当她拿到银币之后，好像还在惦记着我们敞开口的钱包里的钱。这就是我来上海的第一瞥。尽管使我感到遗憾，但这的确是中国的第一瞥。"从第一瞥中完全看不到作者对中国劳苦大众的同情之心。

（二）正视美与丑、善与恶

芥川认为只有文学才能包容人生的美与丑、善与恶的所有矛盾，也只有文学才能完成美，而且是永恒性的美，这是不容回避的。所以必须正视周围的一切丑恶，通过丑恶去理解善美，理解了善美才能更深刻地去理解丑恶，这是一对不可分的矛盾体。也就是说丑是美的本源，愈是理解丑，就愈能理解、追求美的存在的意义。

在《上海游记》第四章（第一瞥）（下）中作者这样描写到："英国水兵连的大兵在舞厅门口因为喝醉酒而打落卖花老太婆的花篮，老太婆嘴里一边叨咕着什么一边捡着玫瑰花，就在这时水兵们用脚践踏着那些散落在地上的玫瑰……我马上站起身，我们的脚下也点点滴滴地踏着零乱的玫瑰，我向门口走去，多欧米埃（法国的讽刺画家）的画出现在我的脑海。'哎，人生啊！'焦志（国际通信社上海支局的记者——译者注）往老太婆的花篮里扔了一枚银币，对我说：'人生，是什么？人生就是被撒满玫瑰花的路哇！'"在这里作者首先把卖花老太婆遭到英国水兵欺辱的一个场景展现在读者的面前。英国水兵——欧洲人的群体，他们可以随心所欲地在中国的土地上欺负中国的老弱贫穷的老百姓，被他们打落在地上的美丽的玫瑰花——美好的东西，可以被任意地践踏。随之是东洋人……作者本人作为一个"东洋人"，并没有掩饰或袒护自己的民族。在此作者通过具有普遍性的典型人物和矛盾冲突非常尖锐地反映了在那一个特定时代的中国的社会现实。

芥川在童年时代就曾被中国的悠久历史和璀璨的文化所吸引。他读了很多中国的古典小说，从中了解到具有美感的中国形象。以后他还写了大量的中国题材的小说，如：《南京的基督》《杜子春》等。芥川想象中的中国是那么美好，到处充满诗情画意，可是当他一踏上中国的这片土地，映入他眼帘的却是掠夺、欺压、贫困、肮脏……作者用一双严厉的观察家的眼睛审视着这个被欧化了的上海。他发现在这个列强主导的上海有很多矛盾之处。在"大众公园"（现黄浦公园）的门口立着一块看牌，上面写着"华人与狗不准入内"。在第十二章（西洋）中作者这样写到："那个公园很有意思，外国人进去可以，中国人一个都不能进去。而且还叫'大众公园'，命名真是妙极了！"这块让中国人悲愤万分，饱受莫大侮辱的牌子，在芥川看来难道就真是"妙极了"吗？回答是否定的。在这里芥川并没有像很多中外作家那样站出来慷慨激昂地正面批判，而是使用了这种反语的方法来达到讽刺的效果。尽管芥川高超的反讽写作手法有时会让人误解或难以接受，但也正是因此他在日本文学界才享有很高的盛名并经久不衰。

三、横光利一的上海书写

日本新感觉派文学的代表作家横光利一于1928年4月来到上海，一个月后回国。他没有游览名胜古迹和追寻异国情调，而是通过调查上海证券交易所、日本纺织厂、五卅运动的历史档案等，了解中国政治经济深层结构的情况，显示出对中国现实的关注。1928年11月，他开始在《改造》上连载，并于1931年完成了长篇小说《上海》，塑造了他的文学上的"上海形象"。作为"异国"形象的中国上海，对日本和横光利一笔下的日本人来说，不啻是一个东方主义的"他者"：上海市容的脏乱与人员的混杂，上海底层民众贫困、无望乃至沦为瘾君子的生活，上海的革命或是暴乱，革命者芳秋兰爱上日本殖民者等花边新闻，这一切恰恰显示了横光不自觉流露出来的日本殖民者的对殖民地人民的自我优越感和鄙视心态。

（一）上海社会的脏乱与混杂

横光利一笔下的上海又脏又乱，臭水沟中漂浮着各种垃圾以入死了的鱼、猪、鸭、鸡雏、猫甚至婴儿的尸体。"污秽""破败""残破""破旧"是他经常使用的词汇，黑色成为他作品的主色调。"残破不堪的黑帆随着钝重的波涛东倒西歪地吱吱嘎嘎地向前移动"的船只，"臭水沟上面咕嘟咕嘟地冒着黑乎乎的水泡……水沟的两侧，绿藻在悄悄地品尝着水面的浮油"。"臭水沟上面，冒出泡来的黑色垃圾不断地汇集起来，竟然筑起了一个小岛。小岛中间，鸡雏黄色的尸骸和死猫膨胀的尸骸聚首一处。侧身浮起的马桶、鞋子、菜叶湿漉漉地堆在那里，纹丝不动。""臭水沟岸边，黑色的朽木桩子伫立在黑色的泡沫中。""破败残损的砖砌的街道。狭窄的马路上挤满了身穿长袖衣裳的中国人，他们就像海底的海带那样沉积在那里。""屋檐下挂着鱼鳔、滴着血的鲤鱼肉段。""无数头剥掉了皮的猪，蹄子耷拉着，形成肉色的洞穴，幽暗的凹陷。""一家家货摊蒙着厚厚一层灰尘，煞是热闹。装满竹篮的煮鸡蛋、耷拉在摊位上的鸡脑袋、在臭豆腐和辣椒之间要猴的艺人、在行人脚下不断颤悠的猪油、摆放在裂开口子的旧鞋堆中的芒果、亮光光的煤炭、打破了的鸡蛋、鼓囊囊的鱼胞。裹着小脚的女人在这中间转悠来转悠去。"①

横光利一用臭水沟、垃圾、动物的尸体、滴血的鱼肉家禽等为素材，描摹了一张张色调阴暗、沉重凝滞的静物图画；他将此作为上海生活环境的写照，向读者暗示他要表达的是上海这个"东洋垃圾场"。横光利一集中笔力描写的是上海贫民窟的肮脏景象，而没有写租界地繁华辉煌景观，他希望描画一个与现代日本截然不同的世界。横光利一小说中的上海并不等同于现实世界的上海，那是他虚构的一个空间，他想用上海的肮脏反衬日本的"洁净"，激发日本人的民族自豪感和强国意识。

上海又是混杂的，因为上海居住着来自世界各国的冒险家。"大胡子像几个鸟巢一样聚拢在一起"的印度人、"歪戴着帽子"的葡萄牙士兵、英国水兵、沙俄的达官显贵们、俄国的妓女们、"几乎都是欧美人"的股票经纪人等。横光利一看到了各国殖民者在上海掠夺财富给这座城市带来的痛苦与罪恶，看到了殖民掠夺者的贪婪与丑陋，并对西方列强在亚洲的经济掠夺怀有极大的不满。同时，他也表露了他的殖民心态——日本"要做东洋统治者"。他还借笔下人物参木之口表达自己的观点："一个人的肉体不论如何无为无职，只要他漫然地呆着，只要其肉体占据一个空间……都将是一种爱国心的表现。……他一旦呆在日本，就肯定要消耗日本的一份食物。而他留在上海，他的肉体所占用的那个空间便会变成日本的领土。我的身体乃是领土。我的这个身体，阿杉的身体都是领土。"

(二) 上海的民众

横光利一在《上海》里反反复复、不厌其烦地描写了上海底层的民众形象，这些形象多集中在以下几类人身上：衣衫褴褛的人、赌博者、吸食鸦片的人、乞丐、苦力、黄包车夫、妓女等。这些生活在社

---

① 横光利一. 横光利一文集[M]. 叶渭渠，译. 北京：作家出版社，2001：317-318.

会底层的人们，成为日本作家戴着殖民者的"有色眼镜"观察的对象和印证殖民话语的符号。

"衣裳破烂不堪的人群挤满了狭窄的墙壁之间"，"乞丐们的褴褛衣裳像花一样缠附在建筑物上"。"苦力们在静悄悄的马路上睡觉。在他们肩头挨着肩头的空隙，只有褴褛的衣裳像经风的植物一样飘动。""清道夫脏兮兮的红色号衣在雾气中发出喀嚓喀嚓的声音在缓缓移动。"社会底层的人们不仅衣衫破旧、只能出卖苦力，而且精神麻木，经常沉醉于赌博："蹲成一个圆圈的车夫们，光着膀子，把一张张痴呆呆的麻子脸凑在一起死盯着铜钱。"还有"成群的妓女像红得裂开缝隙的石榴一样前拥后挤着"，她们对卖笑生涯似乎已经麻木，只是行尸走肉般地活着。

上海的男男女女还热衷于吸食鸦片："从摆满油光光猪肉、鸡肉的弄堂口上踉踉跄跄地走出几个抽鸦片抽得脸色灰白、目光呆滞的女人"，"弄堂深处，紧靠墙站着一排犯了大烟瘾的女人"，"靠在砖砌的柱子上的中国人闭着眼睛在吮吸着烟枪"，土耳其浴场的老板钱石山在和甲谷说话时，烟瘾发作，吸起鸦片来。鸦片使上海的民众麻木萎靡，对尘世的一切不再关心，永远处在"野蛮"与"不文明"状态。因而参木宣称："我爱日本"，我"没有任何理由不爱自己的祖国而去爱中国"。

（三）上海的革命

横光利一把上海的五卅运动——中国人民反对日本帝国主义压迫的罢工斗争看成是"中国暴徒"的无政府主义行动。在他笔下工人们的罢工是暴徒们的暴乱引起的；他把女工们物化成"花朵""耳环"，用"雪崩""翻腾""沸腾"等词，几乎完全将工人的游行示威作为非人的物理性的运动来描述，罢工群众甚至被兽化。这一切都强调了罢工运动的狂暴和混乱，抹杀了其反抗压迫的合理性，显示了帝国主义代言人对殖民地国家底层民众根深蒂固的偏见与歧视。这无疑是作者对中国社会现实的误解，他本人对中国无产阶级革命运动认识的局限性和巨大的偏差在这里表露无遗。

对马克思主义理论的疑惑、不信任乃至抗拒，是20世纪20年代日本知识分子的普遍倾向。横光利一也是不信任马克思主义，对无产阶级文学充满鄙夷。但俄国十月革命的成功影响了世界格局的变化，日本国内各种社会矛盾的加剧，贫富悬殊的突出，群众运动的兴盛，都加速了马克思主义理论的传播，使小资产阶级知识分子神经紧张。尤其是芥川龙之介的自杀更加重了他们思想的矛盾。横光利一前往上海是为了祭奠芥川龙之介，更是为了祭奠自己的过去、开始新的生活。但他旅居上海所观察到的上海群众革命，却并非是真实的，而是片面的、虚幻的。

横光利一还借俄国妓女奥尔嘉的形象表达了他对上海革命的恐惧。奥尔嘉，十月革命中落难的俄国贵族的女儿，逃难到上海，成为日本人木村、山口、参木、甲谷玩弄的女人。她说"只要自己能吃上面包，其他都无所谓。我本来算是一个孝顺孩子，可来到这里也变成禽兽了"。甲谷让她讲述俄国革命，她一说起自己在俄国革命时的经历"癫痫病就发作"，"甲谷从她那无法抑止的颤抖和严重扭曲的身体律动中感到，正在格斗的并不是她的病体而是他自己"。用奥尔嘉的特殊身份讲述革命的"恐怖"和"荒谬"，传达出横光利一对革命的不信任和妖魔化想象，从而表达了他对日本无产阶级革命的恐惧。

横光利一借德国人的口说："这次罢工确实怪工厂当局，因为他们轻视中国工人。"参木认为："他同情中国工人，但，为同情工人而允许埋藏在中国的原料继续埋藏在地下不予开采，又怎么会有生产的进步……如果祖国不雇佣这些中国工人的话，那么英国和美国继而便会雇佣他们。如果英国和美国利用中国工人，那么日本不久也将被他们利用。"这恰恰表达了日本人的强盗逻辑：日本不想输给欧美，就不能同情被日本工厂剥削的中国工人；与其让中国工人被欧美人剥削，还不如让他们为日本创造财富，这样日本不会被欧美欺压，从而超越欧美成为东亚的统治者。

（四）上海的革命者

横光利一在《上海》中塑造了芳秋兰的形象，她是一位勇敢的革命者、共产党员，五卅工人运动的领导人之一，这一形象突破了以往日本作家写上海的女性往往只写到妓女形象这一局限。但是不可避免地，芳秋兰仍旧是被"看"的女性形象。

首先，芳秋兰是一位美丽的中国女性。横光利一描写的中国女性形象，承袭了日本文化中对中国女性的传统想象，受到了由中国古典文学文本带来的对于中国美人描述的影响。芳秋兰一出现在舞厅即引起全场惊艳："山口突然从跳舞的人群中发现了一个典雅的中国女人。"甲谷第一眼看到她，便联想起中国诗人徐校涛《美人谱》中"歌余舞倦时，嫣然巧笑，临去秋波一转"的描述。芳秋兰的美，不仅吸引着日本人，也吸引着生活在上海的底层人。参木与芳秋兰第一次单独相处时，"秋兰身穿一件古式湖色皮袄，靠在紫檀木椅子上"，他们并肩走过洋溢着浓郁中国风情的街道时，"她那身湖色皮袄正在一家家店馆里像孔雀展翅一样的扇子中间颤巍巍地摇动着"。他们坐在黑檀木椅子上，围着黑檀木圆桌，边吃饭边交谈，秋兰还"轻轻打开中国折扇"。皮袄、紫檀椅、黑檀椅、黑檀圆桌和折扇，这些典型的中国风的器物，营造出了具有中国古典风格的、幽静而古雅的浪漫，充满东方情调。中国风貌的街道中生活着中国旧式的美女，是日本20世纪20年代前后流行的"中国情趣"的想象。

其次，芳秋兰是一位革命者。她一方面是工人运动的组织者，据说"随时带着手枪""很厉害""战斗力非常强"，"是一个非同寻常的女人"，"是共产党里很有势力的人物。真的很可怕"。但她潜伏的共产党员身份却几乎尽人皆知——她工作的日本纺织工厂的管理者高重与参木、买卖死人的亚细亚主义者山口、做木材生意的甲谷、中国商人钱石山与老婆阿柳等，都知道她是共产党员。另一方面她又表现得相当柔弱，无论是工厂的暴动还是请愿游行，她都几乎被涌动的人流挤垮，于是参木两次出手相救。第一次被救，她把参木带回自己的住所。第二次被救，她主动拥抱并亲吻了参木，爱情突如其来，而此时她还不知道这个日本人的名字。

领导工人反对日本资本家而罢工的革命者、中共党员芳秋兰却爱上了日本棉纱工厂的管理者参木。参木与芳秋兰的感情故事,不过是英雄救美人的套路,是男性对女性的性别叙事,也是帝国主义男性对殖民地女性的殖民叙事。他们的故事并没有超出常见的殖民帝国男性与殖民地国家的女性之间充满猎奇色彩的艳遇的框架,是日本帝国文化企图征服中国文化的象征。

四、武田泰淳的上海书写

武田泰淳是日本战后派代表作家,中国文学研究者。他出生于日本净土宗寺院,1933年在参加左翼运动多次受挫后正式出家。1934年,他与竹内好等人组建“中国文学研究会”,开始从事中国文学与文化研究。1937年10月,武田作为辎重兵来到中国战场,两年后退伍。1944年6月,他再次来华,在上海任职于“中日文化协会”,并赶上了日本投降。1946年4月,其返回日本,正式作为作家登上文坛。

武田泰淳在1946年回到日本之后,以他的中国“战地经历”和他在日本战败前后的上海城市体验为蓝本,写作了一系列中国题材的文学作品,其中以上海为素材撰写的作品称之为“上海物”。文学作品中创造出来的时间与空间,跟现实生活中的时间与空间一样,有着社会交流沟通的原型。空间与时间的联系,提供文本中人物和故事相互联系的场域,折射出不同社会时代中个体或群体的思维感知。武田的“上海物”系列作品,突破了中日不同城市的界限,贯穿了战前、战中、战后的历史时间,描述了上海这座城市在不同的历史阶段带给武田的不同感受。从历史时间维度、城市空间的跨度以及其文学创作风格来看,武田泰淳的上海书写可以归纳为以下三个阶段。

(一)第一阶段

1944年至1945年8月日本战败前是武田上海书写的第一阶段。1944年,武田从政治动荡的日本逃离,来到上海“中日文化协会”东方文化编译馆供职，居住在上海旧法租界①。武田曾经借居在编译馆小竹文夫先生的一处花园洋房中，房子位于一个大多居住着中国和外国大实业家和要人的高级住宅区。住宅大多散落在宽阔的林荫路两边的横道内，且都是砖瓦建筑，有宽广的庭院，当然还有车库。这样相对舒适的生活状态，与当时管制森严、物资缺乏的日本国内生活形成了鲜明的对照。此时武田居于上海的心理状态，完全迥异于他1937年应召入伍、初次踏上中国土地时的彷徨。在其晚年的自传小说《上海之萤》中，武田泰淳曾有过这样一段描写："我不知道等待我的是怎样的生活，但我知道那里一定有日本内地没有的自由。"他震惊于当时日本居留民在上海的特权，表示所有的一切都处于日本帝国的监督之下，连自己这样的人也得益于那种强权的荫蔽，有生以来第一次脱离了平民身份，可以行使特权。在此，武田从日本国内闭塞的状况中挣脱出来，获得人生自由时的满足感和"特权阶级"的优越感跃然纸上。

在工作之余，武田常常信步于上海的大街小巷，或是去大世界游乐场近距离感受市民的日常，或是光顾各国人士时常伫足的俄国酒馆。他在《月光都市》中曾经这样描述："上海的街道从不曾这般美好……不仅是因为月光明亮。这是大自然的月光，但更是照耀我所居住的上海城的月光。"在《秋天的铜像》中，他描绘了普希金的雕像、浓郁的西洋风情、堆满酒瓮的酒馆、世界各国的流亡者等文艺的、充满异国情趣的画面。显然，这与其应征入伍后所见的战时情景完全不同。武田写于1944年秋至日本战败前的这些带有纪实风格的散文体小说（发表于1946年返回日本之后），描述了浪漫、静谧而看似美好的上海城市风情。

（二）第二阶段

武田泰淳上海书写的第二阶段是1945年8月日本战败后至1950年前后，这一阶段创作的文学作品如《审判》《蝮蛇的后裔》《F花园十九号》等，多为战争题材的小说，其中有大量对于战争创伤的叙述，反

---

① 王伟军. 武田泰淳的中国观研究[D]. 长春：东北师范大学，2019：133.

映了战败后日本人精神上的失落感、幻灭感与耻辱感，同时对战争本身也进行了反思。作为一个居住于上海的日本知识分子，在听到日本战败的消息后，其心灵受到的冲击无疑是巨大的，优越感和特权心理瞬间崩塌。武田泰淳曾描述："随着战败，我们居留民瞬间失去了保障我们特权的墙壁，宛如新生婴儿，赤身裸体，暴露在世界的目光下……然后意识到，这次我们不再是手持菜刀的厨师，而是砧板上的鱼，等待着世界人民的惩罚之刀"，他甚至开始思考国家灭亡的问题。

可以说，1945年日本战败，对于武田的上海城市书写而言是一个分水岭，静谧而浪漫的异国风情不复存在，取而代之的是"地狱"般的体悟。草野心平在评价武田文学时指出："如未居住于黑暗、幽深、令人窒息的地狱，就不会有史无前例的武田文学……如其构想之宏伟、作品之厚重、无与伦比之独特是地狱所培养，那地狱正是其营养之源泉。"如此支离破碎、阴暗沉重的"地狱"般的心境、寻求救赎的茫然而不知所向、对于战争的自我审判与忏悔，在日本战败后武田的战争体验小说中展露无遗。

（三）第三阶段

从1950年直至武田泰淳去世前，是其上海书写的第三阶段。实际上，从《F花园十九号》之后到1976年2月在杂志《海》上发表连载小说《上海之萤》之前，武田的文学作品鲜有出现以上海为舞台的叙述。《上海之萤》是武田去世前的未完之作，描述了主人公1944年至日本战败前在上海的生活。

武田撰写这部自传体作品时，从时间距离他1946年从上海归国已有30年，从空间上已远离上海，他是在日本这个异空间对记忆中的上海意象展开的描述。纵使时过境迁，武田对于当时那个错综复杂的、集多元文化融于一体的上海的记忆仍然是鲜活的。如《上海之萤》第六章《废园》中有这样一段描述：武田梦到"夏女士"死了，无数的萤火虫聚集其上，"托着女尸使其不坠"，而这张神奇的黑床竟是"多得令人发慌、仿佛黑檀"般的萤火虫，"它们相互重叠，紧密相连，蠕动着，发出轻轻的声响。仔细听，原来托着她的黑床正在蚕食她……淡淡的光亮覆盖着整个花园，仿佛在举行一场亡灵宴"。山崎真纪子在《武田泰淳〈上海之萤〉注释》中对武田的这段描述作了如下解析，她认为武田笔下的聚集在夏女士身上、托着她并使她不坠却不停地蚕食她的萤火虫，正象征着"深爱着中国上海（女性）却对其发动侵略的日本"。

武田泰淳在随笔集《扬子江畔——中国人与其人类学》的后记中写道："若加上战争中的两次经历的话，如今我已经五度伫立在扬子江畔了。对于我而言，'扬子江畔'便意味着'中国'。而我只是站在中国的近旁，却无法融入其中。即使我身处日本国内，扬子江的流水声也不绝于耳。我无法从那沉闷却令人思念的江水的低吟中逃脱出来。每当我访问中国，总会感到自己被弹飞出来，但每当离开时，却又感到一股强烈的力量如磁力般紧紧地吸引着我。"这段文字形象地描述了在中日关系充满纠葛与纷争的时代，日本知识分子被深深吸引、试图融入却无能为力的真实心境。武田的"中国情结"与日本人的身份在这一维度下产生了冲突，促使他深入思考战争、民族、文化、以及人类的主题。

第三节　韩国作家的上海书写

一、韩国文学中的上海书写研究

（一）韩国学者的研究

在韩国本土，韩国移民文学研究一直是一个未被开垦的领域，直至20世纪70年代中期才零星出现；进入80年代以后，这一研究才逐渐兴起。移民文学研究的地域范围从中国东北地区扩展到了俄罗斯、夏威夷、墨西哥等国家。而关于韩国作家的文学创作与上海都市空间的关系研究直到20世纪90年代才开始。

孙志凤在《1920—1930年代韩国文学中表现出来的"上海"的意义》（1988）的硕士论文中，采用实证性的研究方法探究上海的韩国文学。该论文按照年代顺序对韩国作家以上海为背景的纪实文学、小说及诗歌等进行了梳理和总结，考察了韩国文学中"上海"的象征意义，剖析了20世纪二三十年代韩国文学将上海设定为舞台的原因：对异国摩登都市的向往与憧憬，对殖民社会的认同感。他在论及上海的纪实文学时将上海称为"自由恋爱的场所"；而在探讨韩国诗歌中的上海时，认为上海是一个"充满伤感和自我觉醒的国际都市"。

赵斗燮的《朱耀翰的上海〈独立新闻〉诗歌的文学状态》（1993）对"上海韩国临时政府"的机关报纸《独立新闻》的性质与作用做了评定，并在民族意识的大框架内考察了《独立新闻》上刊登的诗歌的形式和主题。他在文章的结论中指出：韩国作家能够较自由地发表文学作品，得益于上海较为自由的都市文化空间。朱耀翰诗歌中所表现出的具有近代性特征的理念和诗歌表达方式，都是由于诗人生活在中国上海这样的国际化大都市政治空间中的结果。

表彦福的《解放前中国流移民小说研究》（1999），仅仅把上海背景的韩国小说当成一种研究的补充资料，并没有深入分析这些小说本身。研究中他对上海背景小说进行了分类，并将移民小说分为两种，第一种是将上海作为韩国革命家独立运动策源地的"理念型"小说；第二种是将上海视为解决经济问题谋生地的"图生型"移民小说。从数量上看，"图生型"小说要比"理念型"小说多出很多。在"理念型"小说中，很少提及中国人与韩国人的矛盾纠葛；而在"图生型"小说里，两国人的矛盾问题却是描述的重点。

黄春玉的硕士毕业论文《以上海为背景的韩国近代小说研究》（2005）也采用了实证性的研究方法，分析了一系列以上海为背景的韩国文学作品。并按照韩国移民的"上海流入""上海生活""返回故乡"三个阶段，对"上海都市空间"里这三个阶段的韩国人生活加以详细的描写。她指出，那些以上海为背景的小说主人公大都是韩国人，而极少涉及中国人的形象。造成这种偏重现象的主要原因是韩国人与中国人之间缺乏交流和沟通，这在很大程度上限制了上海的韩国人深入了解中国人的生活方式和思维认知。因此，在这些作品中，当时的韩国作家着重描写的是大都市上海空间中韩国人的生活状况和思想状态。

崔洛民的《从金光洲的文学作品看海港都市上海与韩人社会》(2011) 注重分析金光洲的 18 年上海留学体验，以及 20 世纪 30 年代金光洲对"海港都市上海"认识的变化过程。论文以金光洲发表的诗中所使用的"欢乐""阴谋""自杀"等关键词为中心，分析了其作品中的上海韩国人形象——独立运动家、失业者、留学生、风尘女子、间谍以及落魄的知识分子们。崔洛民指出，由于作家采用的是写实主义创作手法，所以作品能够反映当时韩国人对上海这一都市空间的真实情感和认识。

（二）国内学者的研究

在国内的研究中，崔一的博士学位论文《韩国现代文学中的中国形象研究》(2002) 采用比较文学形象学的研究方法，以 20 世纪二三十年代韩国文学中的中国形象为研究对象，将中国形象分为都市形象、农村形象、中国人形象三个部分，考察了韩国现代文学家的中国观和对现代性的认识。他认为韩国现代文学中的中国形象折射出韩国作家对现代化进程的认识和价值判断，既有肯定和迷恋，也有否定和批判。这其中就涉及上海的都市形象。

延边大学金虎雄的《1920—1930 年韩国文学与上海——以韩国现代文学家的中国观与现代认识为中心》(2010)，同样采用比较文学形象学的研究方法，分析了 20 世纪二三十年代韩国人以上海为背景的新闻报道、手记、纪行文、随笔等纪实文学，考察了韩国知识分子的"上海观"和他们对"近代性"的认识。指出韩国文化人将上海作为其反观自己祖国现实的一面镜子，通过在异域上海这一都市空间中的体验，省察和揭示故乡发展的落后和被日本殖民统治的黑暗现状。

综上所述，目前为止，中韩两国学者仍侧重于研究中国东北地区的韩国人移民文学，相比之下，无论是在韩国还是在中国，有关中国都市上海与韩国作家文学创作关系的研究尚不多见。

二、韩国作家笔下的上海都市空间

20世纪初，朝鲜半岛沦为日本的殖民地。日本人对韩国的言论、集会、结社自由实施高压政策，迫使许多韩国独立革命家与知识分子流亡到中国。彼时上海的租界堪称"国中之国"，是中国的治外法权区域，于是，有许多韩国流亡政客来到上海的租界。根据朝鲜总督府警务局的报告："古今以来，支那上海被称为东方贸易的中心地，在上海居住的欧美国家的人很多，物资也非常丰富，可以说是国内外交通的要塞。再加上警察的查禁也不严格等各种原因，在外的排日朝鲜人便集合到这里，这里也逐渐变成他们决策的发源地。想要去北美与夏威夷的不良鲜人也都经由上海，美国夏威夷发刊的各种印刷文本也经由上海到朝鲜。"很显然，无论从地理空间上来看，还是从上海租界的特殊性来看，当时的上海的确成为韩国人摆脱日本高压统治，追求自由和向往现代生活、深入思考现代性问题的重要都市。特别是1920年9月，"大韩民国临时政府"在上海成立，上海成为韩国知识分子和爱国青年极其向往的地方。据记载，曾经来到中国上海的韩国文人、作家多达数十人，其中包括李光洙、朱耀翰、吕运亨、金沼叶、金光洲、申采浩、皮千得等，他们留下了大量以上海为背景的小说、纪行文、随笔、诗歌和新闻报道等，大都以极尽赞美之词描绘了摩登上海的现代都市空间。

当韩国的知识分子刚一踏上被他们视为资本主义近代化的"最前线"——上海的土地的时候，首先目睹和感受到的是外滩码头、商贸大厦、咖啡馆、舞厅、公园和跑马场、平整的柏油马路、便利的交通设施等等。毋庸讳言，这些物质载体作为商业社会的重要标志，即对上海现代性的物质性呈现。于是，韩国作家的"现代性体验"便开始了。现代性是什么？在韦伯看来，就是由近代欧洲理性主义，历经宗教信仰与理性启蒙之间的一连串辩证关系，所发展起来的"世俗"文化与现代社会，或更准确地说，即资本主义。现代都市的出现便是基于资本主义的发展。从大约1880年至第一次世界大战爆发，技术和文化方面的一系列巨变给思考和体验时间和空间带来了各种新的方式。包括电话、无线电报、X光、电影院、自行车、汽车和飞机等在内的各种技术革新，为生活方式与思维方式的转变建立了物质基础。诸如意识流小说、心理分析、立体主义和相对论等各种独特的文化思潮，直接推动了文学和艺术、生活和思想诸方面的变革。物质层面的现代化直接带给人们生活和精神双层面的现代性体验。韩国作家徜徉和生活在这样一座充斥着现代性精神内涵的都市空间中，体验着"上海现代性体验"带给作家精神上、情感上的巨大变革，面对着不断扑面而来的现代性的冲击与体验，韩国作家内心充满着一种向往和渴望。

作为一个心理范畴，现代性不仅再现了一个可观的历史巨变，而且也是无数"必须绝对地现代"的男男女女对这一巨变的特定体验。这是一种对时间与空间、自我与他者、生活的可能性与挑战的体验。这种体验带给韩国作家的冲击是强烈而巨大的。当时的上海被称为"东方的巴黎"，是兼有殖民地色彩和资本主义工商业特征的摩登都市，西方的享乐文化对上海产生了很大的影响，资本主义与中国传统社会思想的冲突、新旧文明的矛盾碰撞等，导致20世纪早期上海的生活方式的急剧变化。在韩国作家的"上海书写"中，主人公大部分是徜徉在"十里洋场"的白色人种的欧洲人、中国富有阶层的阔少爷、阔小姐、交际花、舞女等。而这些文学创作的来源也正是韩国作家的上海体验带来的。

体验不同于一般的心理学意义上的思想、心理过程，而是指人的包括感受、情感、欲望、想象、幻想、理智等在内的整个生存直觉，是人生意义的瞬间生成。正是这种体验，才构成现代性的基本面，即所有现代性思想、意念、情感、审美或艺术等的基本层面。现代性转型，实际上也就是生存体验的转型。在我们研究现代性时，有两个关键问题不能忽略：第一，现代性不只是精英人物的现代性，而且更是普通民众的现代性；第二，现代性不只是人们思想的现代性，而且更是包括日常生活在内的整个生存方式的现代性。韩国的作家和知识分子来到这样的上海都市空间，高楼大厦鳞次栉比，彰显着当时高水平的建筑技术；他们享受着电车、电梯、电话、霓虹灯、林阴大道、公园、西餐、咖啡带给生活的便利与愉悦，切身感受到了现代化的生存体验。

现代都市正是伴随着科技进步、工业发达和经济的快速增长，充满着西方主导的资本社会的理想，这被视为体现着现代性的历史走向，即"向未来开显"。现代的环境和经验直接跨越了一切地理的和民族的、阶级的和国籍的、宗教的和意识形态的界限：在这个意义上，可以说现代性把全人类都统一到了一起。于是，凝聚着人们对未来世界和美好生活的预期的现代化的都市，便成为落后民族和后发国家的向往和期待，韩国作家对于现代摩登上海的惊叹也便不足为怪了。

实质上，资本主义的发展进程常常与殖民空间扩张相始终。作为一种社会学概念，现代性总是和现代化过程密不可分，工业化、城市化、科层化、世俗化、市民社会、殖民主义、民族主义、民族国家等历史进程，就是现代化的种种指标。现代性里隐藏了一种深刻的"空间定位"，其中不仅包括对空间的占有和对权利的获取，还有对殖民地的侵占和殖民统治。而上海，这座外国资本的"跑马场"和冒险家的乐园，正是在帝国主义的资本输出和殖民扩张中成长起来的都市。上海的现代性具有了半殖民地、半封建化特征，又是国际化和殖民化的混杂体，这种特殊性表明了现代性的扭曲变形和异化。而来到上海的韩国作家便在这样的都市空间中体验着被异化的现代性。作家们具有他者的身份，除了艳羡之外，更多地是用他者的眼睛、旁观的目光打量、关注、审视这个异域现代性都市，书写出别样的上海体验。

不难看出，"上海的现代性体验"不仅影响了他们对西方的认识，也影响了他们对中国的认识，进而影响了他们对自己国家的认识。正如韩国作家兼诗人李光洙在《上海印象记》中描写的那样，他一针见血地揭示了上海租界的本质特性："最具实力的是英国人。他们的租界位于三租界的中心，也是最繁华的地方。正如大英帝国在世界上的繁华一样，英语是整个上海各色人种的通用语。各国法律公文、提示也用英语宣布。"上海，虽在中国，但却不属于中国。这里是英语的世界，是"白人"的天下。韩国人在艳羡和尝试体验西洋现代生活方式的同时，却不由自主地产生了作为东方人的危机感和自卑感。这种精神上的分裂与折磨在李光洙的《海参崴》里被生动地描写出来："离开上海的那天，我穿了新订做的洋服和新买的一双鞋，觉得自己好像洋绅士一样，心里特别满足。我一辈子都没坐过人力车，当坐在好像有屏风的人力车里跑到长坂似的英大路时，对像我这样的乡巴佬来说真是一种很不错的享受。但是在路上遇到了真洋人时，那之前的自豪感就不知不觉地消失了。冷汗顺着背脊流下来，不由自主地低下了头。"

现代性在中国的发生，既有以大炮为表征的强暴的一面，也有以新奇的洋货为表征的诱惑的一面。这一现代性辩证法，决定了中国人的现代性体验总是糅合着痛楚与憧憬、悲哀与欢乐、怨恨与羡慕的复杂心绪，这构成中国人现代性体验的基调。因此，人们是用身体和精神同时感受现代性冲击的。众所周知，近代以来，韩国与中国这两个东方古国同样遭受到了帝国主义的侵略与殖民统治的压迫。国家落后与被动挨打的屈辱、被压迫被殖民的痛苦、种族差异带来的自卑，这些在现代性都市中的体验也映照了"同病相怜""互为他者"的中韩关系，促使韩国人不由自主地将中国当成了自我反观的一面镜子，在审视中国的同时，也在反观和反省自我。因此，韩国人的上海现代性体验，同样包含着痛楚与憧憬、悲哀与欢乐、怨恨与羡慕的复杂心绪。

客观地说，文学中的都市有别于现实中的城市，它是一种文本的空间想象和建构，与现实中的都市永远存在着差距。文本都市成为现实之城的幻象，充满着幻觉、激情、暧昧，与现实之城互为映射，形成都市形象的奇观。韩国作家的上海书写，便是把都市奇观生活化，作家参与其中，并将自己的各种体验具化成一个个生活场景。而他们的创作便是对这种生活的想象与重写，也因之构成了上海都市的多张现代性面孔。

三、韩国作家上海书写中的中国人形象

20世纪30年代的摩登上海本身就是现代性介入的结果。上海自1843年开埠以来，电灯、电车、电话陆续登场，公共卫生、消防、治安等现代社会管理方式相继进入，西方人文历史、哲学与社会科学、消费娱乐的书籍报刊也如潮水般涌入。现代性通过物质层面、制度层面以及精神层面的多重依附与呈现，最终在20世纪30年代的上海得到确立，创建了一种新的都市文化——上海摩登。但是，上海有别于伦敦、巴黎等欧洲发达资本主义国家的大都会，因为它毕竟是帝国主义殖民扩张的产物，是在被侵略、被占有之后由西方强行输入了现代性的都市。可以说，在上海，内生的、全面的现代化的理想尚未全部实现，它只是一个局部"被"现代化了的都市。因此，这种现代性与上海语境并不和谐，它充斥着殖民、剥削和压迫，在现代都市表面繁华背后的阴暗处，充斥着卖淫、吸毒、诈骗、赌博、抢劫等罪恶，呈现出光怪陆离的现代性光景。

但是，游历或生活在这样的都市中的各国文人和作家们，大多数过分迷恋和沉醉于上海都市文化的现代性体验当中，这使他们的视点只能停留在虚华都市空间中的表层现象，对于在这样的都市中为何会存在着那么多黑暗、扭曲、丑陋、野蛮、压榨、掠夺、欺骗和虚伪这一问题，无法进行深刻的、追本溯源的挖掘，从而也就削弱了作品应有的批判精神。但是，来自被压迫、被殖民土地的韩国的知识分子们，尽管对上海的繁华和兴盛不吝赞美之词，却与上海的现代性保持着一定的距离，且多了份冷静与审视。韩国作家洪阳明在《站在扬子江畔》中，深刻地揭示了夜上海的罪恶与黑暗，对展现都市文明的现代性给以猛烈的抨击："在晚上会赤裸裸地露出都市的真面目，这是上海的一种典型特性。上海的夜晚！的确是一场百鬼夜行的演出。在这里更深刻地暴露出比其他地方更甚的上海社会黑暗面。虽然上海符合'东洋的巴黎、芝加哥'的名号，但享乐、犯罪却达到顶级……上海是全世界被祝福的都市，鸦片窟、赌博场、多种多样的妓院公然存在，

在夜路上还有无数的街头女郎、斗犬比赛、跳舞等等，这一切都是妖魔鬼怪生活着的都市的黑暗。"

当我们考察韩国作家所展现的上海的摩登与浮华的现代化光景时，也不难发现韩国作家笔下上海现代性的独特风貌，即上海化的现代性的存在。因为，整个亚洲社会并未经历西方社会的政治、经济、制度体系等诸方面全面而彻底的变革，当西方文明大量植入的时候，亚洲仓促应对西方列强的现代化冲击。上海的现代性也只是限于租界内的现代与摩登，它充分展现了这种仓促应对西方文明的不和谐性与不自然性。同样，19世纪的韩国社会也经历了社会环境的巨变，在这个过程中，资本主义输入韩国，韩国遭受了日本帝国主义的侵略，并在殖民统治下催生了近代化的变革。韩中两国之间虽然存在几十年的差异，但处境却极为相似。当站在他者视域审视和观察上海摩登都市的时候，被殖民、被剥削、被压迫的上海化了的现代性特征便在韩国作家文本中被凸现出来，这也体现在韩国作家对中国人形象的描述上。

韩国作家在摩登都市上海切身体验现代性的同时，也对上海化了的现代性提出了质疑，省察到了浮华背后的黑暗与罪恶。作为同样被压榨、被剥削的殖民地人，韩国作家并没有迷失自己的身份认同，他们深深感受到（与中国人）同为东亚贫弱国家子民的不幸的处境、悲惨的命运，也因之对中国人民倾注了深深的同情。在这一点上，中韩两国人民是同病相怜的，很容易达成情感的一致。当帝国主义殖民者面对中国劳动人民的苦痛乃至生命危险居然冷酷无情、麻木不仁的时候，韩国的知识分子对殖民者的愤恨与仇视也油然而生。

韩国作家对上海的这种现代性产生了质疑，表示出一定程度的否定；同时对中国民众的懦弱与屈服表示了不满，并给予无情的批判。韩国作家无比景仰有着五千年悠久历史的曾经伟大的中华民族，但面对当时中国人的懦弱和无能，表达出哀其不幸、恨其不争的矛盾情感。对于奔跑在现代文明最前端的上海现代性都市空间中，为什么本该是这片土地主人的中国人却遭受如此欺侮，他们总结出了两个原因：其一是因为大量人员抛弃了农村的生活而来追求都市华丽的生活；其二是因为在被强行催化的上海现代性面前，还没有完全接受现代文明教育的中国人仓促应对，勉强模仿和强行生吞现代性的生活方式，从而招致了被西洋人排挤和蔑视的结局。我们暂且不论这种探讨是否正确，但至少可以肯定的是，韩国作家和知识分子看到了上海化了的现代性问题的存在，并对这种现代性提出了质疑，对上海的殖民性进行了批判。

其实，韩国作家笔下的中国人的苦难命运与正处在水深火热之中的朝鲜民族的受难处境是相似的，中国人民在中国土地上的悲惨命运成为他们反观自我的一面镜子，使得他们更加清醒地认识到了自己民族的现状，对自己民族和国家的前途充满了担忧和失望。在他们对中国人时而激愤的情绪当中，隐含着对本民族亡国之耻的负疚与落后的批判。他们渴望被殖民、被压迫的民族能够早日强大起来，内心奔涌着一种奋力挣扎的民族精神和遏制不住的反抗意志，这表现出自身民族解放而斗争的坚强决心，以及使自身民族富强的责任感和使命感。

朱耀燮是韩国近现代文坛上少有的同时具有留日、留华、留美背景的作家，异域生活体验对他的文学创作产生了重要影响，使他的作品具有广阔的国际视野，表现出明显的跨文化写作特点。1919年，朱耀燮由于从事反日活动被判入狱10个月，出狱后流亡中国上海，1921—1927年就读于上海沪江大学。旅居上海期间，他在积极参加独立复国政治活动的同时，开始在韩国报刊上发表文学作品。受当时韩国新倾向派文学（社会主义文学派别）的影响，他特别关注城市底层民众，创作了《人力车夫》《杀人》等以上海为背景的现实主义短篇小说。他的作品成功地刻画了以人力车夫阿靖和妓女吴宝为代表的受压迫、受欺凌的城市底层民众形象，真实再现了他们的恶劣生存环境，表达了作者的人道主义同情和怜悯。因此，笔者以这两篇作品为切入点，分析近代韩国文学作品中描绘的上海底层民众形象，探究韩国作家对这类群体的认知。

（一）《人力车夫》

19世纪末，人力车从日本引进中国后，迅速在上海普及，很快成为上海城市交通的重要工具。随着人力车行业的繁荣，人力车夫越来越多，1920年约有3.5万人，1930年就已达到了8万人[①]。由此可见，人力车夫队伍逐渐扩大，形成了庞大的城市下层群体。他们冒着酷暑与严寒拉车载客，穿梭于城市的大街小巷，构成了城市街头一幅独特的风景图。但人力车行业的繁荣发展，是以人力车夫身体的严重透支为代价的，他们艰难的生存状况，得到社会各界特别是文化界人士的深切关怀。胡适的白话诗《人力车夫》（1918）、鲁迅的小说《一件小事》（1920）、郁达夫的小说《薄奠》（1924）、老舍的小说《骆驼祥子》（1936）等都是以人力车夫为题材创作的作品。

1925年4月，旅沪韩国作家朱耀燮在《开辟》第58期上发表了短篇小说《人力车夫》。小说讲述了上海人力车夫阿靖生前最后一天的故事。阿靖在上海拉人力车已经有八年之久了，他和绰号叫"猪"的同伴胖子一起生活在贫民窟。这一天如往日一样，他在烧饼店简单吃过早饭后，开始了一天的拉车工作。虽然那天的生意格外不错，但是长期繁重的拉车生活早就透支了阿靖的身体，健康突然恶化的他没有得到及时救治，惨死在自己家中，没能摆脱"拉人力车九年就死亡"的悲惨命运。

小说呈现的人力车夫阿靖"贫穷、肮脏"的生活，是当时中国社会底层民众恶劣生存条件的真实写照。阿靖自幼在乡下做大户人家的下人，来到上海后，在工厂工作了一段时间，后被解雇。他身无长物，只能靠出卖劳动力为生，无奈之下做了人力车夫。由此可见，由于经济上的赤贫，下层民众谋生乏术，迫于生计，只能去做拉车这样牲畜式的工作。

小说以清晨阿靖从铺着破布和稻草的犹如猪圈一样的简陋的小窝棚里起床开始叙述，继而描写了上海街头粪车出动的景象。接下来描写主人公和同伴胖子一起进入早餐店吃早饭。"刚烤好的诱人烧饼，但

---

① 熊月之. 上海通史：民国社会卷[M]. 上海：上海人民出版社，1999：277.

上面已经有一群苍蝇嗡嗡地飞过来，在烧饼上不停地飞来飞去，尽情地品尝着那香喷喷的味道……阿靖和胖子一起走进昏暗的厨房，把圆桌放在中间，挤在几个穿着脏兮兮衣服的朋友中间坐下，他们每人吃了两个烧饼，喝了一大碗粥后，从叮当作响的钱袋子里面掏出铜板60钱扔在桌子上，然后一边往地上擤鼻涕，一边走出早餐店。"这里描写了充斥着苍蝇、卫生堪忧的早餐店环境，光顾这里的食客，大都是像阿靖这样衣衫褴褛、不注意小节的底层体力劳动者。与他们繁重的体力劳动不匹配的是简陋的早餐，仅仅两个烧饼和一碗粥，只能是勉强糊口而已。正如老舍笔下所写的那样："一个拉车的吞的是粗粮，冒出来的是血：他要卖最大的力气，得最低的报酬；要立在人间的最低处，等着一切人一切法一切困苦的击打。"[①]生活贫穷，居住环境简陋，食不果腹，衣衫褴褛，真实地反映了当时人力车夫经济上的贫困。

人力车夫不仅劳动强度大，收入微薄，而且社会地位低下，备受欺凌。主人公阿靖也不例外，在8年的人力车夫生活中，他备受各方欺凌，充满了血泪经历。"八年间拉车的记忆再次浮现在他眼前，一次在 Aston House 酒店，拉着一位西方绅士，还有五里就到奥林匹克剧场，客人只给十分，他觉得很委屈，哀求着再多给两分，结果被踢了几脚。又想起有一次凌晨2点左右，从大东旅社中出来三位酩酊大醉的朝鲜绅士，他和同伴一人载上一位，到法租界宝康里，跑了十里路，三个人一共才收了十钱一分，气得他们大声喊再多给点吧，结果被那些绅士暴打了一顿，头破血流。情急之下，他们扔下人力车就逃跑了。还有一次，他拉着客人前往静安寺时，被无声无息从后面驶来的汽车一下子撞倒，人力车被压碎了，他扭伤的腿，被汽车司机的脚绊了一下，还被印度人警察用棍子打。"由此可知，因为讨要车费，阿靖不时遭受来自西方人、朝鲜人、印度人等各种背景强者的压迫和凌辱，身体和精神承受双重打击，苦不堪言，却只能获得极其微薄的收入，反映了半殖民地城市贫民生活的艰辛。20世纪20年代上海作为远东国际大都市，西方殖民势力渗透到社会各个方面，十里洋场，灯红

---

① 老舍. 骆驼祥子[M]. 哈尔滨：北方文艺出版社，2016：67.

酒绿，展示了近代文明的繁华。但掩盖在华丽外衣之下的是城市贫困现象非常普遍。由于大资本、大买办和西方殖民者对经济的垄断和攫取，广大劳动人民无法获得最基本的生存保障，城市底层民众遭受多重剥削，温饱难继。人力车夫由于长期高强度奔跑，过早累垮了身体，时常发生健康突然恶化而猝死的悲剧。

朱耀燮在《人力车夫》中对主人公悲惨命运的描写，更多体现在周围人对于阿靖之死表现出的冷漠麻木的态度上。首先是医生对贫穷病人的漠视。拉客途中突然发病的阿靖，听说去四川路青年会那里能够得到免费医治，强忍着疼痛找过去，希望得到救治。但那里的医生根本无视患者的痛苦，恪守所谓下午两点之前不上班的规定，坚决不提前医治，违背了医生救死扶伤的职业道德。其次是传教士对底层民众痛苦的无视。在阿靖等待医生的时候，一位年轻的传教士，不但对病人们的痛苦无动于衷，还趁机向他们传教，宣称"无论是谁，只要相信耶稣，即使这个世界如此令人痛苦，死后也能上天堂，弹着金琴，和上帝、天使一起唱歌，吃着生命树上的生命果"。但传教士这种伪善的话，饱受贫穷折磨的阿靖并不相信。"阿靖失望了，天堂里没有人力车夫，那么受苦的仍然只有我们，有钱人无论在这里还是在天堂都是享乐者。"传教士吹嘘的幸福天国光景与阿靖经历的非人的社会现实形成鲜明对比，这让他意识到基督教教义的伪善，绝望之下离开医院回家，最终惨死在家中。最后，围绕阿靖之死，工部局英国巡警、医生及同伴人力车夫胖子都表现出了麻木不仁的态度。"有什么大不了的呀，到了该死的时候所以就死了呗，不是说他拉了八年的人力车嘛，算是比别人早死一年，上次工部局调查就显示，拉人力车九年就会死掉的嘛。""八年，最多十年，每天都过度奔跑的缘故。"英国巡警与医生是以一种习以为常的冷漠腔调评论着阿靖之死，没有流露出对死者起码的人道主义同情，反映了他们对中国底层民众生命的漠不关心。因为他们是用英语对话，所以胖子根本无法知道阿靖的真实死因，同样表现出一副无动于衷的态度，继续着人力车夫生活。"那天下午两点，人们看见胖子就像没事人一样，拉着人力车，载着客人，大步流星地向爱多亚路跑去。"显然阿靖之死对同为人力车夫的胖子没有任何触动，在他身上感受不到"兔死狐悲"或"同病相怜"的情感，反而展现出极其冷漠的旁观者态度。其实就算胖子知道拉人力车九年就会死这个事实，又有什么不同呢？人力车夫这个职业，本来就是城市无所归依的无业者、破产的农民或流民迫于生计的无奈选择，为了活命养家，他们这样一无所长的人只能出卖苦力。人力车夫生活成为城市底层劳动者的催命符，阿靖就是旧社会无数人力车夫的缩影，长期非人的拉车生活不可避免地导致他"过劳死"的悲惨下场。

（二）《杀人》

妓女是旧社会的特殊弱势群体，她们的苦难与不幸，一直是古今中外文人关注的焦点。不少作品都塑造了个性鲜明令人同情的妓女形象，比如冯梦龙《杜十娘怒沉百宝箱》中的杜十娘、老舍《月牙儿》中的月牙儿母女、莫泊桑《羊脂球》中的羊脂球等。20世纪20年代，被誉为"东方巴黎"的上海拥有数量庞大的娼妓。1927年，一项估算称有执照、无执照的上海娼妓总数为12万①，其中以下等妓女为主，她们是城市底层群体的重要组成部分。旅华韩国作家朱耀燮也注意到这一特殊群体，1925年6月在《开辟》第60期上发表了以妓女为主人公的短篇小说《杀人》。下层贫困民众的题材和作品人物自发的极端反抗方式的结局，使这部作品具有了韩国新倾向派文学的典型特征。

小说主人公、16岁的吴宝原本是贫穷农夫的女儿，在她13岁时，故乡遭遇特大饥荒，父母以三斗麦子的价格将她卖给了"洋鬼子"。在遭受"洋鬼子"及许多男人的蹂躏后，她暂时回到自己家中，接着又被家人以7元的价格卖到上海，沦为以出卖肉体为生的风尘女子。三年后的她已经被非人的妓女生活折磨得奄奄一息。尽管如此，她也无法意识到自己所受的阶级压迫与剥削。在日复一日的堕落生活中，她突然暗恋上一位经常从她窗前经过的干净帅气的知识青年，这让她心中燃起对爱情的渴望。但是她很快就意识到横亘在他们之间的巨大鸿

① 郑燕燕. 民国初期娼妓问题初探——以上海（1911—1937）为视角[J]. 巢湖学院学报，2018，20（01）：96-102.

沟：知识青年的"干净"与自己的"肮脏"，令她无比痛恨自己的妓女身份，她开始反思自己为什么会沦落到这样的境地，最后将自己的不幸归结到对自己施加压榨与剥削的现实性对象老鸨身上，激愤之下，她拿刀杀了老鸨，然后跑出了妓院。

朱耀燮在《杀人》中，以怜悯的笔触描写了主人公沦为妓女的不幸遭遇，揭示了下层民众所有的不幸源于贫穷的社会现实，控诉了当时黑暗社会对女性的压迫和摧残。小说里的吴宝从一名天真可爱的农家少女沦落为任人蹂躏、毫无尊严的娼妓，并不是因为她贪图享乐，而是因为家乡饥荒，生活艰难。为了活命，她被家人一次又一次卖掉，受尽屈辱，恶疾缠身，如行尸走肉般活着，成为男权社会的牺牲品。

"最初，每天晚上她们和老鸨肥婆一起在英租界四马路上来回走动，以引诱众多人力车夫。前年英租界工务局禁止卖淫之后，她们就来到了现在的法租界大世界前街，但是这里也不能让人放心。从霞飞路开始，英租界、法租界、爱多亚路，一直从西门到北站的电车路左右，到处都是妓女。因此，一到傍晚，数百名妓女好像蚂蚁从蚂蚁窝里钻出来似的，纷纷来到弄堂路口站街拉客，拽住路过的流浪汉和劳动者，搔首弄姿，暗送秋波。但是这种暗娼行为如果被巡警或法租界警察逮住就要罚款，老鸨们都要专门雇一个人站在路口放风，巡警一来就发出暗号，妓女们一窝蜂地躲进弄堂，等巡警一走再一窝蜂地涌出来……妓女们一般是从晚上7点到次日凌晨3点进行活动，在这几个小时里，行情好的话，她能招待三四位客人，每天晚上的收入大致是20~60钱，但这样挣来的钱都让老鸨拿走，剩给妓女们的只有白天穿的破衣烂衫和晚上引诱男人的一套褐色丝绸衣服、便宜的粉、头油、香烟以及每个月不到2元的饭。"这是吴宝在上海妓院三年间从事娼妓活动的日常生活描写。其中出现的四马路、霞飞路、爱多亚路都是旧上海租界耳熟能详的马路名称，特别是四马路是当时赫赫有名的风月场所，由此可知作者对上海生活的熟稔。当时上海到处充斥着妓女暗娼，其活动范围之广和从业人数之多令人触目惊心。她们在老鸨的组织下，千方百计躲避租界巡警的查处，主要以流浪汉、人力车夫等下层劳动者为引诱对象，靠出卖肉体，赚取微薄的收入，却要承受老鸨的无情盘剥，自己所能获得的一套丝绸衣服、粉、头油、香烟和饭，也只不过是维持基本生存和妓女生意必需的日常用品而已。

小说中吴宝经过三年妓女生活的非人折磨，身心严重受创，从一个花季少女变成了一个苍老的妇人，瘦骨嶙峋、脸色灰黑、眼底淤青、身患梅毒，简直惨不忍睹。但尽管如此，她内心深处还是隐藏着对美好爱情的憧憬，暗恋上每日路过窗前的一位年轻男子。

"那个男子是穿着干净衣服的干净青年，左手拿着书，暮春时节，别人都戴着纱帽，他却还戴着冬天的礼帽。吴宝看见他走向那边，直到爱多亚路才停下脚步，愣愣地站在那里……连着几天的观察，吴宝对那个青年进行了猜测：他也许是某个学校的教师，每到中午要回家，坐电车来到这个路口，在这个十字路口下车，然后到法租界那边去坐电车的话，不到一百步的距离要交4分钱，而且到了英租界那边还要买票，他为了省钱，往往从这个十字路口走着去那边的英租界……他是接受过教育，有着大好前景的干净的青年！但是我却如此肮脏！这怎么可能？我能期待吗？"这是对主人公观察到的暗恋对象"一位干净的知识青年"的描写，尤其突出了青年的干净，为下文主人公极度的自我嫌恶埋下了伏笔。爱多亚路是近代上海法租界和英租界的分界线，这位干净的知识青年每日路过此处，吴宝仅凭几面之缘，就萌发了对陌生青年男子的爱慕之心，从此不可自拔地陷入对异性狂热的幻想，推测他的职业和行踪。但是由于暗恋对象的突然消失，致使她的思慕之情无处排遣，备受打击的她变得不安和焦虑，开始意识到爱情的不现实。

知识青年的出现与消失在小说中起着至关重要的作用，促进了主人公思想发生根本转变，推动了情节的发展。在此之前，主人公的形象是隐忍的，逆来顺受，屈从命运不公，饱受欺辱。知识青年的出现，激发了主人公对爱情的本能渴望，使她开始正视身份的差别，悔恨自己的堕落。但知识青年的消失，犹如压死骆驼的最后一根稻草，让她彻底绝望，不再隐忍，自然而然地萌生反抗之心。"爱情让人变得干净""爱情让人觉醒""爱情让人勇敢"，这种源自本能的阶级反抗意识逐渐促使她自我觉醒，向命运抗争。

"啊！肮脏的女人，肮脏的身体！肮脏的血！……阿伟（不知从什么时候开始她养成了这样称呼那个青年的习惯），这真是肮脏的身体啊！爱情让人觉醒，在爱情面前，无知消失了，到现在为止，她从来没有认真考虑过自己的身体和生活，但是今天她生平第一次开始思考自己的身体。一时间分不清是什么东西，渐渐地她的头脑变得清醒，似乎模糊地意识到是什么。'为什么？为什么？为什么？到底是谁的罪？'她终于认识到了……'原来是这样！'她大声喊出来了，那个压榨了她三年的肥硕身躯的老鸨肥婆浮现在她眼前，'啊，那个像猪一样的人，吸我的血才长的肉……啊，我的血，我的血！'她颤抖着喊道。"《杀人》中主人公在爱情原始本能的刺激下，从对自己的极度嫌恶和自我否定，到反思自己沦落的原因，再到朦胧地意识到自己遭受的阶级压迫和剥削，一步步开始了思想转变，发出了"到底是谁的罪？"的灵魂拷问。但是由于认知的局限，主人公无法认识到自己的不幸是由于当时腐朽黑暗的社会制度造成的，她只能将满腔的愤恨发泄在现实中的剥削者老鸨身上，以极端的杀人方式进行毁灭式的反抗。

小说结尾部分，主人公杀死老鸨后，推开了象征桎梏与束缚的妓院大门，逃离了这个压榨剥削自己的空间，向着心中有希望和光明的地方奔去。这象征着主人公渴望摆脱阶级压迫、向往身体和精神自由，强烈表达了当时受压迫的广大下层女性的怨恨和诉求，反映了半殖民地半封建社会女性的悲惨处境，使作品具有较强的现实批判意义。

20世纪20年代，在社会最底层苦苦挣扎的城市贫民受到各方关注，反映城市底层民众生活的书写成为引人注目的文学现象。受这种趋势的影响，韩国作家朱耀燮在旅居中国上海期间，也将视线投向了城市底层民众，在小说中塑造了人力车夫和妓女的形象，真实地再现了旧上海社会底层民众的生存状况，对他们的不幸遭遇和悲惨结局表达了深切的同情。同时揭示了他们悲剧人生的根源在于经济的贫困和社会的阶级压迫，对半殖民地半封建社会进行了控诉和批判，彰显了韩国知识分子对中国底层民众的人文关怀。

综上所述，韩国作家作为一个他者的身份出现在异域的都市上海，一方面深切感受到了国际性大都市的现代与摩登，另一方面对中国人民的悲惨命运感同身受，同病相怜、互为他者的境遇令韩国作家们更多地体验到了被剥削、被压迫者的屈辱、痛苦、辛酸与愤恨。因此，韩国作家笔下的上海书写，相比于同样来到上海的欧美和日本作家的上海描述，存在着诸多不同与差异。肩负着争取民族复兴、国家富强使命的韩国作家们，用较为客观的、审视的、冷静的目光打量上海、体验上海，他们的上海书写中虽有对现代摩登世界的描绘，但更多的却是对浮华背后黑暗的揭露与批判，以及对上海现代性的质疑，贡献了较为独特的上海现代性体验。

第七章　东亚文学一体化的展望

第一节　"全球地域化"语境下东亚文学一体化的方法

　　东亚文学与文化在其形成和发展过程中受到了儒释道思想的深刻影响。这一本质上的相同性是东亚文学确立互动与生成关系的文化基础。中国、韩国、日本文学通过互动与生成关系不断完善自己，在文化意识、美学理想等方面实现了和而不同、携手并进的良好关系。

　　历史是一面镜子，以古为鉴可知兴替。近代以前的东亚各国虽然彼此之间有过大大小小的冲突和不和，却在大体上维持了互动与生成的关系，共同构筑了灿烂的东亚文明。之后反而在征服与竞争等近代价值观的作用下酿成相互间的反目与对抗。因此，要实现真正意义上的互动与互鉴，就必须克服全球化时代以新的形态出现的国家中心主义，坚持"和而不同"的价值观，在多元共存的关系中摸索出一条东亚文化的新出路。

　　中国跨文化研究学者徐真华指出："20世纪90年代初海湾战争爆发以来，全球经济一体化及与之相伴而生的政治、文化、军事、外交等领域的全球化浪潮铺天盖地地向我们袭来，这种潮流也深刻地影响到学术层面，形成了所谓的'全球化'语境。文学研究领域也不例外。概括地说，在文学研究领域，东亚的研究者、学者普遍感到'阐释忧虑''失语'以及'身份认同'之困惑。这种现象极不利于研究的开展。然而，911事件发生以后，一种逆'全球化'潮流而动的新思潮——即'全球地域化'已经在全世界各地涌动；令人欣喜的是：在东亚，'10+3'理念主导下的'东亚地域经济一体化'正在蓬勃地展开。"①

在这一情势下，包括中国在内的东亚地区的文学研究者积极有效地展开了交流与协作，使本地区文学研究及相关文化建设出现了各自表述、相互融通、互为包容的欣欣向荣的局面。尽管我们在短时间内还无法在所有的层面实现言说空间的共有，无法抹平审美意识、价值观、民族认同、意识形态等差异，但是，在大的趋势上，东亚地区的文学研究已伴随着东亚地域经济一体化，即东亚共同体思潮的日益高涨而呈现出新气象、新局面。通过开放的建设性对话，东亚三国已经在身份认同、话语建设、言说空间的打通，乃至东亚文学史的重新书写等方面都取得了一定的共识，尤其是中日两国文学研究者之间的互动交流以及线上合作更是形势喜人。本节旨在总结日本文学、中日比较文学以及现当代文学理论研究的成就，以便从一个侧面反映东亚共同体区域文学研究的总体现状。依笔者之见，迄今为止，中日两国文学研究者共同努力所取得的成绩主要可以概括为如下几个方面②：

首先，双方基本上肯定了"全球地域化"思潮的存在，明确了其基本内涵在东亚地域的表现方式和特征，以及它对"全球化"所具有的解构作用。

大多数中日学者都承认了"全球地域化"思潮发生的事实。比较诗学学者饶芃子认为："文化沟通是一种相互认识和承认的过程。"③既然"全球地域化"作为一种现实的文化思潮已经出现，并事实上开始渗透到社会生活的各个层面，因此，就产生了如何去面对的问题。对此，中国中日比较文化研究学者赵京华的见解颇具启发性。他指出，

① 徐真华. 2005年3月26日在"全球地域化语境下中国文学与日本文学研究的新路径"国际学术研讨会上的讲话[M]//顾也力，陈多友. 全球地域化语境下中国文学与日本文学研究前沿文存. 汕头：汕头大学出版社，2006：5.

② 陈多友，顾也力. "全球地域化"语境下东亚共同体如何"文学"？[J]. 东南亚研究，2007（6）：94.

③ 饶芃子. "全球地球化"语境下中国文学研究之思[M]//顾也力，陈多友. 全球地域化语境下中国文学与日本文学研究前沿文存. 汕头：汕头大学出版社，2006：21.

在思考全球地域化思潮语境，即东亚共同体语境下的文学研究时，首先应该清楚"地域化"这一话语叙述的产生背景即是"全球化"，没有哪一个地区和国家能够超然于这个"全球化"潮流的冲击之外。但是，无论西方的理论家们如何赞美"全球化"和"历史的终结"，20世纪90年代以来的世界不是变得更和平美好，而是南北贫富差距更加扩大，地区紧张局势不断加剧。因此，他认为："与'全球化'同时出现的'地域化'，也就成为一种新的必然趋势。"①日本文艺理论家小森阳一基本上也持同样的观点。他明确地指出："全球化和全球治理就其当前的形势来说最终是缺乏事实根据的。"因此，"正是占优势的秩序内部的矛盾和张力成为变革的发动机，并或许最终改变甚至摧毁这个体系，开辟一个后全球化时代！"②此处后全球化时代即指全球地域化的时代。

从某种程度上看，小森阳一的观点恰好为赵京华的见解做了注脚。他们都是在肯定了东亚地区文化建设地域化趋势的必然性及合理性的基础之上，指出了本地区文学研究、文化建设在主客观两方面均面临挑战的事实。跨文化研究学者王宁则从另外的角度指出了"全球地域化"的现实性与历史必然性。他说："全球化在文化上的进程中呈现出两个方向，一个方向就是随着资本由中心地带向边缘地带的扩展，原来殖民地文化价值观念和风尚也渗透到这些经济不发达的地区，但随之也出现了其第二个方向，也即全球化的渗透，从中心向边缘运动，同时也导致了边缘向中心的运动，因此这种运动并不是单向的，而是一种互动的双向运动。"③中日比较文学学者顾也力借用历史学家汤因比的历史哲学观点预测道："随着21世纪的到来，全球的政治经济中心会向着亚洲太平洋地区转移，尤其是东亚或者说汉字文化

---

① 赵京华. 地域化背景下文学批评的政治[M]//顾也力，陈多友. 全球地域化语境下中国文学与日本文学研究前沿文存. 汕头：汕头大学出版社，2006：56.

② 小森阳一，陈多友. 全球地域化语境下的亚洲主义思考[J]. 开放时代，2005（5）：15.

③ 王宁. 全球化、文化研究以及当代批评理论的走向[M]//顾也力，陈多友. 全球地域化语境下中国文学与日本文学研究前沿文存. 汕头：汕头大学出版社，2006：6.

圈的文化地位会得到大幅度的提升。该地区各国以及地区拥有相同或相近的文明传统，加之地缘政治学等因素使然，他们在国家利益诸如政治稳定、军事防卫、经济发展以及价值观念等方面具有广泛的共同诉求。因此，面对以美国为核心的西方老牌殖民主义集团掀起的'全球化'浪潮，他们有着同样的文化防卫心理，于是他们必然会在反观历史的基础上，本着屈从和谐、共生共荣的务实精神，结成类似欧盟、北美自由贸易区等地域性集团，以有效地对抗'全球化'带来的侵扰。"①日本文本派代表学者岛村辉基于对历史与现实的考察，尖锐地指出：中日"不仅仅要从两国之间的问题出发，也要从'东北亚''东亚'的地域问题出发，来寻求历史的思考视点。这不仅仅是两国间的问题，也是'东北亚''东亚'的地域问题"。②现当代文学理论研究者陈多友显然更为关注"亚洲主义"这一历史命题的现实本土意义。他认为：如果能够从亚洲主义的高度正面看待历史问题，相信中日之间、东亚各国之间乃至整个亚洲都会形成共同的言说语境，实现真正意义上的文明对话与合作。而且这种对话与合作还不只是文化层面的，在经济层面也可以实现共生、双赢③。

可见，中日学者对"全球地域化"或曰东亚共同体语境下东亚地域文学研究本土化的现实性与本质是有一定共识的，表现出来的关切心理也是相似的。

其次，众声喧哗，各自表述，体现出中日学者对"全球地域化"这一时代命题所进行的复杂而丰富的思考。

小森阳一认为，伴随着全球化而来的西方当代思潮，其实质是语言学的问题。他指出："面对来势汹涌的全球化思潮，我们应该保持冷眼看世界的姿态，时刻进行着理性的思考与研究；伴随着全球地域化

① 顾也力，陈多友. 全球地域化语境下中国文学与日本文学研究前沿文存[M]. 汕头：汕头大学出版社，2006：7.

② 岛村辉. 后现代与后殖民：当代东西方话语空间的历史性展开[M]//顾也力，陈多友. 全球地域化语境下中国文学与日本文学研究前沿文存. 汕头：汕头大学出版社，2006：67.

③ 顾也力，陈多友. 全球地域化语境下中国文学与日本文学研究前沿文存[M]. 汕头：汕头大学出版社，2006：7.

思潮的高歌猛进，我们更应该树立起敞阔的亚洲主义主体意识；我期待着亚洲尤其是东亚的同行们能够共同肩负起建立这一主体的任务。"①相形之下，王宁的态度则倾向于调和主义。他指出："全球化给我们的知识生活带来了冲击和挑战，但同时也给我们知识的生产和文化的全球化旅行带来了难得的发展契机。因此辩证地认识文化领域内的全球化的二重性可以使我们有效地抓住这一契机来发展我们自身的文化和批评理论。"②岛村辉则另有所见。他指出，"不能够以市场经济规律的制约来抹平文化上的差异"，"地域化"与"全球化"一样，是有"陷阱"的③。赵京华也认为："'地域化'中也包含着谁来'化'谁的问题，所谓'地域经济一体化'或'区域共同体'，对外有迎拒新帝国'全球化'的功能，在内部则包含了谁来'主导'，以谁为'中心'重新分配市场实现经济整合的问题。"④可见，两国的研究者虽然跳出了民族国家这个相对来说较为狭小的框框，开始站在亚洲主义这个更为宽敞的视角看待东亚文化建设，但是，由于双方在身份认同、民族立场等根本问题上存在差异，他们的观点仍然存在着微妙的区别。尤其是在历史言说空间的建设、有关现代性体验的叙述等方面，明显地存在着各自表述、各有侧重的问题。但是，这非但没有影响两国学者之间的对话，反而使对话规避了可能因狂热导致的盲目，从而将争论变成了求同存异，将相互交流导入理性的轨道。

再次，两国研究者就"全球地域化语境下我们应该如何看待文学"这一课题，展开了卓有成效的建设性对话。据笔者观察，两国研究者们关注的焦点是面对他者时的态度问题。小森阳一指出：在拒斥欧美强加给我们的东方主义的同时，亚洲，尤其是东亚内部也要走出

---

① 小森阳一，陈多友. 全球地域化语境下的亚洲主义思考[J]. 开放时代，2005（5）：23.

② 王宁. 全球化、文化研究以及当代批评理论的走向[M]//顾也力，陈多友. 全球地域化语境下中国文学与日本文学研究前沿文存. 汕头：汕头大学出版社，2006：6.

③ 岛村辉. 后现代与后殖民：当代东西方话语空间的历史性展开[M]//顾也力，陈多友. 全球地域化语境下中国文学与日本文学研究前沿文存. 汕头：汕头大学出版社，2006：67.

④ 赵京华. 地域化背景下文学批评的政治[M]//顾也力，陈多友. 全球地域化语境下中国文学与日本文学研究前沿文存. 汕头：汕头大学出版社，2006：56.

文化客观主义，抛弃文化中心主义，警惕文化相对主义，践行"交往理性"指导之下的"文化对话主义"①。中国现代文学学者吴定宇对小森阳一的见解表示赞同。他从文化研究的角度重新审视了中日文化现代性发生、流变的特质，指出在全球化的现实背景下，同处东亚地域的中日两国学者在学术思想上互为借鉴、互相交流的重要性，从而引发了人们关于以"地域性"文化对话解构"全球化"思潮的现实思考②。

王宁则非常关注中国知识分子在"全球地域化"语境下的主体性。他主张：面对全球化的强有力影响，我们中国知识分子首先要顺应这一潮流，即承认全球化已经来到了我们这个时代，我们对这一大趋势是无法抗拒的。但是，另一方面，我们又不能只是跟着它跑。正确的态度是，在不损害中国文化精神本质的前提之下，我们完全可以利用全球化的契机来大力发展中国文化，使得中国文化在全世界的广为传播成为可能③。

另一方面，也有学者对"全球地域化"语境下的文学研究持谨慎的保留态度。例如，岛村辉基于文化建设战略发出了警示：和"全球化"相对立的，与其说是"地域化"，不如说是"国家主义"。他强调指出：在文学研究领域，知识人、学者们之所以寻求"现代批评"的框架，首先是因为不满足于地域或国家的受限制的文化生态。然而，他们所寻求的"后现代主义"的"普遍"言说机制，却带有徐真华所指出的知识分子的深刻苦恼。而文学研究中的"地域化"学说可以被看作一种缓解危机的构想④。对此，赵京华做出了正面的回应。他分析说："就是区域内部的文化知识交流，也要既努力消除一百来年'欧洲

---

① 小森阳一，陈多友. 全球地域化语境下的亚洲主义思考[J]. 开放时代，2005（5）：27.

② 吴定宇. 福泽谕吉与黄遵宪：《文明论概略》与《日本国志》比较[M]//顾也力，陈多友. 全球地域化语境下中国文学与日本文学研究前沿文存. 汕头：汕头大学出版社，2006：25.

③ 王宁. 全球化、文化研究以及当代批评理论的走向[M]//顾也力，陈多友. 全球地域化语境下中国文学与日本文学研究前沿文存. 汕头：汕头大学出版社，2006：6.

④ 岛村辉. 后现代与后殖民：当代东西方话语空间的历史性展开[M]//顾也力，陈多友. 全球地域化语境下中国文学与日本文学研究前沿文存. 汕头：汕头大学出版社，2006：67.

中心主义'的知识话语霸权，充分开掘地域内部的思想资源，又要充分认识对方的'他者性'，要相互把对方的文化知识化为自己的思想资源，在摆脱现代民族国家构架的束缚、拓展知识对话空间的同时，也要警惕相互同化和把本国、本民族'中心化'的危险。"①

针对此种忧虑，有些学者提出了贴近现实的方略。蒋述卓立足于中国文学研究，提出了颇为务实的"反思论"。他指出，自20世纪90年代以来中国文学研究开始注重反思，取得了一定的效果。因此，在"全球化"与"地域化"大潮同时冲击的情势下，我们应该进一步发扬光大"反思论"。他指出，反思表现在两个方面：一是方法论反思；二是学术规范的反思②。而孟庆枢的见解非常具备学术张力。他认为，今后的文学研究应该立足于中国本土文化，与此同时，借鉴西方后现代主义等思潮的有益的理论，是促进我国文学批评发展的一个重要方面③。在众多学者见仁见智的论点中，饶芃子的高度概括性表述堪称对此命题的象征性总结。她提纲挈领地指出：面对"全球化""地域化"思潮的同时冲击，我们应该：一要有一种更为阔大的视野和文学观念；二要拓展文化的多维"对话"；三要到历史中寻求借鉴④。

另外，近年来中日两国文学研究者就东亚地域文学研究以及相关文化建设问题所展开的探讨，还涉及"文化研究""海外华文文学""流散作家""地域性文学"等学界普遍关注的课题，大家以开放的心态进行了坦诚的交流，受益良多。笔者相信：今后这种有益的对话交流活动将会继续开展下去，并将对中日两国乃至东亚整体的文学研究起到重要的推动作用。

---

① 赵京华. 地域化背景下文学批评的政治[M]//顾也力，陈多友. 全球地域化语境下中国文学与日本文学研究前沿文存. 汕头：汕头大学出版社，2006：56.

② 蒋述卓. 新世纪中国文学研究态势[M]//顾也力，陈多友. 全球地域化语境下中国文学与日本文学研究前沿文存. 汕头：汕头大学出版社，2006：29.

③ 孟庆枢. 中国文学批评中的后现代主义——基于全球本土化语境的思考[M]//顾也力，陈多友. 全球地域化语境下中国文学与日本文学研究前沿文存. 汕头：汕头大学出版社，2006：25.

④ 饶芃子. "全球地球化"语境下中国文学研究之思[M]//顾也力，陈多友. 全球地域化语境下中国文学与日本文学研究前沿文存. 汕头：汕头大学出版社，2006：21.

第二节　全球化进程中东亚各国现当代文学
一体化的可行性

东方文化的重要一脉在东亚。东亚不仅是一个地理概念，同时还是一个文化与经济的概念①。从历史上看，东亚各国都曾不同程度地接受了中国传统文化的影响，并且已将其深深地注入自身的文化血脉之中。"由华夏文明的播散而出现的东亚文化圈，实际上是一个有层次、分先后的时空结构：中国本土文明是其主干，朝鲜、越南文化为其两翼，日本文化在其边缘，而东南亚华人社会则成为它伸向外部的触须。"②共同的文化基础，使东亚各国在当前即使有着再多的文化差异，也能够找到对话与共建东方文化的桥梁。"无论是从历史还是从现实来看，都存在着文化的东亚。文化的东亚，即文化东亚，是以中国文化为基础而形成和发展起来的，具有内在的文化共通性和文化共识，有着相当强的文化内聚力的文化和合体。"③文化东亚的客观存在，为东亚作为一种合力来重振东方文化和参与东西方文化的对话，提供了坚实的文化基础。

东亚各国的现代化过程有着大致相仿的经历，而且彼此互为参照，互相影响。19世纪中叶，随着西方列强全面入侵东亚，东亚各国都遭遇到了民族危机和文化危机。他们经历或正在经历的现代化道路尽管差异很大，所取得的阶段性成果也甚为悬殊，但在对待西方文化的态度、自我变革的方式以及救国道路的选择等方面，却有着惊人的相近之处。东亚各国在近现代西方列强的侵略下开始觉醒，寻求自己的富国强兵之路，出现了中国的"中体西用"、日本的"和魂洋才"以及朝鲜的"东道西器"等甚为相似的变革模式。当然，其中日本率先

---

① 吴秀明，郭剑敏. 全球化视野下中国及东亚现当代文学的文化选择[J]. 浙江大学学报（人文社会科学版），2004（3）：137–141.

② 陈伯海. 东亚文化与文化东亚[C]//上海社会科学院东亚文化研究中心. 东亚文化论谭. 上海：上海文艺出版社，1998：10.

③ 陆玉林. 东亚的转生[M]. 上海：华东师范大学出版社，2001：2.

取得了成功，而中国和朝鲜则由于外部和自身原因，未能在19世纪末至20世纪前半叶获得长足发展；但这也促使东亚各国纷纷将目光投向了日本，以日本为学习的对象，借日本来输入西方的学理与文化。这一点最典型地体现在中日的现代文学交流之中。

　　20世纪中国文学现代性的产生与西学东渐有着极大的关系，西方文化在近现代伴随着军事与经济势力的渗透而涌入中国，客观上推动了中国文学由传统向现代的转型。中国文学现代性的产生，一方面来自自身变革的主观愿望与努力，另一方面来自对外来文化中可资借鉴的文学营养的吸收。以往我们在研究这一现象时，主要关注的是西方文化在进入中国本土后所产生的结果，却在一定程度上忽略了其传播的途径与渠道。西学东渐中的一个"渐"字，可以说非常形象地抓住了东亚实行文化输入的特点。西方文化在进入中国本土时有很大一部分不是直接拿来，而是借助了一个踏板，这个踏板便是日本。同样是西方的精神文化、理论思想，经过转化之后的引入与原汁原味的横移是有很大不同的，其中也包含了文化交流的某些深层规律与特点。中国自1840年鸦片战争以后，承受了一次又一次的异族入侵与掠夺，国人也正是在这种屈辱的经历中开始走向觉醒。但在近现代的一系列重大的历史事件中，给中国人的民族自尊心带来最强烈冲击的恐怕不是中英、中法之战抑或八国联军的入侵，而是1894年的中日甲午战争。正如梁启超所说："吾国四千余年大梦之唤醒，实自甲午战败割台湾偿二百兆以后始也。"①这次战败在有识之士中所引起的震撼，直接引发了1898年的的维新变法。日本自明治维新之后国力日渐强盛，它的成功对人心思变的中国来说是一个启发。如康有为所言："闻日本地势近我，政俗同我，成效最速，条理尤详，取而用之，尤易措手。"②中国在晚清时期向日本、英国、美国、法国、德国派遣了大量的留学生，其中尤以日本为盛。据近代史学家李喜统计，中国留日学生在1896年仅有13人，1898年为61人，1901年为274人，1902年为608人，1903

① 陆玉林. 东亚的转生[M]. 上海：华东师范大学出版社，2001：9.
② 陆玉林. 东亚的转生[M]. 上海：华东师范大学出版社，2001：10.

年为1300人，1904年为2400人，1905年为8000人，1906年为12000人，1907年为10000人①。留日学生之多，确实达到了数量惊人的程度。中国人留学日本主要有两个目的，一是学习日本的成功经验，二是通过日本学习西方文化。

日本文学对中国文学现代性进程的影响正是在这样一种历史与思想背景下进行的，这在20世纪二三十年代表现得尤为突出。五四新文化运动的发起人与倡导者陈独秀、李大钊、鲁迅、周作人等都有留学日本的经历，他们选择了日本这个效法对象，又使用从日本这一"中介"手里拿来的思想武器，进行文学革命与文化启蒙。中国现代文学史上直接受日本文学影响的作家不胜枚举。鲁迅不仅于1924年翻译出版了日本学者厨川白村的《苦闷的象征》，而且还专门开设课程进行讲授；其同时期创作的散文诗集《野草》也深受《苦闷的象征》的影响。创造社更是由留日学生在日本组织成立的一个文学社团，其文艺思想及创作方法与日本当时盛行的浪漫主义、自然主义文学思潮以及私小说创作观念具有直接的渊源关系。中国早期的话剧也大多假道日本而引入，日本不仅为中国提供了许多西方的优秀剧作，而且也是中国早期戏剧工作者从事戏剧活动的一个重要舞台。中国第一个话剧团——春柳社便是由李叔同、欧阳予倩等留日学生发起成立的。另外，五四时期小诗派的出现也与日本的和歌、俳句有着密切的关系。日本文学对中国文学的影响不但表现在现代文学的发端期，同时也贯穿在中国现代文学的各个历史阶段。中国20世纪20年代后期开始的无产阶级革命文学运动与日本的左翼文学紧密相连。"在中国的日本文学翻译史上，20世纪20年代末至20世纪30年代是日本左翼文学理论和左翼文学作品翻译的全盛朝代。在此时期翻译过来的日本文学作品和文学理论著作中，左翼文学占了大部分，在中国作家和读者中广为流行，产生了不小的影响。"②20世纪30年代上海出现的现代主义小说流派——新感觉派与日本的新感觉派更是一脉相承。只是后来由于抗日

---

① 王锦厚. 五四新文学与外国文学[M]. 成都：四川大学出版社，1989：83.

② 王锦厚. 五四新文学与外国文学[M]. 成都：四川大学出版社，1989：100.

战争的爆发以及1949年后很长一段时间里中日两国因政治原因文学交流几近中断，这种影响才减弱了下来。进入20世纪80年代之后，日本文学在中国的引进虽不能算规模宏大，但川端康成、井上靖、大江健三郎、村上春树、渡边淳一等作家的作品，也先后在中国掀起了不小的热潮，而且有的对时下的阅读界仍产生着持续的影响。即使今天，日本文学对我国文学的创作和发展仍然具有启示意义。总之，日本文学对中国现当代文学的影响是多方面的，其中既有日本文学创作实践和文学思潮的影响，也有经日本引进的西方文学思潮的影响。中国文学之所以在自身的现代性进程中如此热衷于向日本学习，一方面是由于日本是中国一衣带水的近邻，以日为师有着近水楼台之便；另一方面则在于中、日两国有着共同的传统文化基础，日本在传统文化基础上积极吸收外来文化所取得的成功，为中国提供了一个最直接的例证，实践也证明了这种学习引进的必要性和有效性。

东亚文学的交流不仅限于中日之间，中国与朝鲜及韩国之间的交流也甚为密切。在东亚各国中，中朝之间的文化交流最为悠久。中国与朝鲜在地理上接壤，交通便利。据史料记载，汉字早在两千多年前的中国战国时代就已传入朝鲜，儒学随后也在朝鲜半岛逐渐得到传播。公元372年，当时的高句丽国王还专门建立了儒学教育机构——太学，所开设的课程与中国无异，使得朝鲜成为受中国儒教文化浸染最深厚的东亚国家。从上古到近世，朝鲜历代文学都深深打上了中国文学的烙印，"汉诗文在朝鲜半岛风靡一千三百余年而不衰，造就了不可胜数的朝鲜汉文学家，其中'四大诗人'声名尤其显赫：新罗的崔致远被誉为'东方文学之祖'；高丽的李奎报被誉为'朝鲜李太白'；高丽的李齐贤被誉为朝鲜的'汉诗宗'；还有申纬被尊为朝鲜的'诗佛'，相当于中国的王维"①。正如韩国学者金台俊在谈及汉文在朝鲜文学史中的地位与作用时所说："自从汉文输入我国以来，我们的先祖一直用汉文编写历史，进行科举，吟诗歌，撰制文章。汉文固然有其弊缺，但绝对不是有害无益。我们不能忘记，正是汉文筑就了我们的

① 何寅，许光华. 国外汉学史[M]. 上海：上海外语教育出版社，2002：6.

历史文化。无论你是把汉文学看作是中国文学在朝鲜的发展，还是将之视为朝鲜文学的一部分，任何人也绝对无法把这个宽阔博大的领域排除在朝鲜文学范畴之外。"①

　　在文化现代化以及近现代以来争取民族独立解放方面，中朝之间更是有着甚为密切的联系。其中最值得提到的便是朝鲜的三一运动对中国的五四运动的影响。三一运动是朝鲜历史上具有里程碑意义的一场反帝爱国运动，它的爆发成为继之而起的中国五四运动的先声。朝鲜自1910年起沦为日本的殖民地，在这之后，朝鲜人民为争取民族独立进行了不懈的斗争。1919年3月1日，汉城的学生、工人、农民、中小工商业者等各阶层约三十万人聚集在塔城公园，举行了声势浩大的反日游行示威，这一行动很快便传遍半岛，引发了全国性的示威和暴动。三一运动的爆发标志着朝鲜的爱国独立运动进入了一个新的历史阶段，同时，这场运动在反帝救亡的行动方式上也极大地启迪了中国人民。也正是带着这样的启示和觉醒意识，一场爱国反帝的五四运动在中国爆发了。有学者指出，朝鲜三一运动对中国五四运动的影响和意义在于："如同第一次世界大战结束和俄国十月革命的影响反映了世界社会主义与资本主义之间的矛盾，美国朝野居主导地位的反威尔逊巴黎和会外交方针力量同日本的冲突反映了帝国主义国家之间的矛盾一样，朝鲜三一运动则集中代表了世界殖民地被压迫民族解放运动对中国五四运动的强有力推动。"②朝鲜三一反日爱国运动失败后，一批朝鲜革命者逃亡到上海，成立了"大韩民国临时政府"，继续开展反日复国的斗争。在20世纪三四十年代，朝鲜义勇军、朝鲜革命军与中国的抗日力量一同在中国大地上展开了艰苦卓绝的反对日本帝国主义侵略的斗争。这种唇亡齿寒、同舟共济的命运处境与斗争历程，为中朝的现代文化交流与共建提供了坚实的基础。在中国新文化运动兴起前后，日本统治之下的朝鲜也出现了要求建设本国新文化的呼声。1920

---

① 王向远. 东方各国文学在中国[M]. 南昌：江西教育出版社，2001：290.

② 张德旺，谢治东. 朝鲜三一运动对中国五四运动的影响[J]. 哈尔滨工业大学学报（社会科学版），2000（4）：115.

年6月创刊的《开辟》杂志，推动了朝鲜本土的新文化运动。该刊第5—8号连续译载青木正儿的长文《以胡适为中心的中国文学革命》，介绍中国的新文学革命运动，后来胡适还应邀为该刊1921年新年号题词[①]。此后，朝鲜学界一直对中国新文化运动及新文学发展走向予以密切关注。1949年，朝鲜国内出版了由尹永春编写的一本小册子《现代中国文学史》；到20世纪八九十年代，许世旭、金时俊、李充阳等学者的有关中国现当代文学研究的论著也陆续问世。

共同的文化传承，近现代以来甚为密切的文化交流传统，为东亚各国现当代文学在未来的东方文化的现代性共建提供了可能。东亚各国现当代文学在发展过程中都不约而同地触及反思国民性这类主题，都在积极地探索表达现代人思想感情和生存体验的有效形式。无论是中国的鲁迅、周作人、郭沫若、老舍，还是日本的武者小路实笃、芥川龙之介、夏目漱石，他们既是所在国的伟大作家或诗人，同时也是各自国家现代文化的积极发起人或推动者。东亚各国现当代文学都曾为本国文化现代性做出了卓越的贡献，而已经渗透到东亚各国传统文学中的东方文化，也必然会随着这种现代性的共建与发展而熠熠生辉。

当前，东亚各个国家和地区的经济发展迅速。自20世纪50—60年代以来，东亚经济在日本、韩国、中国台湾、中国香港和新加坡获得高速发展；中国内地随着改革开放的有效推进，自20世纪80年代以来也呈现出强劲的增长势头。美国学者霍夫亨兹在其《东亚之锋》一书中写道："如果我们不了解东亚何以会具有对于我们的优势，以及我们如何利用这种优势来建立我们自己的优势，那么我们的尽管是最果断的努力也会只落得如同在沙上建塔的后果。我们潜在的对手来自一个与我们如此不同的世界，它们的历史之根如此深邃、如此古老，以至于忽视它们今天取得如此巨大成就的原因，实在是太愚蠢了。"[②]东亚国家经济建设的成功为东亚共同推动东方文化发展提供了有力的经济

① 桑兵. 国学与汉学——近代中外学界交往录[M]. 杭州：浙江人民出版社，1999：127.

② 霍夫亨兹，柯德尔. 东亚之锋[M]. 南京：江苏人民出版社，1997：19.

保障。同时，文化东亚的客观存在，也为东亚各国现当代文学作为一种合力来弘扬东方文化精神以及参与东西文化的交流提供了可能。在全球化视野下，东亚各国文学有必要强化自身的东方文化意识。应该看到，东方现代性的发生虽落后于西方，但这并不等于东方文化在整体上要落后于西方文化。西方现代性发生和发展的先行性，只能说明它在这一历史发展阶段具有领先性，并不足以说明其全部文化的完美性。而文学作为一种诗性文化，就更不能以处在社会演进阶段的先后来对它进行价值定位。当代拉美文学的崛起与成功便很好地证实了这一点。

　　当然，东亚及其文化的发展是一个动态的过程。"'亚洲'其实并不仅仅是所谓'儒家文化圈'或者历史的联系，那些历史的联系经过百余年不同的'现代化'的进程而逐渐淡薄"①，尤其是在以电视媒介乃至网络平台为主导的大众文艺消费成为重要文化力量的转型时代，东亚文化也面临新的挑战。也正是基于这样的趋势，有人在多年前就通过对当时电视文化中流行的"日剧"和"韩流"（如木村拓哉、常盘贵子主演的《美丽人生》，安在旭、崔真实主演的《星梦奇缘》等）的分析，提出了一个"新的亚洲性"的概念：这个"新的亚洲在面对全球化的时候，也面对了许多共同的问题，也有共同的期望和渴求，这些共同性都是在面对西方的时候产生的"②。这种"新的亚洲性"虽然具有相当明显的实用主义的色彩，但它的广为流行"也说明中国年轻观众的需求和亚洲其他地方的类似群体的共同性。一方面大家都在对西方生活方式充满期望，另一方面又需要一种温和的和传统的方式来'中和'西方的冲击力"③。东亚是全球的东亚，也是东亚的东亚。中、日、韩三国到底应如何处理彼此的文化关系，涉及东西文化的碰撞与融合、古今文化的承接与革故鼎新等一系列问题。就东亚文化内部构成来看，它还有个与自身文化传统及现实国情接轨的问题。只要

---

① 张颐武. 论"新世纪文化"的电视文化表征[J]. 文艺研究，2003（3）：99.

② 同上.

③ 张颐武. 论"新世纪文化"的电视文化表征[J]. 文艺研究，2003（3）：100.

真正深入东方文化的复杂性和多面性之中进行研究，在讲东方性的同时注意体现与时俱进的、全人类的普遍要求，或者说，在进行富有东亚文化个性和民族特色的作品创作时，注意融入全球意识与人类命运共同体思维，那么，我们就有理由相信，东亚文学与文化之间的交流，一定会在不久的将来开辟出新的合作局面，在全世界范围内发挥更大的作用。

参考文献
REFERENCES

[1]埃文斯．费正清看中国[M]．陈同，罗苏文，袁燮铭，等，译．上海：上海人民出版社，1995.

[2]安智娜．《万岁前》的殖民现代性研究[D]．首尔：淑明女子大学，2003.

[3]本尼迪克特．菊花与刀[M]．晏榕，译．北京：光明日报出版社，2005.

[4]滨田耕作．自考古学上观察东亚文明之黎明[J]．张我军，译．辅仁学志，1931（2）.

[5]柄谷行人．日本现代文学的起源[M]．赵京华，译．北京：生活·读书·新知三联书店，2003.

[6]曹聚仁．鲁迅年谱校注本[M]．北京：生活·读书·新知三联书店，2011.

[7]车利锡．上海商务印书馆，中国事业界的一瞥[J]．东光，1927（12）.

[8]陈伯海．东亚文化与文化东亚[M]//上海社会科学院东亚文化研究中心．东亚文化论谭．上海：上海文艺出版社，1998.

[9]陈多友，顾也力．"全球地域化"语境下东亚共同体如何"文学"？[J]．东南亚研究，2007（6）.

[10]陈多友．日本游沪派文学研究[M]．上海：上海外语教育出版社，2012.

[11]陈鸣. 上海近代文化娱乐市场的发生及时空特征[J]. 上海大学学报（社会科学版），1989：57.

[12]陈漱渝. 日本近代文化对中国现代文学的影响[J]. 中国文化研究，1995（2）.

[13]陈思和. 论海派文学的传统[J]. 杭州师范学院学报（人文社会科学版），2002（1）.

[14]陈永国. 文化的政治阐释学[M]. 北京：中国社会科学出版社，2000.

[15]厨川白村. 苦闷的象征[M]. 鲁迅，译. 天津：百花文艺出版社，2000.

[16]崔炅凤，柴政坤，等. 告诉你韩文的秘密[M]. 朴文子，崔有学，译. 北京：北京大学出版社，2011.

[17]崔数珍. 中国现代小说中的韩国人形象[D]. 天津：天津师范大学，2010.

[18]村松梢风. 魔都[M]. 徐静波，译. 上海：上海人民出版社，2018.

[19]丁帆. 新旧文学的分水岭——寻找被中国现代文学史遗忘和遮蔽了的七年（1912—1919）[J]. 江苏社会科学，2011（1）.

[20]丁奎福. 韩中文学交流之本然双向互动关系——《九云梦》与《九云记》之比较[J]. 延边大学学报（哲学社会科学版），1995（1）.

[21]范伯群.《海上花列传》：现代通俗小说开山之作[J]. 中国现代文学研究丛刊，2006（3）.

[22]冯自由. 革命逸史初集[M]. 上海：商务印书馆，1939.

[23]傅雷. 论张爱玲的小说[M]//傅雷文集·文艺卷. 北京：当代世界出版社，2006.

[24]古田和子. 上海网络与近代东亚[M]. 王小嘉，译. 北京：中国社会科学出版社，2009.

[25]谷崎润一郎. 谷崎润一郎全集：第21集[M]. 东京：中央公

论社，1974.

[26]谷崎润一郎．上海见闻录[J]．文艺春秋，1926（5）．

[27]顾也力，陈多友．全球地域化语境下中国文学与日本文学研究前沿文存[M]．汕头：汕头大学出版社，2006.

[28]郭沫若．郭沫若全集[M]．北京：人民文学出版社，1989.

[29]国家玮．现代性：对抗与共谋——沈从文与中国文学现代性研究[J]．吉首大学学报（社会科学版）．2008，（5）．

[30]何寅，许光华．国外汉学史[M]．上海：上海外语教育出版社，2002.

[31]横光利一．寝园[M]．卞铁坚，译．北京：作家出版社，2001.

[32]胡适．胡适文集：第四卷[M]．北京：人民文学出版社，1998.

[33]霍夫亨兹，柯德尔．东亚之锋[M]．黎鸣，译．南京：江苏人民出版社，1997.

[34]贾植芳．中国留日学生与中国现代文学[J]．山西师大学报（社会科学版），1991（4）．

[35]芥川龙之介．中国游记[M]．陈生保，张青平，译．北京：北京出版社，2006.

[36]金柄珉，崔一．东亚文学的互动与生成[J]．东疆学刊，2012（4）．

[37]金柄珉，李存光．"中国现代文学与韩国"资料丛书[M]．延吉：延边大学出版社，2014.

[38]金昌镐．中国现代文学中的韩国人形象[J]．社会科学战线，2004（1）．

[39]金尚茂．针对城市空间认识的现代性探索——以李孝石的《城市与幽灵》为中心[J]．韩语文学会，2012（3）．

[40]金宰旭．值得珍视和铭记的一页——中国现代文学中的韩国人和韩国[M]．北京：知识产权出版社，2012.

[41]臼井吉见．大正文学史[M]．东京：筑摩书房，1984.

[42]马泰·卡琳内斯库．现代性的五副面孔[M]．顾爱彬，李瑞华，译．北京：商务印书馆，2002.

[43]亢飞．费正清与柯文中国史观比较[J]．北京党史，2013（6）．

[44]蓝爱国．界碑漂移：现代文学的起点及其内涵[J]．文艺争鸣，2008（9）．

[45]乐黛云，钱林森，等．跨文化对话：第二十八辑[M]．北京：生活·读书·新知三联书店，2011.

[46]乐黛云，张辉．文化传播与文学形象[M]．北京：北京大学出版社，1999.

[47]雷颐．公共空间的自觉与扩展[J]．南风窗，2001（3）．

[48]李建军．"现代"的起点在哪？——中国文学现代转型问题研究的"史"与"思"[J]．宜春学院学报，2019（1）．

[49]李明信．鲁迅与李光洙文学观比较[D]．长春：东北师范大学，2010.

[50]李欧梵．重回上海文化地图[M]//都市文化与中国现当代文学．北京：人民文学出版社，2005.

[51]李书城．学生之竞争[J]．湖北学生界，1903（2）．

[52]李相庆．姜敬爱全集[M]．汉城：昭明出版社，1999.

[53]李怡．日本体验与中国现代文学的发生[D]．北京：北京师范大学，2003.

[54]李永东．沈从文与20世纪中文学的现代性[J]．中国文学研究．2004，3.

[55]李在喜．上海书写与"半殖民"现代性——以中韩日作品为中心（1919—1937）[D]．上海：华东师范大学，2017.

[56]梁启超．饮冰室诗话[M]．北京：人民文学出版社，1998.

[57]刘川鄂．张爱玲传[M]．北京：北京十月文艺出版社，1999.

[58]刘伟．中国现代文学的日本传播[J]．社会科学家，2011（2）．

[59]刘为民．中国现代文学与朝鲜[J]．山东大学学报（哲学社会科学版），1996（3）．

[60]刘翌．论日本文学对五四时期中国文学的影响[D]．西安：西北大学，2002.

[61]楼适夷．施蛰存的新感觉主义——读了《在巴黎大戏院》与《魔道》之后[J]．文艺新闻，1931（33）．

[62]鲁迅．《呐喊》自序；鲁迅杂文全集[M]．郑州：河南人民出版社，2002.

[63]鲁迅．南腔北调集·小品文的危机[M]//鲁迅全集（第4卷）．北京：人民文学出版社，1981：576.

[64]陆玉林．东亚的转生[M]．上海：华东师范大学出版社，2001.

[65]马长林．上海租界城市管理法规的发展与演变[J]．上海城市规划，2009（2）：1-6.

[66]毛泽东．新民主主义论[M]．延安：中华文化，1940.

[67]逢增玉．现代性与中国现代文学[M]．长春：东北师范大学出版社，2001.

[68]朴明爱．李光洙的《土地》与鲁迅的《阿Q正传》之研究[J]．中国比较文学，2002（1）．

[69]朴宰雨，尹锡珉．韩国学界对中国近、现、当代作品中韩国人形象的发掘与研究[J]．外国文学研究，2015.

[70]朴宰雨．现代中国小说中的韩人形象[J]．当代韩国，2004.

[71]朴趾源．热河日记[M]．平壤：朝鲜社会科学出版社，1995.

[72]玛丽·路易丝·普拉特．帝国之眼[M]//唐宏峰．帝国之眼：近代旅行与主体的生成．中国图书评论，2010：（9）．

[73]钱理群，温儒敏，吴福辉．中国现代文学三十年（修订本）

[M]．北京：北京大学出版社，2011．

[74]钱乃容．20世纪中国短篇小说选集[M]．上海：上海大学出版社，1999．

[75]钱锺书．《谈艺录》序[M]．北京：中华书局，1984．

[76]丘仁焕．李光洙小说研究[M]．首尔：三英社，1983．

[77]桑兵．国学与汉学——近代中外学界交往录[M]．杭州：浙江人民出版社，1999．

[78]上海寓客．上海的解剖[J]．开辟，1920，（3）．

[79]沈从文．沈从文文集：小说卷[M]．广州：花城出版社，2007．

[80]石源华．韩国独立运动政党与社团研究[M]．北京：中国社会科学出版社，2003．

[81]宿久高，邵艳平，于海鹏．日本的新感觉派文学及其在中国的研究[M]．长春：吉林出版集团有限责任公司，2013．

[82]唐振常．近代上海探索录[M]．上海：上海书店出版社，1994．

[83]万勇．近代上海都市之心——近代上海公共租界中区的功能与形态演进[M]．上海：上海人民出版社，2014．

[84]汪晖．我们如何成为"现代的"？[J]．中国现代文学研究丛刊，1996（1）．

[85]王德威．被压抑的现代性——晚清小说新论[M]．宋伟杰，译．北京：北京大学出版社，2005．

[86]王富仁．影响21世纪中国文化的几个现实因素[J]．战略与管理，1997（2）．

[87]王锦厚．五四新文学与外国文学[M]．成都：四川大学出版社，1989．

[88]王秋硕．中国现代文学中的韩国民族主义书写[D]．延吉：延边大学，2017．

[89]王向远．东方各国文学在中国[M]．南昌：江西教育出版

社，2001.

[90]王向远．王向远著作集：第5卷[M]．银川：宁夏人民出版社，2007.

[91]吴秀明，郭剑敏．全球化视野下中国及东亚现当代文学的文化选择[J]．浙江大学学报（人文社会科学版），2004（3）.

[92]西乡信纲，等．日本文学史[M]．佩珊，译．北京：人民文学出版社，1978.

[93]小森阳一，陈多友．全球地域化语境下的亚洲主义思考[J]．开放时代，2005（5）.

[94]徐静波．近代日本文化人与上海（1923—1946）[M]．上海：上海人民出版社，2013.

[95]严家炎．二十世纪中国文学史（上）[M]．北京：高等教育出版社，2010.

[96]叶中强．上海社会与文人生活（1843—1945）[M]．上海：上海辞书出版社，2010.

[97]余一．民族主义论[J]．浙江潮，1903.

[98]郁达夫，林文光．郁达夫文选[M]．成都：四川文艺出版社，2010.

[99]张德旺，谢治东．朝鲜三一运动对中国"五四运动"的影响[J]．哈尔滨工业大学学报（社会科学版），2000（4）.

[100]张福贵，靳丛林．中日近现代文学关系比较研究[M]．长春：吉林大学出版社，1999.

[101]张海艳．无名氏长篇小说《荒漠里的人》研究[D]．延吉：延边大学，2020.

[102]张炯，邓绍基．中华文学通史：第7卷[M]．北京：华艺出版社，1997.

[103]张颐武．论"新世纪文化"的电视文化表征[J]．文艺研究，2003（3）.

[104]赵东一．安藤昌益与朴趾源比较研究序论[J]．延边大学学

报（哲学社会科学版），1999（4）．

[105]赵恒瑾．中国新文学的现代性追求[M]．上海：学林出版社，2006．

[106]赵家璧．中国新文学大系：建设理论集[M]．上海：上海文艺出版社，2003．

[107]中国社会科学院文学研究所左联回忆录编辑组．左联回忆录[M]．北京：知识产权出版社，2010．

[108]中央人民政府高教部，审定．中国文学史教学大纲[M]．游国恩，冯沅君，刘大杰，等，起草．北京：高等教育出版社，1957．

[109]周保欣．"中国文学"观念自明与现代文学起点[J]．文艺争鸣，2017（6）．

[110]周岚琼．浅析中国现代文学的现代性内涵[J]．大观周刊，2011（21）．

[111]周作人．人的文学[J]．新青年，1918，5（6）．

[112]朱耀燮．色、奇、恐的乱舞——国际都市上海[J]．新东亚，1932（3）．